講談社文庫

希望の糸

東野圭吾

講談社

希望の糸

プロローグ

逢魔《おうま》が時、という言葉がある。夕方の薄暗い時間帯を指す。辞書によれば、禍《わざわい》の起きる時刻という意味の「大禍時《おおまがとき》」から転じた言葉らしい。昔は街灯や照明といったものがなかったので、日が沈む頃といえば、物盗りや人さらいなどが動きだしたりして、いろいろと物騒だったのではないか。今は夕日を眺め、不吉な気分になることはない。むしろ、明日は晴れそうだな、といい予想を立てる。

どちらかといえば、こっちのほうが不気味だな、と赤い空を見て汐見行伸《しおみゆきのぶ》は思った。朝焼けというやつだ。何かあまりよくないことが起きそうな予感がする。

廊下の向こうから子供たちの声や足音が聞こえてくる。足音の主は尚人《なおと》だろう。階下に迷惑だから気をつけろと何度注意しても、ちっともいうことを聞かない。

行伸がパジャマ姿でリビングルームに行くと、来年春には中学生になる絵麻《えま》がトーストを食べているところだった。おはよう、と声をかけたが返事はない。娘の目は、

傍《かたわ》らに置いた折立鏡に向けられている。父親との朝の挨拶なんかより、前髪の具合の
ほうが重要らしい。

「おはよう、早いのね」キッチンからトレイを抱えた怜子《れいこ》が出てきた。「なおとー、できたよ。早く食べなさーい」姿の見えない息子に呼びかけてから行伸に目を向けた。「パパも食べる?」

「いや、俺はまだいい」ダイニングチェアを引き、腰を下ろした。

ドアが勢いよく開き、尚人が現れた。間もなく十一月だというのに、トレーナーに短パンという出で立ちだ。サッカーの練習でつけたという膝《ひざ》の傷は、かさぶたになっている。行伸がおはようと声をかけると、おはようと返事があった。小学四年生の息子は、まだ素直さを維持している。

「なあ、本当に大丈夫なんだろうな」食事を始めた尚人と、トーストを食べ終えて前髪をいじっている絵麻を交互に見て、行伸は訊《き》いた。

「まだいってる」食器を片付けながら怜子が呆《あき》れたようにいった。

「なあ、おい、絵麻」

「なに?」ようやく娘が父親を見たが、眉《まゆ》はひそめられている。

「二人だけで大丈夫なのか」

「もう、しつこいよ」絵麻はソファに移動すると、そこに置いてあったバックパックの中を調べ始めた。

「パパ、心配しすぎ」怜子がいった。「何度もいうようだけど、知らないところへ行くわけじゃないんだから」

「それはわかってるけど、新幹線に乗ったらそれで終わりってわけじゃないだろ。乗り換え、結構厄介《やっかい》じゃないか」

「大丈夫、ちゃんと調べたから」絵麻がげんなりした口調でいった。

「バスにも乗らなきゃいけないんだぞ」

「わかってるよ。もういわないで」絵麻は立ち上がると部屋から出ていき、ばたん、とドアを乱暴に閉めた。

行伸は当惑し、妻のほうを見た。「なんだよ、あの態度」

「子供扱いされるのが嫌なんだって」怜子は苦笑する。

だってまだ子供じゃないか、と行伸は呟《つぶや》き、尚人を見た。小学四年生の長男は、両親の会話など耳に入っていない様子で、黙々とウインナーを囓《かじ》っている。

子供二人だけで、本当にあんなところまで行けるのか、と行伸は半信半疑だった。今もあんなところ、というのは新潟《にいがた》県長岡《ながおか》市にある怜子の実家だ。今も義父母が住んでいる。毎年秋、怜子が子供たちを連れて里帰りするのは、汐見家にとって恒例行事だった。なぜこの時期かというと、絵麻や尚人の学校が受験のために一週間ほど休みだからだ。二人は私立大学付属の初等部に通っている。

長岡市といっても広い。怜子の実家は、近くに山や川がある自然豊かなところだ。子供が遊べる施設も多い。何より、少し離れたところに怜子の姉の家があり、そこには絵麻や尚人と年の近い従兄妹《いとこ》たちがいた。毎日一緒に遊び、別れたくなくて最終日に子供たちが泣きだすのも恒例らしい。

ところが今年は怜子の都合で、どうしてもまとまった休みを取れなくなった。現在彼女はフリーでフラワーデザイナーをしている。断りきれない臨時の仕事がいくつか入ってしまったらしい。そこで今年は中止にしようと思ったようだが、子供たちが納得しなかった。だったら自分たちだけで行く、といいだしたのは絵麻だ。

まさかと行伸は思ったが、それはいいかも、と怜子が乗り気になった。やがて交通機関をあれこれ調べた彼女は、子供たちだけで行かせてみよう、といいだした。

「絵麻は来年中学生だし、尚人ももう十歳。二人だったら何とかなると思う。少しは冒険させようよ。親が臆病すぎると子供が成長しないっていうし」

ここまでいわれれば行伸としては反論しにくかった。子供の成長のためには多少の冒険が必要だというのは、自分でもよくわかっていた。

　行伸が怜子と出会ったのは十六年前だ。行伸が勤務する建設会社に新卒社員として入ってきた。間もなく一緒に仕事をするようになった。当時、行伸は一軒家のリフォームを主に担当していた。二人で顧客の家を訪れ、相談を受けたり、提案したりしていた。若い女性を連れていると、顧客の態度が柔《やわ》らかくなる。新人を押しつけられたという不満は、行伸にはなかった。

　男女で一緒に過ごす時間が長くなると、仕事以外ではあまり顔を見たくないと思うようになるか、心を許せるようになるかのどちらかだ。行伸たちの場合は後者だった。プライベートでも会い、ごく自然に結婚相手としてお互いを見るようになった。

　初めて会ってから三年後に結婚式を挙げた。行伸は三十三歳、怜子は二十五歳の時だ。間もなく怜子は妊娠し、最初の子供、つまり絵麻を産んだ。皺《しわ》だらけで赤くて細く、いかにもか弱い生き物を抱き、これで簡単には会社を辞められなくなったな、と行伸は思った。

　その二年後、今度は男の子が生まれた。行伸は出産に立ち会ったが、あまりに安産だったので拍子抜《ひょうしぬ》けした。「大して痛くなかったんじゃないか」と怜子にいったら、「次に妊娠したら、パパ、わたしの代わりに産んでちょうだい」と睨《にら》まれた。

それから今日まで、親子四人で暮らしてきた。引っ越したり、子供の受験に翻弄《ほんろう》されたりと、いろいろあったがそれなりに楽しくやってこられた。最近は絵麻が反抗的だが、女の子が父親と口をきかなくなる日が来るのは織《お》り込《こ》み済みだったから特に気にしていない。

これからも山あり谷ありだろうが、家族で力を合わせ、逆境が訪れたとしてもめげずにがんばって生きていこう、と行伸は考えていた。

絵麻と尚人が出発するのを見送った時には、今後は子供たちのことを少しは信用したほうがいいのかな、と思い直していた。

この日は土曜日だったが、行伸は午後から出社した。工事が最終段階に入っている物件があり、確認したいことがあるからだった。

同様の理由で休日出勤をしている部下たちとの打ち合わせを終え、さて少し飲んで帰ろうかと相談している時のことだ。突然、ぐらぐらと足元が揺《ゆ》れだした。立っていた行伸は、近くの机に摑《つか》まった。地震だ、かなりでかいぞ——その場にいた者が口々にいった。

揺れが収まってから、行伸は皆と一緒に会社のロビーに向かった。テレビがあるからだ。行ってみると、すでに数名がテレビの前にいた。

画面に映し出された画像と文字を見て、行伸は息を呑《の》んだ。震源地は新潟だった。

携帯電話を取りだし、自宅にかけた。すぐに繋《つな》がった。

「わたし。地震のことでしょ」怜子の声は切迫感に溢《あふ》れていた。

「そうだ。向こうに連絡したか」

「実家にかけたけど全然繋がらないの。今、姉さんに連絡しようとしていたところ」

「わかった。俺はすぐに帰る」

電話を切った直後、また足元が揺れ、行伸はよろけた。余震だ。東京でこうなのだから、震源地ではどんなことになっているのか。不安が増大し、鼓動《こどう》が速くなった。

会社を出て、急いで帰路についた。各地で列車のダイヤが乱れているようだ。上越《じょうえつ》新幹線が脱線したという話が耳に入り、背筋が寒くなった。被害状況はどの程度のものなのだろうか。

家に帰ると、リビングルームで怜子が大型のバッグに荷物を詰《つ》めているところだった。テレビからは震災の模様を伝えるニュースが流れている。

「どうした？　何かわかったか？」

「姉さんには一度電話が繋がったんだけど、実家のことはわからないって。向こうは向こうで大変みたいで、ゆっくり話せる感じじゃなかった」答えながらも怜子は手を止めない。

「何をやってるんだ？　もしかして、あっちに行くつもりか」

「行くしかないでしょ。連絡がつかないんだから」

「落ち着け。現地の状況がわからないのに、闇雲に近づいたら危険だ。まだ余震が続いているという話だし。そもそも、どうやって行く？　新幹線の事故を知らないのか。きっと、あらゆる交通機関がマヒしてるぞ」

「じゃあ、どうしろっていうのよっ」

行伸はテレビの前に移動した。リモコンを手にし、チャンネルを変える。「とにかく情報を集めるしかないだろ」

テレビモニターに映し出されるのは、脱線した新幹線や、瓦礫《がれき》の山と化した町の様子などだ。現在、広い範囲で停電しているらしい。行伸は、阪神《はんしん》・淡路《あわじ》大震災を思い出した。あの時は六千人以上の死者が出た。今回はどうなるのか。

後ろでは怜子が荷造りを続けている。何か作業をせずにはいられない心境なのだろう。その気持ちはよくわかるので、行伸はもう何もいわないでおいた。

寝室に行き、ノートパソコンをインターネットに繋いだ。様々な情報が乱《みだ》れ飛んでいるが、子供たちの安否確認に繋がりそうなものは見当たらない。土砂崩《どしゃくず》れ、陥没《かんぼつ》、倒壊といった、不吉なワードばかりが目に入る。

悶々《もんもん》とした時間が、ただ流れていった。怜子は新潟に住んでいる、思いつくかぎりの親戚や知人に連絡を取ろうとしたが、電話は全く通じないようだ。行伸はインターネットで災害用伝言ダイヤルの存在を知り、祈るような気持ちで怜子の実家の番号を入力してみたが、そこに伝言は録音されていなかった。

そして間もなく日付が変わるという頃、電話が鳴った。携帯電話ではなく、自宅の固定電話だ。液晶ディスプレイを見て、はっとした。表示されている市外局番は新潟県のものだった。唾《つば》を呑み込み、行伸は電話の子機を手にした。「はい」

「夜分に失礼します。新潟県警の者ですが、汐見さんのお宅でしょうか」男性の声が尋《たず》ねてきた。

「そうですが……」子機を握る手に力が入った。どうか悪い知らせではありませんようにと、と心の底から祈った。

だがこの祈りは、どこにも届かなかった。次に電話の主が発した言葉に、行伸は意識を失いそうになった。相手は絵麻と尚人の名前を口にした。そして、「誠にお気の毒ですが――」と続けたのだった。

二人が被災したのは怜子の実家がある長岡市ではなく、隣の十日町《とおかまち》市内だ。買い物をするという義母の車に同乗したらしい。義母が買い物をしている間、二人は近くの雑居ビルの一階にいた。そこがゲームセンターだったからだ。

雑居ビルは古い四階建てだった。最初の地震で大きく揺れ、壁面《へきめん》が崩れ始めた。中にいた二人は急いで逃げだそうとしたのだろうが、ほんの少し遅れた。壁は二十メートルにわたって崩れ落ち、脱出する直前の二人に襲いかかった。

近所の住民たちが気づき、助けだそうとしたが、人力だけでは困難だった。クレーン車によって壁が持ち上げられ、その下から子供たちの身体が見つかったのは、地震から二時間近くが経った頃だ。駆けつけた医師によって、その場で死亡が確認された。

その頃、義母は病院の待合室にいたらしい。足を怪我し、運ばれていたからだ。ビルの壁が崩れ落ちたことも孫たちが下敷きになったことも知らず、誰とも連絡が取れぬまま、ただ途方《とほう》に暮《く》れていたという。

警察が子供たちの身元を突き止める手がかりとなったのは、女の子が持っていた財布だ。その中にテレホンカードと長岡市内の電話番号を記したメモが入っていた。その番号の住人を捜したところ、近くの小学校に避難していた。住人は警察官から子供たちの写真を見せられ、孫たちに間違いないと号泣しながら答えた。その住人とは、いうまでもなく怜子の父だ。

小学校のグラウンドの隅《すみ》に張られたテントの中で、行伸たちが子供たちと悲しい再会を果たしたのは、震災翌日の昼過ぎだった。もっと早くに来たかったが、移動がままならなかったのだ。鉄道も道路も不通箇所だらけだ。

絵麻も尚人も、顔には目立った傷はなかった。絵麻は頭部損傷、尚人は圧死と見られている。おそらくどちらも即死だった、とのことだ。苦しまなかったというのが、せめてもの慰《なぐさ》めだった。

子供たちの亡骸《なきがら》を前にして、怜子は蹲《うずくま》り、呻《うめ》くように泣き続けた。その横で行伸は、ただ立ち尽くしていた。頭の中は空っぽだった。何も考えられず、思い浮かぶこともなかった。傍らで涙ながらに詫びる義母の声も、空《むな》しく耳元を通り過ぎるだけだった。

地震発生から三日後、自宅の近くにある斎場で葬儀を行った。小学校からは大勢の同級生たちが訪れた。彼等は二つ並んだ小さな棺《ひつぎ》の中を覗《のぞ》き込み、手を合わせ、花を入れていった。そんな様子をぼんやりと眺めながら、これから自分たちは何を生き甲《が》斐《い》にすればいいのだろう、と行伸は思った。

実際、それ以後の行伸たちの生活は、空虚で味気ないものとなった。子供たちのことを思い出さない日などない。自宅には絵麻や尚人を想起させる品々が溢れていたし、外にいる時でも、年齢の近い子供たちを見るたびに幸せだった日々が蘇《よみがえ》り、目の奥が熱くなってしまうのだった。

怜子は仕事をしなくなった。自宅に閉じこもり、子供たちの写真や、彼等が書き残した学校のノートなどを眺めて過ごしていた。泣くことは少なくなった。涙は涸《か》れてしまったのかもしれない。行伸がいない時にはまともに食事を摂《と》っていないらしく、みるみる痩《や》せていった。そのことを行伸がいうと、構わない、と彼女はいった。

「お腹なんてちっともすかないし、一人で御飯を食べてると、一体何のために食べてるんだろうと思っちゃうの。別に死んだって構わないし、どっちかっていうと死にたいぐらいだし」

冗談でもそんなことをいうのはやめろと行伸が注意すると、「冗談なんかじゃないよ」と怖い目を向けてきた。そして、「パパ、私を殺してくれない？」といった後、ふっと唇を緩《ゆる》め、「ごめん。もうパパじゃなかったね」と続けるのだった。

年末の華やいだ雰囲気は、子供を失った夫婦にとっては残酷なほどに辛いものだった。クリスマスの飾り付けを目にするたび、胸の奥にある敏感な部分をちくちくと針で刺されるような痛みが走った。

ある夜、年末年始はどうしようか、という話になった。毎年、正月は怜子の実家で過ごすことが多かった。近くにはスキー場が多い。絵麻も尚人も、小学校に入る前からスキーを習っていた。

「別にいいんじゃない。どこにも行かなくたって」けだるい口調でいった後、怜子が行伸のほうを見た。「それにまさか、長岡に行きたいわけじゃないでしょ？」

「そりゃあ、さすがに今回はな。向こうだって、たぶん困っちゃうだろうし……」

怜子の実家は地震による被害が少なく、義父母たちが避難所にいたのは一週間程度だったという話だ。それでも周辺にはまだ危険な場所があるらしい。

「今回に限らず、来年も再来年もそれから先も、もうずっと行かなくていいよ、あんなところ」怜子は吐《は》き捨てるようにいった。

「そんな言い方するなよ。自分の実家じゃないか」

怜子はゆらゆらと頭を振った後、行伸のほうを向いた。

「ねえ、正直にいって。私のせいだと思ってるよね？」

「何が」

「二人のこと。私が行かせたからだと思ってるでしょう？　子供たちだけで行かせること、あなたは反対してたのに、私が行かせようっていった。自分のいう通りにしてたら二人は死ななくて済んだのにって、そう思ってるでしょう?」

「思ってないよ、そんなこと」

「嘘。お葬式の夜、ウイスキーを飲みながらぶつぶついってたじゃない。やっぱり行かせるんじゃなかった、やめさせればよかったって」

指摘され、行伸は返答に詰まった。葬儀の夜は、ひどく酔ってしまっていた。そんなことを口にしたようにも思えた。行かせなければよかったと悔《く》いたのは事実なのだ。

ごめんね、と怜子はいった。「あなたのいう通りにしていればよかった。私のこと、恨んでるよね」

「そんなことはない。子供たちだけで行かせたことと地震は関係はない。怜子が一緒だったとしても地震は起きていた」

「でも私がいれば、子供たちは家で留守番をしていたかもしれない」

「かもしれない、だろ? どうなっていたかはわからない」

「じゃあ、どうしてお葬式の夜に、あんなことをいってたの? あれが本音でしょ? 私のせいだと思ってるでしょ? 正直にいって」

「やめろよ、もう、うるさいなっ」思わず声を荒らげた。

怜子はテーブルに突っ伏した。ひいひいという泣き声に合わせ、細い肩が上下した。

　行伸は彼女に近づき、背中に手を置いた。「なあ、怜子」

「……なに？」

「やり直さないか」

　怜子が顔を伏せたままで息を整える気配があった。「何を？　どうやって？」

「子育てだ。子供を作って、育てる」

　怜子はゆっくりと身体を起こし、赤い目を行伸に向けてきた。「本気？」

「嘘や冗談でいってると思うか？　このままだと俺たち、だめになるよ。何とかして立ち直らなきゃいけない。ただ、そのためには生き甲斐が必要だ。俺たちにとってそれは子供しかない。そうは思わないか」

「子供ねえ……」怜子は、ふうっと息を吐き、改めて行伸を見上げた。「でも私、もうすぐ四十だけど」

「それぐらいで産む人だっている」

「だけど私たち、結局三人目はできなかったじゃない」

　尚人が生まれた後も、避妊はしなかったのだ。できたらできたでいい、というスタンスだった。しかし怜子がいうように、彼女が三人目を妊娠することはなかった。

「ふつうにしていたら、だめかもしれない。だから病院へ行こう」

行伸の言葉を聞き、怜子が目を見開いた。「子供……か」そう呟いた顔に、かすかに生気が蘇ったように感じられた。

「悪くないアイデアだろ」行伸は口元を緩めた。妻に微笑みかけたのはいつ以来だろう、と思った。

それから二日後、怜子が知り合いから紹介されたという不妊治療専門のクリニックを二人で訪れた。温厚な顔つきの院長が、タイミング法、人工授精、体外受精について説明してくれた。

「最後に出産してから十年以上経って妊娠する人もいます。四十歳前後という年齢でも見込みはあります」力強くいいきる院長の言葉は、行伸の耳の奥で頼もしく響いた。

その日を境に不妊治療の生活が始まった。それは同時に行伸と怜子がようやく前を向いて歩き始めた日でもあった。目標があるとはこれほど素晴らしいものか、と自分たちのことながら驚いた。

もちろん覚悟していた通り、簡単な道のりではなかった。タイミング法や人工授精には早々に見切りをつけ、体外受精に踏み切ったが、なかなか成功には至らない。失敗だと判明するたびに怜子は落ち込んだ。行伸も失望した様子を見せてはいけないと思いつつ、声が沈んでしまうのを抑えられなかった。

金銭的な負担は大きいし、何より怜子の精神的、肉体的プレッシャーが心配だった。もう諦《あきら》めたほうがいいのではないか――行伸の気持ちは、そちらのほうへ向かいかけていた。どう切り出すかを考え始めた。

だが不妊治療を始めて十ヵ月ほどが経ったある日、クリニックから帰ってきた怜子の顔が輝いているのを見て、行伸は、彼女が口を開く前に行伸は、予感というより確信めいたものを悟った。

もしかして、と夫はいった。

うん、と妻は頷《うなず》いた。「男と女、どっちがいい?」

行伸は怜子に近づき、新たな命を宿《やど》した細い身体を両手で抱きしめた。言葉は何も出てこなかった。男か女か?　そんなこと、どうでもいい。

棚に飾った写真が目に入った。亡き二人の写真だ。

明日が震災からちょうど一年であることを思い出した。

新しい命は、絵麻と尚人からのプレゼントかもしれないな、と思った。

1

料亭旅館『たつ芳《よし》』のチェックアウトタイムは午前十一時だ。本日最後に出立《しゅったつ》するのは、ブルガリアから来たという熟年夫婦だった。どちらも大柄で、並んで靴脱ぎに立つと、玄関が狭く感じられた。

芳原亜矢子《よしはらあやこ》は格子戸をくぐり、彼等よりも先に表に出た。空は青く、空気は程よく乾いている。秋の行楽《こうらく》を楽しむには最高だろう。

異国からの夫婦客が出てきた。夫のほうが満面の笑みを浮かべ、亜矢子に英語で話しかけてくる。その内容は、亜矢子のリスニングに間違いがなければ、ありがとう、料理はとても美味《おい》しかったし、素晴らしいサービスを味わえた、という意味のはずだった。
（満足していただけたようで、私たちも大変嬉しいです。是非またいらしてくださ
い）亜矢子も英語で応じた。近年では毎日のように口にしている台詞《せりふ》なので、この程
度のことは淀《よど》みなくいえる。発音は自信がなかったが。
フク、と妻のほうがいった。「オイシカッタデス」
河豚《ふぐ》のことだ。昨夜、この二人は河豚刺しを二人分追加注文した。
（ありがとうございます。次は、十人分ほど御用意しておきます）
この言葉に二人は笑った。どうやらジョークが通じたようだ。
サヨナラ、と夫がいい、妻と二人で並んで歩きだした。亜矢子は頭を下げ、彼等の
大きな背中を見送った。
合わせた襟《えり》の下でスマートフォンが着信を告げた。液晶画面を見て、はっとした。
戸田《とだ》医師、と表示されている。嫌な予感が胸をかすめた。
「はい、芳原です」
「戸田です。今、よろしいでしょうか？」男性の低い声が訊いてきた。
「大丈夫です。何かありましたでしょうか」
「先程、胸に少々強い痛みを訴えられましたので、いつもと同様の処置を施《ほどこ》しまし

た。今は、比較的落ち着いておられます」

ただし、と戸田は続けた。

「ここ数日の様子を見ていますと、状況が少し変わってきたようにも思います。そこで、御相談しておきたいことがあります。今日、こちらに来ていただくことは可能でしょうか」

もちろんです、と亜矢子は即答した。「これからすぐに伺えばよろしいでしょうか」

「そうしていただけると助かります。ナースセンターのスタッフに声をかけていただければわかるようにしておきます」

「かしこまりました」

「では、お待ちしております」

「よろしくお願いいたします」

亜矢子は電話を切り、深呼吸を一つした。戸田の話とは何だろうか。今よりも事態が良くなるわけはないから、いよいよ覚悟を決める時が来たのかもしれない。

館内に戻り、副支配人を目で捜《さが》した。彼はフロントカウンターの向こうで部下と話しているところだった。

事情を話すと色白の副支配人の顔が強張《こわば》った。そうですか、とだけいった。迂闊《うかつ》には感想を述べられないと思ったのだろう。

「先生の口ぶりだと、今日明日どうにかなるというわけではなさそうだけど、ある程度の準備はしておいたほうがいいと思う。いざという時の連絡先とか、まとめておいて」

「わかりました。お任せください」

「じゃあ、よろしく」

亜矢子はフロントの奥にあるドアを開けた。そこは事務所だが、そこをさらに通り抜け、廊下に出た。その先は『たつ芳』の裏にある自宅に繋がっている。

部屋でパンツルックに着替えると、自宅の玄関から外に出て、通りかかったタクシーに手を挙げた。

タクシーは県道二二号線に出ると真っ直ぐに南下した。目的地までは時間にして二十分ちょっとだ。いつもなら自分で運転するところだったが、今日はのんびりとハンドルを握っている場合ではなかった。

バッグからスマートフォンを取り出し、電話をかけた。呼出音が二度聞こえたところで繋がった。

「はい、脇坂《わきさか》法律事務所です」女性の声がいった。

「お忙しいところ申し訳ございません。私、芳原といいます。脇坂先生はいらっしゃいますでしょうか」

「脇坂は現在外出中です。お急ぎの御用件でしょうか」

「いえ、そういうわけではありません。ではお戻りになりましたら、芳原から電話があったとだけ伝えていただけますでしょうか」

「かしこまりました」

よろしくお願いいたします、といって電話を切った。脇坂の携帯電話の番号も知っているが、依頼人と会っている最中かもしれず、邪魔をしたくなかった。

車窓から外を眺めながら考えを巡らせた。戸田から聞かされる内容を想像し、気持ちを引き締めた。天下の『たつ芳』の女将《おかみ》が、父親の病状程度のことで狼狽《うろた》えるわけにはいかない。人間は誰だっていずれ死ぬのだ。

小さな橋を渡った後、タクシーが交差点を右折した。間もなく、白くて高くて四角い、いかにも総合病院といった佇《たたず》まいの建物が見えてきた。

正面玄関の前でタクシーから降りると、大股で建物に入っていった。緩和ケア病棟の入り口は右奥の廊下の先にある。

エレベータで三階に上がり、ナースセンターのカウンターに近づいた。薄いピンク色の制服を着た若い看護師が顔を上げた。

「芳原です。戸田先生からお話があると聞いたのですけど」

少々お待ちください、といって看護師はそばの受話器を取った。電話で二言三言話した後、受話器を置いて亜矢子を見上げた。「談話室でお待ちくださいとのことです」

亜矢子は頷いた。談話室は、すぐ横にある。明るくて広く、窓からの眺めのいい空間だ。置かれている椅子やテーブルも洗練されている。患者と見舞客の残り少ない対話の時間をできるかぎり快適なものにしてあげよう、という病院側の配慮が感じられる。

一組のグループが窓際でテーブルを囲んでいた。車椅子に乗った老婦人に、彼女より少し若い女性三人が会いに来ているようだ。老婦人は楽しそうに笑っている。その表情から悲観めいたものは微塵《みじん》も窺《うかが》えない。

亜矢子が彼等から少し離れた場所で座って待っていると、エレベータホールから白衣姿の戸田が現れた。亜矢子は椅子から立ち上がり、頭を下げた。

戸田は黙礼した後、廊下のほうを指差した。場所を変えようという意味らしい。廊下の突き当たりには面談室がある。

「お父さんにはお会いになりましたか」歩きながら戸田が訊いてきた。

「今日はまだです。先程のお電話では、比較的落ち着いているということでしたけど」

「うん、まあ、そうなんですけどね」戸田は歯切れが悪い。その後を続けなかった。

面談室には小さなテーブルが一つあるだけだ。それを挟み、向き合って椅子に腰掛けた。

「今日お呼び立てしたのは、大事な話をさせていただきたいからです」戸田は改まった口調できりだした。表情は温和だが、目には真剣な光が宿っている。

はい、と亜矢子は医師の目を見つめた。

「すでに御承知の通り、お父さんに残された時間はそれほど長くはありません。そこで現在は、治療ではなく、苦痛や不快感を可能なかぎり取り除くことを目的としたケアを行っています」

「はい」

しかし、と戸田は続けた。

「限界は近いかもしれない、というのが私の感触です。今はまだいろいろと薬を変えたりして、それなりの対応をしていますが、そろそろ最終的な選択が迫られているのではないか、と考えているところです」

「……と、いいますと？」

「死期が近づくと多くの末期癌患者さんたちは、それまでとは違った強い苦痛を訴えます。そうなった時、単に辛いだけの時間を長引かせるのではなく、お父さんが穏やかに寿命を全《まっと》うできるように導く道もあるということを御説明しておきたいのです」

「たとえば、どういうことでしょうか？」

「具体的に何をするのかといいますと、鎮静剤を用います。鎮静剤で意識を低下させ、その状態を維持します。もう少しわかりやすくいえば、眠っていただくのです」

「睡眠薬を飲ませるということですか」

「その状態の時に何かを飲ませるのは、おそらく不可能でしょう。注射するか、点滴をしている場合にはそこに薬剤を混ぜます。といっても深く意識を低下させるのではなく、まずは浅いものを目指します」

「浅い？」

「はい。胃カメラや大腸の内視鏡検査をしたことはありますか？」

「いえ……」

「内視鏡を通すのはそれなりに苦痛なので、希望者には検査前に鎮静剤を投与し、意識を浅く低下させます。熟睡ではなく、うつらうつらした状態で、呼びかけたりすれば目が覚める程度です。『誰々さん、ちょっと起きてください。ポリープが見つかりましたよ』というふうに」

戸田の説明に、亜矢子は合点した。

「そういう感じなら、たしかに本人も楽かもしれませんね。こちらが話しかけたい時には起こせばいいわけだし。そんなやり方があったんですか」

「だったらもっと早く提案してくれればよかったのに、と思われるかもしれませんが、話はそう簡単ではないんです」戸田はテーブルの上で両手の指を組んだ。「呼びかけて目が覚めるというのは健康な方の場合であって、お父さんのような状態では、どうなるかはわかりません。浅い意識の低下を目指すといいましたが、そのまま意識が戻らないことも多々あります」

「戻らないということは……」

はい、と戸田は頷いた。

「眠り続け、意識が低下したまま息を引き取る、というわけです」

亜矢子は唇を舐め、息を呑み込んだ。

「もしそうなった場合、息を引き取るまでの期間は、どれぐらいでしょうか」

「人によります。鎮静剤を投与した翌日に亡くなった例もありますが、数日程度ということが多いです」

　思った以上に短期間だ。

「それはつまり、安楽死させる……ということなのでしょうか」

「違います」戸田は、きっぱりといいきった。「安楽死の目的は、死期を早めることです。それに対して鎮静の目的は、あくまでも苦痛の緩和です。鎮静剤によって死期が早まることはないと考えられています。この処置が必要になる患者さんの場合、元々残されていた時間はその程度だった、ということです。だからこそ安らかに過ごさせてあげたい、という考え方です」

「父はもう、そういった状態だと？」

「その段階までには、まだもう少し時間があるように思います。でも、いずれは訪れます。さほど苦痛がなければ幸いです。でも激しく苦しまれた場合のことを考えて、お話ししておこうと思ったのです」

「父にこの話は？」

「まだしていません。死期が近いと宣告するようなものですからね。また、この先今以上の苦痛が襲ってくるのか、と怯《おび》えさせかねません。だから、実際にかなり強い痛みを訴えないかぎりは話さないでおこうと考えています。とはいえ、タイミングはじつに難しい。ぐずぐずしていたら、あまりの苦痛に思考力が低下したり、せん妄《もう》という意識障害を起こすおそれがあります。そうなれば本人の意思確認が難しくなります」戸田は淡々と語る。大げさでない口調が、事態の深刻さをより強く訴えかけてくるようだ。

亜矢子は、ふうっと息を吐いた。

「よくわかりました。それで、私はどうすれば？」

「まず二つ、確認させてください。一つ目は、御本人が鎮静を希望された場合、同意されるかどうかということです」

「私の同意が必要なんですか」

「そういうわけではありませんが、御家族の気持ちを把握しておきたいので」

「そうですか。父の肉親は私だけですものね。私としては、父の希望を優先させたいです」

「わかりました。ではもう一点、鎮静を実施する際には立ち会われますか。立ち会いたいということであれば、それまで何とかして待ちます」

「何とかして？」

「鎮静を検討する段階ですから、かなり苦痛が大きいわけです。本人が鎮静剤を希望しているのなら、こちらとしてもなるべく早く処置をしてあげたい。しかし御家族が立会いを望んでいる場合は、そういうわけにはいきません。御家族が到着されるまでは、苦痛をわずかでも緩和するために最大限の手を尽くすことになります。それでいいのですか、と確認しているのです」

戸田の説明に亜矢子は事情を呑み込んだ。二十四時間、自分がそばについていられるわけではない。むしろ、いないことのほうが多い。

『たつ芳』からここまでは、急げば二十分程で来られるだろう。だがその間、父は激痛に耐えねばならないと考えれば、それは決して短い時間とはいえない。

亜矢子はゆっくりと首を横に振った。

「立ち会えなくても構いません。父を早く楽にしてあげてください」

「楽にするのではなく、苦痛を取り除くのですがね」戸田はいった。安楽死と混同されるのが余程心外なのだろう。「では鎮静剤の投与は、お父さんの意思を確認した上で、こちらの判断で行います」

「よろしくお願いいたします。ほかに何か伺っておいたほうがいいことはございますか」

そうですね、と戸田は瞬《まばた》きした。

「繰り返しますが、鎮静すれば、そのまま意識が戻らないケースも多いです。お父さんと話すことは、もうできないかもしれないと考えておいてください。だからお別れをいうのなら、それまでに、ということになります」

ああ、と亜矢子は声を漏《も》らした。「そうなんですね……」

「お父さんと話しておきたいことがあったり、会わせたい人がいるのだとしたら、なるべく早いうちに」戸田は少し前屈みになり、亜矢子の顔を覗き込んできた。

わかりました、と答えた声がかすれた。口の中がからからに渇いていた。

面談室を出て戸田と別れた後、亜矢子は父の病室に向かった。廊下を歩きながら、戸田の話を反芻《はんすう》した。別れの時は刻々と迫っているのだ、と実感させるのに十分な内容だった。

やがて父の病室の前に着いた。スライドドアに近づきながら耳を澄《す》ましたが、何も聞こえてこない。亜矢子は、ほっとした。前に来た時は中から激しい呻き声が聞こえ、暗澹《あんたん》たる気持ちになったのだ。

ノックをしてからスライドドアを開けた。

ベッドがあり、その上で父の真次《しんじ》が横たわっていた。眠っているのかと思ったが、焦点のさだまらない虚《うつ》ろな目を天井に向けている。

機械仕掛けの人形のような動きで、真次の顔がゆっくりと亜矢子のほうを向いた。口が半開きになる。何か声を発したようだ。

亜矢子は笑顔を作り、ベッドに近づいた。「どう、調子は？」

真次の口が動いた。亜矢子は顔を近づけた。

だるい――そう聞こえた。「足がだるい」

「看護師さんに来てもらう？」

亜矢子が訊いたが、真次はしかめた顔を小さく左右に動かした。元気な頃は逞《たくま》しい体格で、首回りも太かったが、今では別人のように痩せこけてしまっている。顔色がよくないのは肝機能が落ちているかららしい。干からびた茶色い皮膚に覆《おお》われた父の姿は、枯れ木を連想させた。

肺癌が見つかったのは半年前だ。すでにかなり進行していて、手術も化学療法も意味がないといわれた。妙な咳をしていたので気になっていたのだが、まさかそんな状態だとは予想しておらず、本人はもちろんそうだろうが、亜矢子も聞いた時にはショックを受けた。

だが誤診でない証拠に、その後真次は身体のあちらこちらに不調を訴え始めた。診察を受けるたびに新たな転移が見つかるという有様だった。

緩和ケア病棟に移ったのは先週だ。同時に担当が、それまでの主治医から戸田に替わった。戸田は元々外科医だが、今は緩和ケアを主にやっているという。

真次が、また何かいった。亜矢子は口元に耳を寄せた。もう帰れ、と聞こえた。こんな状態でも、頭はしっかりしているらしい。老舗《しにせ》旅館の女将が職場を留守にしているのが気になるのだ。

お父さん、と亜矢子は声を張って呼びかけた。「ほんとに、家に帰らなくていいの？」

真次は答えない。その話はするなとばかりに眉をひそめただけだ。

緩和ケア病棟に移る前、病院側から在宅ケアも提案された。亜矢子は、そうしたいと思った。しかし真次が頑《かたく》なに拒《こば》んだ。ナースコール・ボタンがそばにないと安心して眠れないという理由だったが、たぶんそれは本心ではない。彼は家族に、つまり一人娘の亜矢子に迷惑をかけたくないのだ。重病人を自宅で介護する大変さを、彼は誰よりもよく知っている。

亜矢子が六歳の時、母の正美《まさみ》が交通事故に遭《あ》って脳に損傷を受けた。一命は取り留めたが、深刻な後遺症が残った。下半身が動かなくなり、記憶力、認知力、言語能力が極端に低下した。特に深刻なのは記憶力で、自分が誰なのかさえわからなくなるこお母さんがとがあった。病院で正美と会った時の衝撃を、亜矢子は忘れられない。お母さんじゃなくなった、と思った。顔つきまで変わっていたのだ。

その頃はまだ祖父母が健在で、精力的に旅館を経営していた。正美は彼等の一人娘で、いずれは彼女が跡を継ぐことになっていた。真次は婿《むこ》養子だ。当時はいずれ料理長になるべく、単身で東京へ修業に出ている身だった。

それらの計画が事故のせいですべて狂ってしまった。真次は仕事を辞めて金沢《かなざわ》に戻ってくると、予定よりも一足早く旅館の調理場に立った。だが彼の役目はそれだけではない。正美の世話という重要な仕事があった。祖父母も協力していたが、中心になるのはやはり真次だ。だから正美を介護する部屋は、調理場に近い場所に新たに作られた。

食事をさせ、排泄《はいせつ》を手伝い、身体を奇麗にする――そうしたことを毎日、真次は黙々とこなした。彼が愚痴をこぼしたり、泣き言をいうのを亜矢子は聞いたことがない。しかも娘の面倒もよくみてくれた。小学校入学から中学校卒業まで、亜矢子はずっと父親の手作り弁当を持っていった。

正美の介護は十数年続いた。最後は反応が鈍《にぶ》くなり、食事を摂らなくなった。眠るように息を引き取った母の痩せた頬《ほほ》を撫《な》でながら、すでに高校生になっていた亜矢子は、胸に安堵感が広がっていることを認めざるを得なかった。これで皆が楽になると思った。

正美を看取《みと》ったことで気が抜けたのか、あるいは張り合いがなくなってしまったのか、その後の数年間で、祖父と祖母が立て続けに亡くなった。その頃には料亭旅館『たつ芳』は、真次に受け継がれていた。

それからさらに二十年ほどが経ち、今では亜矢子が女将をしている。仕事に追われる毎日のせいで婚期を逃してしまった。四十路《よそじ》は夫と子供たちに祝ってもらいたいと願っていたが、まさか独身で迎えるとは思わなかった。

気がつくと真次は目を閉じていた。眠れたということは、今は苦痛ではないのだろう。それならばそっとしておいてやろう。布団の位置を直し、物音をたてないよう気をつけながら病室を後にした。

病院を出て、タクシー乗り場に向かいかけたところでスマートフォンが鳴った。脇坂からだった。

はい、と亜矢子がいうと、「何かあった?」と脇坂はいきなり訊いてきた。

「ああ、いえ、急ぎというわけではないんです。父のことですけど」

「そうだろうと思った。容態はどんな感じ?」

「今日はまだ落ち着いていました。でも、そろそろ次の段階に来ているようなことをいわれました」

亜矢子は戸田から聞かされたことを手短に説明した。

脇坂は祖父母の代から付き合いのある弁護士だ。真次とは同年代で、仲も良く、かつては一緒にゴルフに行ったりしていた。

以前より亜矢子は脇坂から、「真次さんの意識があるうちに打ち明けておきたいことがある。もし死期が近いと思ったら知らせてほしい」といわれていた。だからさっきタクシーの中から事務所に電話をかけたのだった。

「そういうことなら、ぼちぼち話しておいたほうがいいかもしれない。亜矢子ちゃん、今から僕の事務所に来てもらえるかな」

「大丈夫です。旅館のことは副支配人に任せてきましたから」

「じゃあ、用意して待ってるよ」

では後ほど、といって亜矢子は電話を切った。

タクシーに乗り、金沢市大手町《おおてまち》にある脇坂法律事務所を目指した。後部座席で亜矢子は吐息《といき》を漏らした。医師の次は弁護士、立て続けに重大な話を聞くことになりそうだ。用意して待ってる、と脇坂はいった。一体、何を用意するのだろうか。

間もなく臙脂色《えんじいろ》をした五階建てビルの前に着いた。二階がオフィスだ。エレベータには乗らず、そばの階段を上がった。

受付の女性に名前をいうと、すぐに案内された。廊下を挟んで相談用の部屋がいくつか並んでいるが、それらの前は通り過ぎた。奥に趣の違うドアがあり、受付の女性がノックすると、どうぞ、と脇坂の声が聞こえた。

「芳原様がいらっしゃいました」

「入ってもらってくれ」

女性に促《うなが》され、亜矢子はドアを開け、中に入った。立派な黒檀の机に向かっていた脇坂が、椅子から立ち上がるところだった。

「わざわざ済まなかったね」そういって脇坂は、大きなファイルを手に応接セットのほうに移動した。並んでいるテーブルやソファは、一目で高級品とわかるものだ。

脇坂がソファに座り、亜矢子にも掛けるように勧めてきたので、失礼しますといって腰を下ろした。

「お父さんのこと、大変だね」

「はい。でも、もう覚悟していますから」

「僕より一つ上だから七十七歳か」うーん、と脇坂は顔をしかめた。「やっぱり、早いな。真次さんには、もっと元気でいてほしかった。一緒に酒を飲めなくなったし、ゴルフもできない。僕も寂しいよ」

「先生には、本当にいろいろとよくしていただいて、父も感謝していると思います。一度、お顔を見せに行ってやってください。きっと喜びます」

「そのつもりだよ。もう、あまり時間がないということだしね」脇坂の顔つきが険《けわ》しくなった。はい、と亜矢子も相手を見返す目に力を込めた。

そこでだ、と脇坂が胸の前で両手を合わせた。

「話しておきたいことというのはほかでもない。遺言書についてだ」

「遺言書？」亜矢子は思わず眉をひそめた。「父がそんなものを？」

「作っていた。もちろん正式なものだ」脇坂は傍らに置いていたファイルを開くと、中から大判の封筒を取り出し、亜矢子の前に置いた。封筒は糊付《のりづ》けしてあり、表には遺言書、と毛筆で記してある。明らかに真次の筆跡だ。

脇坂が用意しておくといったのは、これのことらしい。

「癌が見つかり、かなり深刻だと判明した際、真次さんから遺言書を作りたいと相談された。後々、揉《も》め事《ごと》が起きないように間違いないものを作りたいとのことだったので、公証役場《こうしょうやくば》で手続きすることを勧めた。そうすれば公証人が作成してくれるし、法的に正式なものだとお墨付《すみつ》きをもらえるからね。この遺言書は、そのようにして作られたものだ」

「そうだったんですか。全然知りませんでした」

「余命を宣告されて、おそらくショックを受けたに違いないけれど、それを乗り越えると、今度は残される者のことが気になったのだろうね。そういう俠気《おとこぎ》に溢れた人物だよ、君のお父さんは」

亜矢子は涙が滲《にじ》みそうになるのを堪《こら》えながら頷き、改めてテーブルの封筒を見た。

「大事なお話というのは、これだったんですね」

いや、と脇坂はいった。「話はこれからだ。遺言書の中身について、いっておきたいことがある」

えっ、と亜矢子は老弁護士の顔を見返した。「中身？」

「じつは私は遺言書の内容を知っている」

亜矢子は目を見開いた。「そうなんですか」

「今もいったように、この遺言書は公証役場で作成されたものだ。その際、本人以外に二人の証人が必要となる。これが作られた時に証人を務めたのは、私と私の知り合いの行政書士だった。その場に立ち会っているわけだから、当然、中身を聞いている。無論、口外することはあり得ないがね」

亜矢子はテーブルに置かれた遺言書と脇坂の温厚そうな顔を交互に見つめた。彼の話がどこに向かっているのか、見当がつかなかった。

この遺言書は、といって脇坂が封筒を手に取った。「今日から君が持っていなさい」

「私が、ですか。どうして？」

「君の好きなように扱えばいいと思うからだよ。真次さんが亡くなるまでどこかに大切にしまっておき、その日が来たら開封して中を読みたいということならそれでいい。そうではなく――」脇坂は一旦言葉を切った後、亜矢子の目を見て続けた。「亡くなる前にお父さんの気持ちを知っておき、今のうちにできるかぎりのことをしたいと思うのなら、早い段階で内容を確認しておくのも一つの手だ」

「父が死ぬ前に遺言書を読んでもいいんですか？　そういうのはだめだと聞いたことがあるんですけど」

「本人が自分で書いただけの遺言書の場合はだめだ。亡くなったとしても、開封前に裁判所に提出する必要がある。内容を書き換えられるのを防ぐためだ。でも公証役場で作成された遺言書の場合、その制限はない。これはあくまでも写しで、原本は公証役場に保管されている。つまり中身を変造される心配はない」

なるほど、と亜矢子は納得した。

さあ、と脇坂は封筒を差し出した。遺言書という文字に目を落としながら亜矢子はそれを受け取った。

脇坂が発した言葉の意味を考えた。亡くなる前にお父さんの気持ちを知っておき、と彼はいった。それはどういうことなのか。彼は遺言書の中身を知っている。

「先生は」亜矢子は老弁護士の目を見ていった。「父が亡くなる前に、私がこれを読んだほうがいいと思っていらっしゃるんですか。ここには、そういうことが書かれているんですか」

「申し訳ないが、その質問に答えるわけにはいかないな。読んでしまってから、君が後悔しないという保証はないからね。読むも読まないも君の自由、としかいえない」そういってから脇坂は表情を緩め、肩をすくめた。「ずるいんだよ、僕は。責任を負いたくないから、判断を君に丸投げしたというわけだ」

「いえ、そんなことはないと思います。立場上、読むように勧めるわけにはいかないだけで、本当は読むべきだと思っていらっしゃる。違いますか?」

亜矢子の問いかけに脇坂は苦笑を浮かべ、指先で鼻の横を掻《か》いた。「どのように想像するのかも、君の自由だ」

「わかりました。ではハサミを貸していただけますか」

「ハサミ？」

「今、ここで開封して、遺言書の内容を確かめます」亜矢子は宣言するようにいった。

虚《きょ》を突《つ》かれたように脇坂は背筋をぴんと伸ばし、両方の眉を上げた。「本気かね」

「いけませんか。先生もいらっしゃることだし、ちょうどいいです」

「いっておくが、僕は証人になっただけで、内容については一切ノータッチだ。真次さんにどういう意図があったかなど、質問されても答えられないからね」

「わかりました。それで結構です」

やれやれとばかりに脇坂はため息をついて立ち上がると、黒檀の机の抽斗《ひきだし》からハサミを取り出し、戻ってきた。「君は相変わらずだねえ」

「気が強いとおっしゃりたいんですか。逆です。気が弱いから、誰かに一緒にいてほしいんです」

亜矢子はハサミを受け取り、深呼吸した。死を覚悟した時、真次は一体何を書き残したいと思ったのか、それは是非知ってみたいことではあった。もしかすると、まだ何か父にしてやれることがあるのかもしれない。少なくとも脇坂はそう思ったからこそ、これを亜矢子に託すことにしたのだ。

封筒の端にハサミの刃を当て、慎重に切り落とした。

中には一回り小さい封筒が入っていた。公正証書と印刷されていて、その下に謄本《とうほん》の印がある。こちらは封がされていない。そしてそこから出てきたのは、綴《と》じられた数枚の書類だ。表紙に重々しく、遺言公正証書とあった。

「何だか、大げさですね」

「それなりの料金を取るから、安っぽくはできないんだろう」脇坂が軽口を叩いた。

亜矢子が緊張していることを察したのかもしれない。

もう一度深呼吸してから、亜矢子は表紙を開いた。

印刷された文字がずらりと並んでいる。『本職は、遺言者芳原真次の嘱託により、証人脇坂明夫《あきお》、証人山本一郎《やまもといちろう》の立会いのうえ、左の遺言の趣旨の口授《こうじゅ》を筆記し、この証書を作成する。』という文言が最初にある。その横の、『遺言の趣旨』から先が、いよいよ遺言の内容だ。

まずは相続に関することが記されている。もしや意外な人物が相続人に指定されているのではと思ったが、そんなことはなく、『左記財産を遺言者の長女芳原亜矢子に相続させる。』とあり、その横に列挙された不動産や預貯金をはじめとする動産は、亜矢子が把握している真次の全財産に間違いなかった。

それ以後は、主に『たつ芳』の経営に関する内容が続いている。『たつ芳の名を穢《けが》すことのないよう、特に料理の味を決して落とさぬよう研鑽《けんさん》に努め、常に技量十分の料理人を欠かさぬこと。』などという一文には、長年料理長として調理場を仕切ってきた真次のプライドが滲み出ていた。

特に変わったことは書かれていないと思いながら読んでいたが、最後のページに記されていた一文に、亜矢子は息を呑んだ。あまりに思いがけない内容だったので、一瞬、何かの読み間違いかと思ったほどだ。しかし何度読み返しても、その文章が意味することは一つだった。

亜矢子は顔を上げた。脇坂と目が合った。

「先生は、これを私に読ませたかったんですね」

だから、と脇坂は口を開いた。「その問いには答えられない、と何度もいってるじゃないか」

亜矢子は息を整え、もう一度遺言書に目を落とした。

松宮脩平《まつみやしゅうへい》――。

これは一体誰だ？

2

その店に足を踏み入れた瞬間、焦げ茶色の床板が小学校の古い教室を思い起こさせた。机を隅に寄せ、床にチョークで土俵《どひょう》を描き、友達と相撲《すもう》を取ったものだ。ただしあの教室の床が、こんなに渋い色だったかどうかはさだかではない。

外から見ると漢字の田の字に見える三つの窓は閉じられ、チェック柄のカーテンが引かれていた。その窓の位置に合わせて四人掛けのテーブルと椅子が並んでいる。どちらも床と同様に濃い焦げ茶色だ。テーブルの上に載せられたメニュースタンドも木製だった。

「落ち着いた雰囲気の店だね」カウンターを眺めながら松宮脩平はいった。その上には、『本日のおすすめケーキセット』と記された黒板が立てられている。

「去年、十周年を迎えたそうです」松宮の横で、若手刑事の長谷部《はせべ》がいった。「開店時から、内装を含め、店の雰囲気は全然変わってないみたいです」

「客の入りはどうだったんだろう」

「さっき近所で聞いたかぎりでは、そこそこ入っていたようです。やっぱり女性客が多かったとか」

「そうだろうね」

松宮は、すっと鼻から息を吸い込んだ。漆喰《しっくい》の壁に包まれた空間には、香ばしくて甘い匂いが染みこんでいるようだ。

さらに一歩進み、改めて床を見下ろした。鑑識班たちの活動の痕跡は、すでに残っていない。

松宮は警視庁支給のデバイスを取り出し、すでに配付されている画像を表示させた。床で女性がうつ伏せに倒れている様子を撮影したものだ。

女性は白いパンツに薄いブルーのニットという出で立ちだが、その背中にはどす黒い染みが広がっている。ナイフが刺さっていて、大量に出血しているのだった。

目黒《めぐろ》区自由《じゆう》が丘《おか》の喫茶店で女性が殺されているという通報があったのは、今日の午前十一時頃のことだった。すぐに最寄りの交番から警察官が駆けつけ、通報に誤りがないことを確認し、現場保存に努めた。通報者には交番で待機してもらったという。

間もなく到着した検視官は、死後十二時間以上が経過していると判断した。ナイフは心臓に達している模様で、ほぼ即死だったのではないかと推察した。ほかに目立った傷はないが殺人事件であることは明らかだ。

警視庁刑事部の幹部たちの判断は早かった。所轄の警察署に特別捜査本部が開設されることになった。捜査一課から応援に駆り出されたのは、松宮たちが所属する係だった。

遺体発見から約四時間後、一回目の捜査会議が開かれた。事件の概要が説明された後、捜査員たちに担当が割り振られた。松宮は主に被害者の人間関係などを洗う鑑取《かんど》り捜査に回された。

その指示を受け、ついている、と松宮は思った。

初動捜査に当たった者からの報告によれば、店内はテーブルと椅子が少し乱れていた程度で、争った形跡はなかったらしい。また、手提げ金庫の金は無事だった。つまり金品目当ての犯行である可能性は低い。被害者の着衣に乱れはないというのだから、レイプ目的でもない。犯行は店の閉店後に起きた可能性が高く、被害者が見知らぬ人間を招き入れたとは思えない。

怨恨《えんこん》、金銭トラブル、愛憎のもつれ——動機は様々考えられるが、顔見知りによる犯行とみてまず間違いないだろう、というのが松宮の読みだった。そうなれば鑑取り捜査を担当する自分たちが犯人に辿り着く可能性が最も高い。ついていると思ったのは、そういう理由からだった。

松宮は所轄の長谷部とコンビを組むことになった。長谷部は刑事課所属の、まだ二十代の巡査だった。痩せていて手足が長く、いかにもフットワークが軽そうだ。一家言《いっか げん》ありそうなベテランと組まされなくて助かった、と松宮は内心胸を撫《な》で下ろした。

挨拶を交わした後、二人で捜査本部を出た。関係者の話を聞くためだったが、その前に現場を見ておきたいと思い、こうしてやってきたのだった。

松宮はデバイスをポケットにしまい、遺体が横たわっていた床に向かって合掌《がっしょう》した。必ず犯人を逮捕してみせます、と胸の中で呟いた。

被害者の氏名は花塚弥生《はなづかやよい》、年齢は五十一歳だった。このカフェの経営者で、『弥生茶屋』という店名は、自分の名前にちなんだものらしい。結婚歴はあるが、現在は離婚していて独《ひと》り暮らし、子供はいない。栃木《とちぎ》県宇都宮《うつのみや》の出身で、その地には今も両親が住んでいる。老いた両親は、警察からの連絡を受け、こちらに向かっているそうだ。

現時点で被害者についてわかっているのはその程度だ。詳しい人間関係については、今後松宮たちの手で明らかになっていくはずだった。

「じゃあ、行こうか」

はい、と長谷部が答えるのを聞いて踵《きびす》を返す際、松宮の視界に再びカウンターの黒板が入った。『本日のおすすめケーキセット』と記された下には、何も書かれていない。

もし事件が起きていなければ今日はどういうケーキがお勧めだったのだろう——松宮はふとそんなことを考えた。

これから話を聞きに行く相手は、一番最後に被害者と関わった人物、即《すなわ》ち通報者であり遺体発見者だった。

目的の家は、東急大井町線《とうきゅうおおいまち》の九品仏《くほんぶつ》駅から徒歩で十分ほどのところにあった。奇麗に区画整理された住宅街の中だが、このあたりは特に上品な佇まいの一軒家が建ち並んでいる印象だ。壁がグレーのタイルで覆われているこの家も、周りと比べても見劣りしないぐらいに立派だった。庭の植え込みも手入れが行き届いている。車庫には二台の車が駐められていた。

松宮は、『富田《とみた》』と彫られた表札の文字を確認してからインターホンのボタンを押した。間もなく、はい、と女性の声で応答があった。

「先程電話をさせていただいた松宮です」

「どうぞ、そのままお入りください」

かちゃり、と門扉の鍵が解錠される音がした。

松宮は門扉を押し開き、敷地内に足を踏み入れた。後ろから長谷部もついてくる。彼が門扉を閉めた。

二人で玄関まで進んだところでタイミングよくドアが開けられ、カーディガンを羽《は》織《お》った小柄な女性が現れた。年齢は四十代半ばか。

「富田淳子《じゅんこ》さんでしょうか」松宮が訊いた。

「そうです」

松宮は頭を下げた。「何度も申し訳ありません」

いいえ、と富田淳子はいったが、内心では穏やかではないだろう。ほんの数時間前まで、彼女は所轄の刑事から質問攻めに遭っていたはずだ。

案内されたのは庭を眺められる広いリビングルームだった。大理石のセンターテーブルを囲んで、三人掛けと二人掛けのソファがL字に配置されている。松宮たちは三人掛けのほうに並んで座った。

「少し落ち着かれましたか」松宮は訊いた。

「何とか……。でもまだ頭がぼうっとしています。あれが現実だったとは思えなくて」富田淳子は手をこめかみに当てた。その顔色は青白い。

「富田さんはあの店――『弥生茶屋』にはよく行かれるそうですね」

「はい。週に一度か二度は行きますので、よく行くほうだと思います」

「いつもお一人で？」

「いえ、大抵お友達と一緒です」

「お友達というと？」

「息子が小学生だった時に親しくなったお母さんたちです」

所謂《いわゆる》、ママ友らしい。

「ほかの方も、日頃よく利用されていたんでしょうか」

「そうだと思います。あの店はケーキも美味しいし」

松宮は咳払いをし、富田淳子に笑いかけた。

「その方々のお名前や連絡先を教えていただけるとありがたいのですが」

「えっ、みんなのですか？」富田淳子は戸惑《とまど》った顔をした。

「事件の早期解決のため、なるべく多くの人からお話を伺いたいんです。もちろん、皆さんには御迷惑がかからないように配慮します」

富田淳子が逡巡《しゅんじゅん》の色を浮かべるのを見て、松宮は両手を膝に置き、お願いします、と頭を下げた。隣で長谷部も倣《なら》っている。

ふうっと富田淳子が息を吐くのが聞こえた。「わかりました。でも取り扱いには気をつけてくださいね」

「細心の注意を払います。ありがとうございます」声に力を込めた。

富田淳子のママ友は四人いるようだ。彼女たちの氏名と連絡先を控えた後、「今日も、その人たちと会う予定だったのですか」と松宮は訊いた。

「今日の相手は一人です。同じヨガスクールに通っているユカリさんという人で、お昼の十一時に会う約束をしていました」

専業主婦でヨガスクールにカフェ、共働きでがんばっている女性たちにはあまり聞かせられない話だなと松宮は思った。

「あなたが店に着いたのは何時頃ですか」

「十一時より少し前でした」

「その時、店の様子はどうでしたか？」

「入り口に『ＣＬＯＳＥＤ』の札が掛かっていたので変だなと思いました。いつもは午前九時には開いていますから。定休日でもないし」

「あの店の定休日は……」

「月曜日です」

「で、変だなと思って、どうされたんですか」

富田淳子は露骨に辛そうに顔を歪《ゆが》めた。「それ、また話さなきゃいけませんか……」

すみません、と松宮は頭を下げた。

「こちらとしても心苦しいんですが、質問者が変わることで、忘れていたことを思い出したり、新たな証言が出てくる場合もあるんです。どうか、御理解ください」

富田淳子は暗い顔つきでため息をついた。

「変だなと思って、試しにドアを引いてみました。そうしたら鍵がかかっていなくて、あっさりと開いたんです。だから、これから営業するのかもしれないなと思って中を覗いてみて――」その時のことが改めて脳裏をよぎったのか、強張った表情で、ゆっくりと瞬きしてから続けた。「床に人が倒れていました。あっと思って駆け寄ろうとしたんですけど、背中にすごく大きな染みがあることに気づいて……。それが血だとわかって……。その瞬間、動けなくなりました」

「それで通報を？」

富田淳子は首を細かく横に振った。

「警察に電話するなんてこと、すぐには思いつきませんでした。頭の中が真っ白になって、どうしていいかわからなくて、怖くて、ただ震えていました。悲鳴も出せなかったんです。そうしたらユカリさんが来て、どうしたのって訊くので、事情を話しました。いえ、まともに話なんかできなくて、店を指差したんです。ユカリさんが店の中を見て、びっくりした様子で一一〇番、一一〇番というのを聞いて、ようやく通報することを思いつきました。その後は警察の人が来るまで、店の前で二人で手を握り合ってました」

臨場感のある説明に松宮は頷いた。初動捜査に当たった連中から聞いた話と内容は一致している。

「大変でしたね。素早い対応に感謝します」

ところで、と言葉を繋いだ。ここから先は遺体の発見者ではなく、被害者の関係者に対する聞き取りだ。

「週に一度か二度は行っていたということは、かなりの常連さんですね。それならば店主の花塚弥生さんとは個人的にも親しかったのではないですか」

「親しかったといえるかどうかはわかりませんけど、ほかにお客さんがいない時なんかは、よく一緒におしゃべりしました」

「最近では、いつ話をされましたか」

富田淳子は首を傾《かし》げ、頬に手を当てた。「先週の……たしか火曜日だったと思います」

「どんなことを話したか、覚えていますか」

「大したことではなかったと思います。最近行ったお店の料理がおいしかったとか……。いつもそういう話題が多いですから」

「その時、花塚さんに何か変わった様子はなかったですか」

「変わった様子って……」

「どんなことでも結構です。少し元気がなかったとか、気がかりなことがあるようだったとか」

いいえ、と富田淳子はいった。

「そんなことは全然ありませんでした。とても明るかったですよ。むしろ最近は、以前にも増して生き生きとしていたように思います」

「以前にも増して？　それは何か理由があったんでしょうか」

「そこまではわかりません。そんな感じがしたというだけです。ごめんなさい、気のせいかもしれません。とにかく、元気がないとは感じませんでした」

「そうですか」

質問の方向を変えたほうがよさそうだな、と松宮は思った。

「店には、どんなお客さんが来ていましたか」

「それはやっぱり女の人が多かったです。奥さん風の人とか、ＯＬさんとか。名前は知らないけど、しょっちゅう見かけるって人が何人もいました。初めてのお客さんでも、弥生さんは親切にお勧めのケーキや飲み物を教えてくれたりするので、みんな、また行こうって気になったんだと思います」

弥生さんと下の名前で呼んだことからも、アットホームな雰囲気が伝わってきた。

「巡り会いを大切にしているとおっしゃってたことがあります。いろいろな人との巡り会いが人生を豊かにするって。結果的には離婚したけれど、別れた旦那《だんな》さんとの巡り会いも貴重な財産だと思うから、結婚したことは後悔してないといっておられました」

「へえ、巡り会い……ですか」

「妊娠中のお客さんなんかには、もうすぐ素晴らしい巡り会いがありますね、楽しみですね、と声をかけておられました。赤ちゃんにとってお母さんとの対面は、人生における最初の巡り会いというわけです」

「なるほど」

常連客が多いのも理解できる印象的なエピソードだと思い、松宮はメモを取った。

「男性客は？」

「たまにいました。近所のお年寄りとか」

「気になる客はいませんでしたか。酔っ払って花塚さんやほかの客に絡んでたとか、妙な目つきをしていたとか」

富田淳子は松宮の質問の途中から、胸の前で手を横に振り始めていた。

「あの店にはそんなお客さんは来ません。それにお酒なんて出してないし。皆さん、品のいい方ばかりです。あ、私もそうだといいたいわけじゃなくて……」

「わかっています。ありがとうございます」松宮は苦笑を漏らした。「花塚さんと特に親しくしておられた方を御存じありませんか。友達とか恋人とか」

さあ、と彼女は首を捻《ひね》った。

「御自身のことは、あまり話さない方でした。お独りだってことは知っていましたから、こちらから尋ねることもなかったんです」

「そうですか。では最後に、今回の事件について何か思い当たることはありませんか」

松宮の質問に、富田淳子は目を少し見開いた。さらに息を吸い込む気配があった。

「ひどい話だと思います。おそらく強盗か何かの仕業《しわざ》なんでしょうけど、よりによってあの店が狙われるなんて、ひどいです。ひどい世の中です」

「なぜ強盗の仕業だと？」

「だって、あの弥生さんが誰かから恨まれたり憎まれたりしてたなんて、そんなことあり得ないですから。あんないい人、めったにいません。親切で思いやりがあって……。だからたぶん頭のおかしい人間が、お金目当てでやったんだと思います。絶対そうに決まっています」両手を握りしめ、力強くいいきった。

松宮は、現場に金品を物色した形跡がないことには触れず、「参考にします。本日は御協力ありがとうございました」といって長谷部に目配《めくば》せし、腰を上げた。

富田淳子の家を辞去した後、松宮は長谷部と共に、彼女の「ママ友」たちのところへ話を聞きに回った。子供の小学校が同じというだけに、いずれの住居も近いのは助かった。

富田淳子から、「刑事が行くかもしれない」という連絡が届いていたらしく、誰のところでも戸惑われることはなかった。それどころか、彼女たちはすでに花塚弥生が殺されたことを知っていて、松宮たちから何らかの情報を得ようと逆に質問してくるのだった。なぜ殺されたんですか、誰に殺されたんですか、手がかりはあるんですか――捜査が始まったばかりだと松宮がいくら説明しても、なかなかわかってくれずに苦労した。

しかし話を聞くうちに、彼女たちは単なる好奇心を働かせているわけでないことがわかってきた。彼女たちは心底、花塚弥生の死を悲しみ、今回の凶行に憤《いきどお》っているのだった。

あんないい人はいない、と誰もがいった。常連客の誕生日を暗記していて、その日にその客が店に来た時にはケーキをサービスしていたとか、点字メニューを手作りしていたとか、アレルギーのある子供のために特別なケーキを作ってあげていたとか、花塚弥生の人間性の素晴らしさならいくらでも語れる様子だった。

全員の話を聞き終えた時には夜になっていた。特捜本部に戻る前に聞いた内容を整理しておこうと思い、松宮と長谷部はコーヒーショップに入った。

「皆さん、いうことは同じですね」自分の手帳を眺めながら長谷部がいった。

「全くだ。誰ひとり、被害者のことを悪くいわない」コーヒーを啜《すす》り、松宮は肩をすくめた。「おそらく、それは事実だったからだろうな。きっと、本当にいい人だったんだ」

「問題は動機ですよね。いい人だからといって、絶対に殺されないっていう保証はありません。全く理不尽な動機で、衝動的に刺されたってことじゃないでしょうか」

「理不尽かどうかはともかく、状況から考えると、計画的な犯行である可能性は低いだろうね」

凶器となったナイフは、刃の長さが二十センチ以上あり、先端が鋭く尖《とが》ったものだった。それだけを聞くといかにも危険な武器だが、じつはシフォンケーキなどを切るための道具だという。つまり店の常備品だったと思われるのだ。実際、現場のカウンター裏の流し台には、洗ったままのシフォンケーキの型が置かれていたらしい。衝動的に殺意を抱いた犯人が、流し台に置いてあったナイフを手にし、背後から被害者を刺した、と考えるのが妥当だった。

ナイフの取っ手から指紋は見つかっていない。鑑識によれば、布で拭《ふ》き取られた形跡があるらしい。犯人は激情に駆られて背後から刺してしまったが、花塚弥生が死んだとわかった途端に怖くなり、指紋を拭き取る程度の冷静さは辛うじて取り戻したということか。

「誰かから憎まれたり恨まれたりするような人ではなかったということなら、やっぱり金銭トラブルが原因でしょうか」長谷部が自信なげにいった。

「そうかもしれない。優雅にカフェを経営していたぐらいだから、意外とお金を貯め込んでいて、密かに高利貸しをしていたりしてね。で、返済期限の延長を頼んだけれど断られた誰かが、かっとなって刺し殺した、とか」

ああ、と長谷部は目を見張った。「カフェの優しいマダムが、じつは金に汚い守銭《しゆせん》奴《ど》だった――小説にしたら面白そうですね」

「商売柄、被害者が表の顔と裏の顔を使い分けていた可能性は大いにある。常連客には見せない一面があったのかもしれない。そういう意味では、金銭トラブルだけでなく、怨恨や愛憎のもつれが原因だったという可能性も、まだ捨てるわけにはいかない。すべてはこれからだ」そういって松宮はコーヒーを飲み干した。

立ち上がろうとした時、スマートフォンに着信があった。

内ポケットから取り出して画面を見ると、不動産会社の名称が表示されている。しかも現在松宮が住んでいる部屋ではなく、二年前まで部屋を借りていた会社だ。

訝《いぶか》しく思いながら電話に出た。「はい、もしもし」

「あ、えーと」相手の男性は不動産会社名をいい、ヤマダと名乗った。「松宮さんの携帯電話でよろしかったでしょうか」

「はい、松宮ですが」

「ああ、よかった。以前は当社を御利用いただき、誠にありがとうございました」

「はあ……」

「お忙しいところ、すみません。今、ちょっとよろしいですか」

「いいですけど、何でしょうか」

今頃になって追加の修繕費でも請求するつもりかな、と思った。

「松宮さんは、ヨシハラさんという女性を御存じですか」だがヤマダの質問は、全く予期しないものだった。

「ヨシハラさん？　下の名前は？」

「アヤコさんといいます」

「ヨシハラアヤコさん……」口に出してみたが、その名前に心当たりはなかった。そう答えるとヤマダは、「そうですか。それは弱ったな」と独り言を呟くようにいった。

「その女性がどうかしたんですか」

「じつは今日の昼間、その女性がうちの事務所に来られましてね、松宮さんの現在の連絡先を教えてもらえないか、というんです」

「えっ、僕の？」松宮は思わず眉をひそめた。

「どうやら以前松宮さんが住んでいた部屋を訪ねていって、引っ越されたとわかったので、うちのほうに来られたようです。もちろん、そういう問い合わせには応じられませんと丁重にお断りしたわけですが、諦めきれない様子で、だったら自分の名刺を置いていくので、松宮さんに渡して、連絡を待っていると伝えてほしいと頼みこまれてしまったんです。大至急相談したいことがあるのだとか」

「相談？」

「悪い人には見えないし、強く懇願されちゃったものだから断りきれなくて、それじゃまあ手の空いた時に連絡してみますよと答えたわけです。でもお仕事柄、松宮さんがいつもお忙しいことはわかってるので、どうしようかなあと迷いつつ、放ってもおけないと思って、こうして電話した次第です」

「そういうことですか」ヤマダの説明を聞いて、とりあえず状況は理解できた。「そのヨシハラさんは、御自身についてはどのように説明しておられたのですか」

「特に詳しいことは何も。名刺によれば旅館を経営しておられるみたいです」

「旅館？」

ますますわけがわからない。松宮は空いているほうの手で頭を掻いた。

「場所は？」

「金沢です」

「金沢？　石川県の？」

「もちろんそうです」ヤマダは、ほかに金沢という地名があるのか、と問いたそうな口ぶりだ。

松宮は小さく唸《うな》った。これまでの人生で、縁もゆかりもない地名だった。行ったことさえなかった。

「というわけでこの名刺、郵送しましょうか。携帯番号も書き込んであります」

「じゃあ写真を撮って、メールで送ってもらえませんか」

「ああ、それがいいですね。ではアドレスを教えていただけますか」

松宮が口頭でアドレスを伝えると、ヤマダは、「すぐに送ります」といった。「ああそれから、もし松宮さん御本人がお忙しいようなら、お母さんの克子《かつこ》さんでも構わないとおっしゃってました」

「母でも？　克子という名前は、あなたが教えたんですか」

「いえいえ、その方が御存じだったんです。私が教えたわけじゃありません」

するとヨシハラアヤコなる女性は克子の知り合いなのか。だが松宮は、母の口からその名前が出たのを聞いた覚えがない。

「ではメールを送りますね」ヤマダがいった。

「あ、はい。よろしくお願いします」

松宮は電話を切り、首を捻った。

「どうかしたんですか」長谷部が尋ねてきた。

「いや、何でもない。個人的なことだ。行こう」

コーヒーショップを出て、タクシーを拾った。後部座席に乗り込み、シートベルトを締めていたらメールが届いた。ヤマダからだった。

タイトルを見れば、『山田です』とあった。本文はなく、ファイルが添付されていた。開くと名刺を撮影した画像が表示された。

旅館『たつ芳』と毛筆体で印刷され、その横に『女将　芳原亜矢子』とあった。住所は石川県金沢市十間町《じっけんまち》となっている。

松宮は画面を見つめ、首を捻るしかなかった。

3

所轄の警察署は目黒通り沿いにあった。署内に入ると、「報告は俺が済ませておくよ」と長谷部にいって、松宮は一人で特捜本部が置かれている講堂に向かった。所轄の若い刑事には、明日から精力的に動いてもらわなければならない。今夜ぐらいは早く帰らせてやりたかった。

入り口に『自由が丘喫茶店主殺害事件特別捜査本部』という看板が立てかけられた

講堂に入ると、まだ多くの捜査員たちが残っていて、報告書を書いたり、グループごとに打ち合わせをしたりしていた。松宮は中央に机がいくつも組み合わされているデスク席に目を向けた。松宮たちのリーダー――今日の成果を報告すべき人物は、椅子に座ってノートパソコンに向かっている。手は止まっているから、何かの資料を確認しているのだろう。

松宮は斜め後ろから近づいていき、主任、と広い背中に向かって声をかけた。「ただ今戻りました」

「その声を聞くかぎりでは、あまり期待しないほうがよさそうだな」そういいながら加賀恭一郎《かがきょういちろう》が椅子を回転させた。口元には笑みを浮かべているが、深い眼窩《がんか》の奥から発せられる光は鋭い。

松宮はため息をつき、小さく頷きながら手帳を取り出した。「残念ながら、その通りです。遺体発見者と、知り合いの常連客四人に当たってきましたけど、手がかりになりそうな話は聞けませんでした」

「そうだろうな。殺されて当然だと思われるような人間が経営しているカフェじゃ、常連客なんかいるわけないからな。被害者の花塚弥生さんは、みんなから慕《した》われ、愛されていた。どうだ、図星《ずぼし》だろ？」

松宮は眉を動かした。「ほかからも同様の情報が?」

加賀が机の上から一枚の書類を手に取った。

「花塚さんは週に一度、上野毛《かみのげ》の自宅マンションで菓子作りの教室を開いていた。そこの生徒たちを当たった連中から報告が上がってきている。それによると、教え方は丁寧で親切、思いやりがあって優しい、おまけに授業料が良心的」そこまで読み上げてから松宮を見上げた。「悪いことをいった人間は一人もいなかったようだ」

「こっちもそうです。みんな、いうことは同じ。あんなにいい人が殺されるなんて信じられない、恨まれるなんて考えられない。そればかりです」松宮は立ったままで腕を組んだ。

「まあ、座れよ。歩き回って、疲れただろ。先は長いんだし、無理するな」加賀が隣の椅子を顎《あご》でしゃくった。

「そうですか。では、お言葉に甘えて」そういって松宮はそばの椅子を引き寄せた。

「その堅苦しい言葉遣いもやめろ。俺たちのやりとりなんか誰も聞いちゃいない」

松宮は周囲を見回した。たしかに皆それぞれに忙しそうだ。

二人は従兄弟だった。しかし周りに人がいる時には言葉遣いに注意しよう、という取り決めになっていた。

加賀が松宮たちの係にやってきたのは三年前だ。それまでは日本橋《にほんばし》警察署にいた。その頃、二人で何度か一緒に捜査に当たったことがある。加賀もかつて捜査一課にいたらしく、三年前の異動は復帰ということになる。いろいろな面で例外的な人事らしいが、どういう事情があったのか、松宮は詳しいことを知らない。

「たぶん別の切り口を見つけなきゃいけないんだと思う」椅子に腰を下ろしてから松宮はいった。「カフェの店主とかお菓子教室の先生ではない、別の顔が被害者にはあったのかもしれない」

「もちろん、人にはいろいろな顔があるのがふつうだ。五十年以上も生きていれば尚のことな」加賀は手にしている書類に再び目を落とした。「氏名、花塚弥生。出身地、栃木県宇都宮市。地元の高校を出た後は大学進学を機に上京し、そのまま大手家具販売会社に就職。二十八歳の時に結婚退職。四十歳で離婚。その後、自由が丘でカフェ『弥生茶屋』をオープン。経営状態は概《おおむ》ね良好で、借金はなく、上野毛のマンションも賃貸料を滞納したことは一度もなかった。――以上が被害者の略歴だが、この短い文章の中にも、いろいろな顔が含まれている。たとえば栃木県宇都宮市出身ということだが、子供時代はどんな少女だったのか？」そこまで話したところで加賀は顔を上げた。「おまえたちが外を回っている間に花塚さんの御両親が到着されたので、俺が応対した。遺体の写真を確認してもらったよ」

松宮は息を吸い、ぴんと背筋を伸ばした。「どんな御様子だった？」

「御両親はどちらも八十歳前後だ。まさかこの歳になって娘の亡骸《なきがら》を見ることになるとは思いませんでしたって、夫婦揃ってぼろぼろ泣いておられた。いくつになっても、娘は娘だからな。しかも一人娘だ。小さい頃から優しい子で、上京した後も、しょっちゅう電話をかけてきては、二人の体調を気遣ったりしてくれたそうだ。各地の特産品を送ってくれることもあったとおっしゃってたな。ただ、さすがに帰省となると、最近では年に一度程度だったようだ」

「事件に関して心当たりは……」

「それを期待するのは無理ってものだろう」加賀は持っていた書類を机に戻した。「学生時代の友達ぐらいなら何人か知っているけれど、最近の人間関係はさっぱりわからないって話だった」

「まあ、そうだろうな」

「しかし御両親と会えたことには大きな意味がある。花塚さんの部屋を捜索する許可を得られたし、何よりスマートフォンの中身を調べることにも承諾を得られた。中身の解析は着々と進んでいて、花塚さんが複数のＳＮＳを活用していたことがわかっている」

「それはいい。今やSNSは人間関係の宝庫だ」

「あまり期待するな」加賀は松宮の胸元を指差した。「SNSは曲者《くせもの》だ。ただ形式的に繋がっているだけでは、人間関係とはいわない。実際、これまでに確認されているかぎりでは、花塚さんは主に店の宣伝に活用していたようで、個人的な内容はあまり見当たらない。会社員時代や学生時代の友人たちとのメッセージのやりとりはちらほらあるが、頻繁に会うほどの付き合いはなかったらしい」

「すると、期待できるとすればメールと通話履歴かな」

「そういうことになる。今、メールや電話でやりとりしていた相手の身元や、花塚さんとの関係を割り出しているところだ。それが判明したら、随時おまえたちに当たってもらうことになる。相手の正体がわからないまま迂闊に近づいて、万一犯人だった場合は、警戒されたり、下手をすれば逃走されるおそれもあるからな」

「わかっているよ。指示が出るのを待っている」

じゃあ、といって立ち上がりかけた松宮の右腕を加賀が摑んできた。「ちょっと待て」

「何だよ」

「俺の話は終わっていない。身元が判明したら、随時当たってもらうといっただろうが」

「だから指示を待っていると――」そこまでしゃべったところで松宮は言葉を切った。加賀が意味ありげに薄く笑ったからだ。「もしかして、現時点で身元が判明している人間がいるのか」

「何人かな。たとえば、この人物だ」

加賀はくるりと椅子を回転させると、ノートパソコンを素早く操作してから画面を松宮のほうに向けた。そこには男性の顔写真と氏名、住所、生年月日が表示されている。運転免許証を元にしたものらしい。

名前は綿貫哲彦《わたぬきてつひこ》、生年月日から計算すると年齢は五十五歳のようだ。住所は江東区《こうとう》豊洲《とよす》になっている。

「花塚さんのスマートフォンの発信履歴に、この名前があった。電話をかけたのは一週間前だ。アドレス帳に携帯電話番号がフルネームで登録してあった。通話時間は五分少々と大して長くないが、綿貫という名字が引っ掛かった」

「どうして？」

「花塚さんに離婚歴があることは知っているだろ？　綿貫というのは、結婚していた頃の名字だ」

　あっ、松宮は声を漏らした。「するとこの男性は元夫？」

「そういうことだ。花塚さんの戸籍を確認した。間違いない。運転免許証を検索して、引っ掛かったのがこのデータだ。たぶん本人だろう」

「花塚さんが離婚したのはたしか……」松宮は手帳をめくろうとした。

「四十歳の時だから十一年前だ」

「そんな昔に離婚した相手と、今でも付き合いがあったんだろうか」

「問題はそこだ。通話履歴によれば、少なくとも過去一年間、花塚さんのほうからは電話をかけていない。スマートフォンの記録を見るかぎり、向こうから電話がかかってきた形跡もない。それなのになぜ今頃、別れた亭主に電話なんかしたのか」

「たしかに気になる」松宮はパソコンの画面を睨んだ。

「花塚さんの御両親に離婚の理由を尋ねたが、はっきりしたことは知らないようだった。別れると聞いて驚いたけれど、特にいざこざがあったわけではなさそうだし、どちらもそれなりにいい歳なんだから、年寄りの親が口出しする必要もないと思い、何もいわなかったってさ。まあ、そんなものかもしれない」

「だけど今になって連絡したなんて、見過ごせない話だ」松宮は手帳を広げ、画面に表示されている内容をメモした。「明日、早速会いに行ってみるよ」

「会いに行く前にできるだけ情報を揃えておけよ。近所で聞き込みをすれば、綿貫氏の職業ぐらいはわかるかもしれない。人柄とかな」

「いわれなくても、それぐらいはやるよ。下調べをせずに当たるのは刑事として最低だって、よく伯父《おじ》さんにいわれたからな」

「再婚して新しい所帯を持っているかもしれないんだから、質問にも気を遣えよ。別れた女房について刑事が聞き込みに来たせいで、円満だった夫婦関係が壊れた、なんてことになったら洒落《しゃれ》にならないからな」

「だからわかってるって。いつまで新米扱いする気だよ」うんざりした顔を作って手帳をポケットに戻し、松宮は今度こそ立ち上がった。「じゃあ、明日」

「おう。自宅に帰るのはいいが、遅れるなよ。朝イチから会議だ。慣れない独り暮らしで、起こしてくれる人はいないんだからな」

「もう慣れたよ。それに捜査会議に遅れたことなんてないだろ」そう答えた後、ふと思い出したことがあった。「そうだ、恭《きょう》さん、芳原って人を知ってるか?」

「ヨシハラ?」加賀は机の上の資料を手にしかけた。

「事件とは関係がない。俺の個人的な話だ」

「個人的？」

怪訝《けげん》そうに見上げてきた加賀に、松宮は電話の内容をかいつまんで説明した。加賀は克子の甥《おい》でもある。何か知っていることがあるかもしれないと思った。

「ヨシハラアヤコさん……か。俺も聞いたことはないな」

「金沢で旅館を経営しているそうなんだ」

松宮はスマートフォンを出し、名刺の画像を加賀に見せた。

「『たつ芳』か。いや、心当たりはない」加賀が珍しく当惑の表情を浮かべている。

「叔母《おば》さんに訊いてみたらどうだ」

「そうするよ」

「何かわかったら教えてくれ。俺も興味がある」

「たぶん、どうってことのない話だと思うけどね。じゃあまた明日」軽く右手を上げ、松宮は出口に向かって歩きだした。

警察署を出るとタクシーに乗った。現在の住まいは明大前《めいだいまえ》駅の近くだ。運転手に行く先を告げた後、スマートフォンを取り出した。

母の克子とは二年前まで高円寺《こうえんじ》のマンションで同居していたが、今では別々に住んでいる。彼女の現在の住まいは千葉の館山《たてやま》だ。仲間たち数人と古い民家を借り、野菜を作って暮らしているらしい。

電話をかけるとすぐに繋がり、「はーい、もしもし」と克子の陽気そうな声が聞こえた。

「俺だけど、今ちょっといいかな。訊きたいことがあるんだけど」

「いいわよ。何？」

「母さん、芳原さんっていう人を知ってるか？　芳原亜矢子さんっていうんだけど」

「ヨシハラさん……どういう字？」

「漢字か。何といえばいいのかな。そうだ、芳香剤の芳だ。で、原っぱの原」

克子からの返事がない。聞こえていないのかと思い、もしもし、と呼びかけた。

「その人がどうかしたの？」克子が尋ねてきた。声が少し尖って聞こえた。

「前の不動産屋に俺の引っ越し先を訊きに来たらしい。俺と連絡を取りたいそうで、名刺を置いていった。金沢で旅館を経営している女将さんだという話だけど、さっぱり心当たりがなくてさ。聞けばその人は、母さんのことも知っているみたいなんだ」

「ふうん……」

「恭さんにも訊いたけど、知らないそうだ。どうだ？　何か心当たりはあるか？」

克子がまた黙り込んだ。対応を迷っているようにも思われた。

「母さん――」

それで、と克子がいった。「どうする気なの？」

「いや、だからどうしようかと思って。で、どうなんだ？　母さんの知っている人なのか」

ふうーっと息を吐く音が聞こえた。「私はやめておいたほうがいいと思う」

「何を？」

「だから連絡するのを。放っておいたほうがいいと思う」

「どうして？　ていうか母さん、知ってるんだな。誰なんだ、芳原さんって」

「私の口からはいえない」

「はあ？」

「いいたくない」

「どうして？」

「どうしてもよ。あなた、刑事なんだから、そんなことはすぐに調べられるでしょ」

「無茶いうなよ。警察のシステムを個人的なことに使えるわけないだろ」

「あらそうなの。じゃあ仕方ないわね」

「何が仕方ないんだ。教えてくれよ。誰なんだ」

「だから私の口からはいえないし、いいたくないといってるじゃない。あなた、どうせその人に連絡する気でしょ。だったら、いずれわかることよ。何度もいうけど、私はやめておいたほうがいいと思うけどね。もういい？　電話、切るわよ」

「いや、ちょっと——」待ってくれ、という前に電話は切られた。松宮はスマートフォンを見つめ、眉根を寄せた。

自分の部屋に戻ってからも、すぐには着替えず、上着を脱いだだけの格好でダイニングチェアに座り、スマートフォンを操作した。例の名刺の画像を再生させ、手近にあった雑誌の端に携帯電話の番号を書き込んだ。

克子からあんなふうにいわれたせいで、余計に気になってきた。今すぐにでも電話をかけたくなった。

メモした番号を打ち込み、発信しようとした。だが指がボタンに触れる直前、動きを止めた。

下調べをせずに当たるのは刑事として最低——その言葉が頭に浮かんだ。

松宮は本棚の上で充電中だったタブレットを持ってきて、テーブルに置いた。名刺には旅館の公式サイトのアドレスが記されている。まずはそこを覗いてみようと思った。

サイトにアクセスすると、『たつ芳』という名刺と同じ書体の文字が表示された。その下には建物の外観を撮影した画像があった。歴史を感じさせる渋い木造建築で、前面いっぱいに細かい縦格子が施されている。

画像はスライドショーになっていて、各種客室の様子や館内の内装、近くの名所などが次々に表示されていく。それだけで、かなりの高級旅館であることが窺えた。

サイトはなかなか充実していて、宿泊や料理の内容について懇切丁寧な説明がなされている。もちろんオンライン予約も可能なようだ。一番高いコースの値段を見て、思わず目を見開いた。やっぱり高級旅館だ。

しかし資本金や従業員数といった、会社概要は示されていない。松宮が何より知りたかった経営者に関する情報――即ち女将がどういう人物なのかも、このサイトからはわからなかった。

「仕方ないな」松宮は声に出していった。これ以上は調べようがない、と自分自身を納得させるためだった。

改めてスマートフォンを手に取った。携帯電話の番号を打ち込んだ後、深呼吸を一つしてから発信ボタンに触れた。

呼出音が三回聞こえた後、はい、と女性の声がいった。

「もしもし、芳原亜矢子さんでしょうか」

「そうですが、あなたは……」

「松宮といいます。不動産会社から連絡をもらいました」

ああ、と相手の女性が声を漏らした。

「やっぱり……。知らない番号なので、そうではないかと思いました。わざわざ申し訳ございません。不審に思われたでしょうけれど、こちらとしても、ほかに手立てがなかったものですから」

「大至急、相談したいことがある、と聞きましたけれど」

「そうです。時間はあまり残されてはいないんです」

「一体何のことですか。まるで見当がつかないのですが」

「石川県の金沢と聞いて、ぴんと来ることはありませんか。お母様から何か聞いておられるのではないですか」

「それが母に訊いても何も教えてくれなくて」

「そうですか。もしかすると、私のしていることは、お母様にとっては余計なことなのかもしれませんね。でもこちらにはこちらの事情があるものですから」

「どういうことですか。あなたは何について相談したいのですか」

「私が相談したいのは——」芳原亜矢子は言葉を切った。勿体ぶっているのではなく、口に出すのを躊躇しているように感じられる沈黙だった。すっと息を吸う気配の後、彼女は続けた。「あなたのお父さん……いえ、お父さんかもしれない人物についてです」

4

捜査会議で最初に発表されたのは、地取り捜査班からの報告内容だった。それによれば、最近、付近を不審人物がうろついていたという情報はなく、近辺の防犯カメラにも殊更《ことさら》に怪しい者の姿は捉えられていないらしい。当初の見立て通り、やはり変質者や薬物中毒者の仕業である可能性は低いだろう、というのが捜査に当たった者たちの見解だった。

一方、遺体発見前日の午後六時の時点で、『弥生茶屋』のドアに『CLOSED』の札が掛けられ、窓のカーテンが閉じられているのを近所の住民が目撃していた。また店内の明かりが一晩中点いたままであったことも、複数人の証言で明らかになっている。以上のことから、解剖の結果とも照合し、犯行時刻は閉店直後の午後五時半から午後九時の間と推定して間違いないだろう、という結論になった。被害者の胃内に未消化の残物はなかったそうだが、何時頃に夕食を摂る習慣だったかは不明なので、それ以上に時間帯を絞るのは危険だろうと判断された。

『弥生茶屋』には裏口がなく、犯人は玄関を出入りしたと思われるが、今のところ目撃情報は得られていない。

これらの報告を聞き、松宮は改めて気持ちを引き締めた。犯人が被害者の顔見知りである可能性がますます高まったからだ。つまり事件を解決できるかどうかは、人間関係を洗い出す松宮たち鑑取り班の成果にかかっている。

証拠品担当の班からは、まず花塚弥生の部屋を捜索した結果が報告された。ふだん花塚弥生が使用している鍵は、店で見つかった彼女のバッグに入ったままだった。部屋は施錠がなされており、二本ある合鍵はいずれもキッチンの抽斗に入っていた。室内は被害者が朝食を摂って出かけた時の状態が保持されているとみて間違いなく、犯人が花塚弥生を殺害した後で彼女の部屋に侵入した可能性は極めて低い。

これらの情報には意味があった。もし犯人を示す重大な手がかりが花塚弥生の部屋にあるのならば、犯人がそれを回収しようとするはずだからだ。そうしなかったということは、室内には犯人に繋がる直接的な証拠はない、少なくとも犯人自身はそう考えている、と捉えるのが妥当だった。

部屋の間取りは1LDKで三年前に引っ越してきている。その前は今よりもっと駅から遠いマンションに住んでいたというから、金銭的に余裕ができたのだろう。ただし、花塚弥生の生活ぶりについては、質素で堅実という表現が使われた。洋服、化粧品、アクセサリー、いずれについても過度に贅沢なものは一つもなく、収入に見合っているらしい。実際、銀行預金も少しずつだが着実に増えていたという。

問題は異性関係だが、部屋に男性が出入りしていた形跡は確認されていない。近隣の住民からも、そういう男性を見たという証言は得られていないようだ。

だからといって交際していた男性はいなかったと決めつけるのは早計だと松宮は思った。花塚弥生は自宅で菓子作りの教室を開いていた。恋人の存在を生徒たちに気づかれないよう、逢瀬《おうせ》を外で重ねていた可能性は大いにある。

だが次に報告されたスマートフォンの解析結果は、そんな松宮の想像を否定するものだった。SNSやメールを交《か》わす人物の中に、恋人関係を窺わせる相手は一人もいないというのだ。食事や会う約束をする内容のものはあるが、いずれも相手は女性で、しかも特定の人物ではない。交際相手はいないと思われる、という結論に異議は唱えられなかった。

スマートフォンの解析はまだ終わっておらず、今後、新たな情報が見つかり次第、報告していくということだった。現時点で身元が判明している関係者などが発表された。その中には花塚弥生の元夫である綿貫哲彦の名前もあった。

松宮たち鑑取り班からの報告内容には注目すべきものがなかった。被害者を知る人々は口を揃えて、「あんないい人が殺されるとは信じられない」と語っているなどというだけでは、何も仕事をしていないのと同じだ。あからさまに非難こそされないが、松宮は肩身が狭かった。

全体での捜査会議の後、各担当ごとに分かれての打ち合わせとなった。鑑取り班は、昨日に引き続いて被害者と何らかの関係があった者たちへの聞き込みが主な仕事だ。まずはスマートフォンのアドレス帳に登録されているリストが配られた。アイウエオ順に、『相川《あいかわ》こず恵《え》』、『愛光《あいこう》レディスクリニック』、『秋田《あきた》コーヒー』と百件以上の固有名詞が並んでいる。それらを元に、各自の担当分が振り分けられた。松宮は、綿貫哲彦の名前が入っているグループを希望した。

「関係者から話を聞く際に、こっちのリストを相手に見せてくれ」鑑取り班を仕切っている加賀が、別の書類を皆に配った。「スマートフォンに何らかの記録が残っていて、身元がわかっていない人物の名前をすべてリストアップしてある。あだ名でしか登場しない者は、それをそのまま記した。ここに知っている人間、思い当たる人間がいないかどうか、確かめてくれ。何かわかったら、即座に報告するように」

松宮は書類に目を落とした。名前がずらりと並んでいる。中には、『トンちゃん』、『山さん』というものもあった。メールやSNSの中に登場してくるあだ名なのだろう。

「それからもう一点」加賀が人差し指を立てた。「被害者の財布からスポーツジムとエステサロンの会員証が出てきた。どのぐらいの頻度で通っていたかは不明だが、顔《かお》馴染《なじ》みの従業員や会員がいるかもしれない。誰か、当たってみてくれ」

松宮は手を挙げた。「では自分たちが当たります」

加賀は頷き、「任せた」といって持っていた紙を出してきた。二枚の会員証をそのままカラーコピーしたものだった。

「皆もわかっていると思うが、犯人は被害者と顔見知りの人物である疑いが濃い」加賀が捜査員たちを見回していった。「今日、これから会う人物の中にいるかもしれない。そのことを念頭に置いて、隙《すき》のない聞き込みをやってくれ」

はい、と松宮は周りの者と一緒に力強く答えた。

解散した後、長谷部と共に出口に向かおうとしたが、後ろからぐいと肩を摑まれた。

「あの後、何かわかったのか」加賀が耳元に小声で尋ねてきた。「金沢の旅館の件だ。叔母さんに電話したんだろ?」

ああ、と松宮は口を開いた。

「訊いたんだけど、何も教えてくれなかった。いいたくないんだってさ」

「何だ、そりゃあ。叔母さん、なかなかやるな」加賀は破顔し、肩を小さく揺すった。

「笑い事じゃないよ。仕方がないから、芳原さんに電話をかけてみた」

加賀が目を光らせた。「ほう、それで?」

「いいのか? 話が長くなるけど」

加賀は口元を曲げた後、頷いて離れた。

「続きは今度聞こう。おまえも仕事中は余計なことを考えるなよ」

「呼び止めておいて、それかよ」松宮は舌打ちし、長谷部のところへ駆け寄った。

「お待たせ」

「警部補とどんな話を?」長谷部が訊いてきた。

「何でもない。捜査には関係のない業務連絡だ。それより、どこから回ろうか」松宮は聞き込み先のリストを示した。

「どこからでも。お任せします」

「だったら、まずはここだ」松宮が指したのは綿貫哲彦という名前だ。

「被害者の元夫ですね。でも自宅にいるでしょうか。今日は土曜日なので、ふつうの会社なら休みだと思いますけど」

「確認してみよう」

松宮はスマートフォンを取り出し、綿貫哲彦の番号に電話をかけた。呼出音を聞きながら咳払いを何回かした。

電話が繋がり、はい、と男性の声がいった。

「もしもし、綿貫哲彦さんの携帯電話でしょうか」松宮は努めて明るい口調で訊いた。

「はあ、そうですが」

「配達の者ですけど、本日御自宅にいらっしゃいますか」

「今日ですか。夕方には出かける予定なんだけどね」

「では、これからお届けに伺っても構いませんか。一時間以内には到着できると思います」

「ああ、いいですよ」

「ではすぐに向かいます」松宮は電話を切り、頷いた。「これでよし」

隣で長谷部が目を丸くしている。「そんなやり方があるんですね」

「これから刑事が行きますよって、わざわざ予告する必要もないだろ」

行こう、と松宮は若手刑事の肩を叩いた。

警察署を出るとタクシーを拾った。碑文谷《ひもんや》から豊洲。電車を使えば安くつくが、時間は倍以上かかる。

「十年以上も前に離婚した相手に連絡する時って、どんな時でしょうね」車が走り出して間もなく、長谷部がいった。

「さあね。結婚したことがないから、まるで見当がつかないな」

「よりを戻したくなった、とかでしょうか」

まさか、と松宮はいった。「それはないと思う」

「やっぱりそうですか。時間が経ちすぎてますからねえ」

「それだけじゃなく、被害者が女性だからだ。恋人にしろ、夫婦にしろ、別れた後でも未練を持っているとしたら男のほうだ。女は別れた直後から次のことを考える。花塚さんの部屋を調べた刑事たちに、結婚していた頃の名残があったかどうか訊いてみるといい。写真一枚残ってなかった、というに決まっている」

「そういえば、元彼がストーカーになって事件を起こしたって話はしょっちゅう聞きますけど、元カノがそんなことをしたっていうのはあまり聞きませんね」

「だろ？　女性は切り替えが早いんだ」

そこまで話したところで、松宮は自分の母親を思い浮かべた。克子もまた切り替えが早く、別れた男など死んだことにしてしまえばいいと割りきったのか。

芳原亜矢子とのやりとりが蘇る。

私が相談したいのは、あなたのお父さん……いえ、お父さんかもしれない人物についてです――。

聞いた瞬間、目眩《めまい》がしそうだった。思わぬ方向から飛んできた矢に射貫かれたような衝撃を受けた。

自分の父親は何年も前に死んでいる、と松宮は告げた。すると芳原亜矢子は大きく息を吐き、「お葬式は？」と訊いてきた。「お葬式はあげられたのでしょうか」

そのはずだが自分は小さかったので覚えていない、と松宮は答えた。

「では、お墓はありますか？　お墓参りに行ったことはありますか」

松宮は返答に窮《きゅう》した。松宮家に墓はない。だがそのことと父親を結びつけて考えたことはなかった。

黙り続けていると、芳原亜矢子はいった。「私のよく知っている人物が、あなたは自分の息子だといっています。そしてその人物は生きています」

松宮は愕然《がくぜん》とした。これまでの人生で想像したこともない話だった。

詳しいことを聞きたい、と松宮はいった。

「もちろんそうでしょう。私もそのために連絡を取りたかったのです。でも電話で済ませられる内容ではないと思います。会ってお話しさせていただきたいです」

現在自分は金沢にいるが、時間と場所を指定してくれればどこへでも行く、と芳原亜矢子はいうのだった。

向こうはそれでよくても、松宮のほうは捜査がある。夜なら何とかなるが東京を離れるわけにはいかないというと、「それで結構です。伺います」との答えが返ってきた。しかも、早いほうがいいので明日の夜はどうかと訊いてきた。そこまでいわれれば引き延ばす理由も思いつかず、それでいいです、と松宮は答えたのだった。

今夜十時に都内のどこかで会うことになっている。場所は芳原亜矢子が決めてくれるそうだ。松宮と会った後、そのまま東京に泊まるつもりだという。そのホテルのラウンジなどを考えているのかもしれない。

一体どんな話を聞かされるのか——。

手の込んだ悪戯《いたずら》とは思えない。サイトを見るかぎり、『たつ芳』はきちんとした旅館だ。そこの女将がわざわざ上京してくるのだから、余程の事情があるに違いない。松宮の父親を自称している人物は実在するのだろう。

問題はそれが本当かどうかだ。克子に確かめようかとも思ったが、やめておいた。昨夜の電話での様子から察すると、そう易々《やすやす》とはしゃべってくれないだろう。それよりも芳原亜矢子から話を聞いたほうが早いと思った。

高速道路を使ったおかげで、約三十分で有楽町線豊洲駅のそばまでやってきた。長谷部がスマートフォンで調べたところでは、ここから徒歩数分らしい。

タクシーを降り、スマートフォンの地図を頼りに歩いた。松宮は歩きながら周囲を見回した。一気に人口が増えた地域で、大型店舗が目につく。スーパーマーケットにはファミリーレストランが入っていた。

目的のタワーマンションは、すぐに見つかった。思った以上に高い。四十階以上はありそうだ。綿貫哲彦の部屋は、住所によれば十八階だ。

明るくて広いエントランスホールの手前に、オートロックのガラスドアがあった。すぐ横にカウンターがあり、管理会社の者と思える中年の男性が座っている。

松宮は近づいていき、すみません、といって警察のバッジを見せた。途端に相手の顔に緊張の色が走った。

「警視庁の者です。ちょっとマンションの中を見たいので、オートロックを開けていただけませんか」

「あっ、それは、ええと、何のためでしょうか」

「詳しいことはお話しできないのですが、じつは先日逮捕した空《あ》き巣《す》狙いが、このマンションにも下見に来たそうなんです。その話が本当かどうか、確かめる必要がありまして」

「えっ、そんなことが」男性は一瞬仰《の》け反《ぞ》った。「下見だけですか？　被害があったというわけではないんですか」

「本人は下見だけだといっています。開けていただけますか」

「ちょっと待ってください」

男性はそばの電話で誰かと話した後、すぐにカウンターから出てきて、はいどうぞ、といってオートロックのドアを開けてくれた。

「さすがですねえ」歩きながら長谷部が小声でいった。「あんな嘘、よくすらすらと出てくるものですね」

「どうってことないよ。ベテラン連中なんて、聞き込みのためなら、もっとえげつない嘘を平気でつく」

　高速エレベータで十八階まで上がり、部屋を探しながらカーペットが敷かれた内廊下を歩いた。加賀は、近所で聞き込みをしたら本人に関する情報が何か得られるかもしれないといったが、それは住宅街の話だ。巨大なタワーマンションでは、おそらく隣にどんな人間が住んでいるかを知っている住人のほうが少ないだろう。

　松宮たちが立ち止まったのは一八〇五号室の前だ。『WATANUKI』と彫られた金色のプレートがドアの横に出ている。松宮はインターホンのボタンを押した。スピーカーからの応答はなく、間もなくドアの向こうに人の立つ気配がした。かちゃり、と解錠する音がして、ドアが開いた。

　顔を見せたのはショートヘアの女性だった。年齢は三十代半ばと思われたが、小柄なので若く見えているのかもしれない。

　女性は少し驚いた様子で、えっと声を漏らした。片方の手に印鑑を持っているところを見ると、宅配便だと思ったらしい。

　松宮は会釈《えしやく》した。

「お休み中、申し訳ございません。綿貫哲彦さんは御在宅でしょうか。我々は、こういう者です」懐《ふところ》から出した警察手帳を提示した。

女性は目を見張った。松宮が出したバッジを見つめたまま、「テツさんっ」と奥に向かって呼びかけた。その声は上擦《うわず》っていた。「ちょっと来てっ」

女性の背後にあるドアが開き、グレーのスウェットに身を包んだ大柄な男性がのそりと現れた。四角い顔で眉が太く、髪を短く刈り込んでいる。「どうした?」

「綿貫哲彦さんですね」松宮は素早くドアの内側に身を滑り込ませた。

「そうですけど……」綿貫の目が松宮が持つ警察手帳に向けられ、一気に表情が強張った。

「警視庁の松宮といいます。お尋ねしたいことがあります。少しお時間をいただけますか」

「何の件でしょうか」

「それは追い追い説明します。できましたら、外でお話ししたいのですが」

「ここではだめなんですか」

できましたら、と松宮は繰り返し、お願いします、と頭を下げた。

綿貫は当惑した顔で頭を掻いた。

「わかりました。じゃあちょっと待っててください。着替えてきますので」

「あとそれから、名刺を一枚頂戴できると助かります」松宮は付け加えた。

はあ、と綿貫は訝しげな顔で部屋に入っていった。

妻らしき女性は居心地悪そうに立っていたが、あのう、と窺うような目を松宮たちに向けてきた。「何かあったんでしょうか」

「ええ、ちょっと」松宮は言葉を濁す。

女性の視線が不安そうに揺れた。警察が夫に用があるというのだから当然か。

松宮は綿貫が入っていった部屋を見た。ドアが開け放たれたままだ。ダイニングチェアに白衣らしき服が掛けられていた。

「看護師さんですか」松宮は女性に訊いた。

「えっ？」

「いや、あそこに白衣が見えるので」部屋の中を指した。

ああ、と女性は納得したように頷いた。

「制服ですけど、看護師じゃないです。介護の仕事をしています」

「あ、なるほど」松宮は改めて女性のほうを向いた。

よく見ると整った顔立ちをしている。それなりに化粧をすれば美人の部類に入るかもしれない。足にペディキュアが施《ほどこ》されていた。

「何やってるのかな。すみません、ちょっと見てきます」

松宮の視線から逃れるように、女性は部屋に入っていった。ぼそぼそと二人で何か話しているようだが、内容までは聞き取れない。

松宮は長谷部のほうを振り返った。

「向かい側のスーパーマーケットにファミレスがある」声を抑えていった。「俺はその店で綿貫氏から話を聞くつもりだ。君はここに残って、奥さんから綿貫氏の一昨日の行動を、さりげなく聞き出してほしい。それが終わったら、店に来てくれ。わかってると思うけど、事件の話はしないように」

「了解しました」長谷部は得心したように大きく頷いた。松宮が綿貫を外に連れ出そうとした理由が、今ようやくわかったのかもしれない。

奥の部屋から綿貫が出てきた。スウェットを着たままだが、上にジャンパーを羽織っている。彼に続いて、さっきの女性も現れた。パーカーを羽織っているところを見ると、自分も一緒に行くつもりらしい。

「これでいいですか」綿貫が名刺を出してきた。

ありがとうございます、といって松宮は受け取った。有名な製薬会社の名が印刷されている。綿貫は営業部長の職に就いているようだ。

「何年か前、癌の新薬で話題になっているのをニュースで知りました。立派なところにお勤めですね」

どうも、と綿貫は浮かない顔だ。

「奥さんには別個に伺いたいことがあるので、ここに残ってください」名刺をポケットにしまいながら、松宮は女性に向かって笑顔でいった。

「えっ、でも……」彼女は当惑したように綿貫のほうを見た。

「よろしくお願いしますっ」長谷部が快活な口調でいい、彼女の前に足を踏み出した。

「じゃあ綿貫さん、行きましょうか」松宮はドアを開け、外に出た。

綿貫は、ちょっと行ってくる、と憂鬱《ゆううつ》そうな顔つきでいい、廊下に出てきた。

エレベータに乗ってから、「いいマンションですね。いつから住んでおられるんですか」と松宮は訊いた。

「五年ほど前です」

「購入されたんですか」

いやいや、と綿貫は小さく手を振った。

「賃貸です。それまでに住んでいた部屋じゃ、二人で住むのはとても無理だったんで、あわてて引っ越したんです」

「するとその時に再婚されたんですか」

「再婚というか……一緒に住み始めました。入籍はしていません」

「それは何か理由が？」

「いや、特に理由は……」綿貫は苦笑し、肩をすくめた。「強《し》いていえば、前の結婚で懲《こ》りてるってところですかね」

なるほど、と松宮は相槌《あいづち》を打ち、話を切り上げた。デリケートなことを、こんな場所で聞き出す必要はない。

マンションを出た後、スーパーマーケット内のファミリーレストランに行くことを松宮が提案すると、綿貫も同意した。同じことを考えていたようだ。

店に入ると土曜日だけに家族連れが多かった。カウンター席でもいいかとウェイトレスに尋ねられたので、構わないと松宮が答えた。

ドリンクバーのコーヒーを手にし、カウンター席に並んで座った。

さて、と松宮は顔を綿貫のほうに向けた。「伺いたいこととはほかでもありません。花塚弥生さんについてです」

綿貫が身構える顔になった。「彼女が何か？」

その表情に不自然なところはなかった。突然刑事が自宅に訪ねてきて、別れた妻の名前を出してきたら、この程度に警戒するのは当然だろうと思えた。

「じつは、お亡くなりになりました」

えっ、と綿貫の顔が険しくなった。「いつ？　どうしてですか？」

「一昨日の夜です。カフェを経営しておられたことは御存じですか」

「たしか自由が丘だと……」

「その店で倒れているところを昨日の午前、発見されました。背中を刺されていて、殺人事件だとみられています」

ここまでの話は、すでにニュースで報道されている。だが大きな記事にはなっていないので、綿貫が知らなかったとしても少しも不思議ではない。

弥生が、と呟いたところで綿貫は言葉を詰まらせた。目がみるみる充血していった。これらの反応に芝居《しばい》臭さはなかった。もし演技なら大したものだというしかない。

「犯人は捕まっていません。だからこうして我々が捜査しています。どうか、御協力をお願いいたします」

綿貫は瞬きを繰り返した。頰の肉を少し震わせた後、唇を開いた。

「もちろん私にできることは何でもしますが、離婚してもう何年も経っていますから、お役に立てるかどうか……」

「最近は全く連絡を取っていなかったのですか」

「十年ぐらい取っていませんでした。ただ、ええと、あれは何日だったかな」綿貫は指先で額の端を掻いた。「一週間前だったと思いますが、突然彼女から電話がかかってきました。本当に久しぶりだったので驚きました」

「用件は何でしたか」

「いや、それが、あの……話したいことがあるから会えないかって。何についての話かと尋ねたら、会ってから話したいと」

「お会いになったんですか」

「はい。先週の土曜日、銀座の喫茶店で会いました」

綿貫は店名をいった。銀座三丁目にある有名な店だった。

「で、どんな話を？」

「まずはこちらの近況を訊かれました。暮らしぶりとか、再婚したのかどうか、とか」

「どのようにお答えになったんですか」

「ありのままです。仕事は変わってないこととか、入籍はしていないけど女性と暮らしていることなんかを話しました。そうしたら、いい人が見つかってよかったねって彼女はいってくれました」

「それから？」

「その後は……ええと、何を話したかな」綿貫は記憶を辿《たど》る顔つきになった。その目はせわしなく動いている。

「花塚さんは、自分のことは話さなかったのですか」

松宮が訊くと、うん、と綿貫は頷いた。「それは少し聞きました」

「どのように？」

「だから自由が丘でカフェを経営していることとかです。最初は苦労したけど、今は何とか順調にやっているといっていました。話を聞いて、バイタリティがあるなあと感心したんです。商売の経験がないのに店を開業するなんて、私には怖くて想像もできません。是非一度来てくれといわれたので、近いうちに行くよと約束したんですが」そういって綿貫は唇を嚙《か》んだ。その約束を果たせなくなったことが無念なのかもしれない。

「ほかにはどんなことを？」

「大体、そんなところです」

「本当ですか」松宮は当惑した。「たったそれだけのために、別れた旦那さんをわざわざ呼び出すとは思えないのですが」

「そういわれましても……」

「男性の話とかは？　付き合っている人がいる、とか」

いやあ、と綿貫は煮え切らない表情で首を傾げた。

「そういう話は出ませんでした。その後、雑談をいろいろと交わして、久しぶりに話せてよかった、お互いこれからもそれぞれの道でがんばっていこうといい合って、そうして別れました」

「そうですか……」

松宮は広げている手帳の白紙のページを見つめた。勇んで書き込みたくなる話が一向に出てこない。

「今のお話を伺ったかぎりでは、お二人の関係は悪くなかったように感じます。失礼ですが、離婚の原因は何だったのでしょうか」

綿貫は渋面を作り、うーんと唸った。

「説明が難しいんですが、一言でいうと結婚しているメリットが感じられなくなったってことですかね。弥生はそこそこ学歴が高いし、会社員としての実績もありました。家庭を守ってほしいという私の希望を聞いて結婚を機に退職しましたが、専業主婦という立場には次第に物足りなさを感じ始めたようです。子供がいれば違ったかもしれませんが、できませんでしたからね。私のほうも、彼女が社会と接点がないのはよくないと思っていました。そういうことで、じゃあリセットしようかって話になったんです」

しみじみと語られた内容は、独身の松宮にも理解できるものではあった。いつの時代になってもこの国では、女性を家庭に閉じ込めておこうとする考え方が否定されない。そして女性がひとたび働く機会を失えば、なかなかそれを取り戻せないのだ。

もしかすると、と綿貫が続けた。

「弥生は私に報告したかったのかもしれませんね。離婚した後に苦労している女性は多いと聞きます。でも自分はそうではない、やっぱりあの離婚は正解だった——そんなふうに」

「なぜこのタイミングで？」

「さあ……それはわかりません。何かの拍子に思いついたんじゃないですか」

松宮は手帳にメモを取りつつ釈然としなかった。綿貫のいっていることもわからなくはない。しかし、なぜ今このタイミングで、という疑問は頭に残ったままだ。

「ではそんな充実した毎日を送っていた花塚さんが、なぜ殺されたんでしょうか。何か心当たりはありませんか」

綿貫は首を横に振った。

「全く何も思いつきません。先週会った時には、本当に楽しそうだったんです。悪いことなんて、何ひとつ聞いていません。むしろ、私が教えてほしいです。一体彼女に何があったのか」切実な口調で話す様子に、芝居の気配は感じられなかった。

松宮は内ポケットから折り畳んだ紙を取り出した。加賀から渡された、花塚弥生のスマートフォンに何らかの記録は残っているが、まだ身元が判明していない人物たちのリストだ。それを広げて綿貫に見せ、知っている名前がないかどうかを尋ねた。

だが綿貫は一瞥《いちべつ》した後、あっさりと首を横に振った。

「まるで知らない名前ばかりです。今の弥生の人間関係なんて、私が知っているわけがないでしょう」

「そうですか。念のためにと思いまして」松宮は紙を畳み直そうとした。

ちょっと、と綿貫がいった。「もう一度見せていただけますか」

どうぞ、と松宮は紙を渡した。

綿貫はじっくりとリストを眺めた後、「すみませんでした」といって返してきた。

「何か？」

いえ、と綿貫は薄い笑みを浮かべた。

「大したものだと思いましてね。十年あまりの間に、私が全く知らない人間関係をそんなに築いていたとは。やっぱり家庭だけに引きこもっている女ではなかったんですね」

何とも返答のしようがなく、松宮は無言でリストを懐に戻した。

長谷部が店に入ってくるのが見えた。近づいてくると、松宮の隣に腰掛けた。

松宮はボールペンを持ち直した。

「では最後に、一昨日の行動を教えていただけますか。会社には何時までいらっしゃいましたか」

「一昨日……ですか」綿貫の声が沈んだ。「弥生が殺された日ですね」

「不愉快だと思いますが、皆さんに確認していることなので。すみません」

「いや、それがお仕事なわけだから。ええと、一昨日というと木曜日か。その日は定時まで会社にいて、その後、職場の飲み会に出ました」

綿貫によれば会社の終業時刻は午後五時らしい。飲み会が行われたのは新橋《しんばし》にある居酒屋で、お開きは午後九時過ぎだったという。行きつけの店で、店名も記憶していた。帰宅したのは午後十時より少し前。新橋から豊洲なら、そんなものだろう。

松宮は手帳を閉じた。

「よくわかりました。以上です。また何か御相談することがあるかもしれません。その時はよろしくお願いいたします」

「もういいんでしょうか」

「結構です。御協力に感謝します」松宮は椅子から立ち上がり、名刺を出した。「もし何か思い出されましたら、連絡していただけると助かります」

「わかりました」綿貫は名刺を受け取った後、松宮のほうに意味ありげな目を向けてきた。

「何か?」

「さっきの電話……これから荷物を届けますっていう電話、あれは刑事さんですよね?」

どうやらばれているようだ。すみません、と松宮は潔《いさぎよ》く謝った。「こちらにもいろいろと事情があるものですから」

「やっぱりそうですか。まあ、いいです。でもね、刑事さん」綿貫がじっと松宮の目を見つめてきた。「私は弥生を殺したりはしません。殺す理由が何もない。彼女には感謝すらしているんです。最終的に別れたけれど、結婚生活では楽しいことも多かったですから」

「覚えておきます」松宮も目をそらさずにいった。

綿貫は頷き、腰を上げた。「では、私はこれで」

ありがとうございました、と松宮は頭を下げて礼をいった。隣の長谷部もいつの間にか立ち上がっていた。

綿貫が店を出ていくのを見届けてから、松宮は再び腰を下ろした。

「どうでした？」長谷部が訊いてくる。

松宮は顔をしかめた。「残念ながら、大した話は聞けなかった」

綿貫から聞いたことを話すと、そうですか、と長谷部も元気がなくなった。

「でもやっぱり気になるんだよな」松宮はいった。「きちんと自立したことを元夫に報告したかったというのは、わからないでもない。店を開業した直後とか、軌道に乗り始めた頃とかならわかる。でも『弥生茶屋』は、何年も前から経営が安定していた。報告するなら、もっと早くにしてるんじゃないか」

「特に理由はなく、何となく今になって報告したくなったということでしょうか」

「何となく……か。そういわれると反論できないけど」松宮は冷めたコーヒーを飲み干した。「ところで奥さんから話は聞けたかな?」

「聞きました。あの奥さん、綿貫さんの正式な妻ではないそうです」

「そうらしいね。綿貫さんによれば、結婚には懲りてるそうだ」

「でも優しくていい旦那さんみたいですよ。共働きなので、家事を手伝ってくれるとか」

長谷部によれば、内縁の妻は中屋《なかや》多由子《たゆこ》というらしい。介護施設での仕事は時間が不規則だが、綿貫が理解を示してくれているので助かるといっていたそうだ。

その話を聞き、松宮は合点した。前に結婚していた時の教訓から、パートナーの自立心を尊重し、家に縛りつけてはいけないと自制しているのに違いない。

「製薬会社の営業部長と介護士か。年齢が結構離れているみたいだけど、一体どこで知り合ったのかな」

「奥さんがバイトをしていた時だそうです」

「バイト? もしかして水商売?」

正解、といって長谷部は人差し指を立てた。「上野のクラブだとか。綿貫さんが接待でよく使っていて、そのうちに親しくなったらしいです」

「なるほどね。しかしよく聞きだしたね」

「いきなり一昨日のことを訊くのはまずいと思ったので、世間話をいっぱいしたんです。綿貫さんが帰宅したのは夜の十時前だったそうです。会社の飲み会があったとかで、遅くなることは朝からわかっていたと奥さんはいってました」

松宮は頷いた。新橋の居酒屋は行きつけだといっていたから、アリバイを確認するのは難しくないだろう。

伝票を手にし、立ち上がった。捜査は始まったばかりだ。そう易々と手がかりが摑めるわけがないと自分にいい聞かせた。

5

明るい照明で満たされたフィットネス・スタジオで、色とりどりのウェアに身を包んだ数十人の老若男女が同じリズムで動いている様子は壮観だった。いや、よく見れば老若男女という言葉は適切ではなかった。主婦らしき大勢の女性陣に、定年を迎えたと思われる男性がちらほらと混じっている、というところか。平日の夕方となれば当然かもしれない。

そういえば自分は最近、運動らしいことを何もやっていないな、と松宮はガラス窓越しにスタジオ内を眺めながらぼんやりと考えた。

背後から人が近寄ってくるのがガラスに映り、振り返った。トレーニングウェア姿の男性が歩きながら会釈してきた。年齢は三十歳前後か。短髪で色黒、引き締まった体格は、いかにもスポーツマンといった外見だ。

「河本《かわもと》さんですか」

松宮が尋ねると、はい、と男性は答えた。

「お忙しいところ、申し訳ありません。松宮といいます。少しお話を伺わせていただいても構いませんか」

「大丈夫です。マッサージ・ルームでもいいですか。今は誰も使ってないと思いますので」

「結構です。申し訳ありません」

案内されたマッサージ・ルームは、六畳ほどの広さの小部屋だった。中央にベッドが置いてあるが、まさかそこに並んで座るわけにもいかない。河本がどこからかパイプ椅子を二脚持ってきてくれた。

「早速ですが、花塚さんを御存じですね。花塚弥生さんです」松宮は用件を切りだした。

　はい、と答えた河本の顔に緊張の色が浮かんだ。その名前を出されることは予想していたような反応だ。

「もしかして、事件のことを？」

「知っています。ネットのニュースを見た女性スタッフが教えてくれたんです。この人って河本君のお客さんじゃないかって」

「どういうニュースですか」

　河本はトレーニングパンツのポケットからスマートフォンを取り出し、操作を始めた。間もなく、これです、といって松宮のほうに差し出した。

　そこに表示されているのは、自由が丘の喫茶店で女性の遺体が見つかった、という記事だ。遺体の身元は店主の花塚弥生さんと思われ、背中を刺されていることから警視庁は殺人事件とみて捜査を開始した、とある。

「場所がこの近くだし、花塚っていう名字が珍しいので思い出したって、そのスタッフはいってました」

「なるほど。フロントの方から聞いたのですが、花塚さんがこちらのジムに入会されたのは、ひと月ほど前だそうですね。で、パーソナルトレーニングを申し込まれて、河本さんが担当することになったとか」

「その通りです」

「なぜあなたが担当に？」

「特に理由はありません。たまたまです。トレーナーは何人かいますけど、その時は僕の手が空いていたので」

松宮は頷きながら相手の目をじっと見つめた。そうされている理由がわからないらしく、河本は戸惑ったように瞬きした。信用してよさそうだな、と松宮は思った。

「パーソナルトレーニングって、実際にはどんなことをするんですか」

「いろいろとコースがあります。花塚さんが希望されたのはサイズダウンスペシャルというコースです。体重とウエストサイズに目標値を設定して、それに向けたトレーニングプランを僕たちトレーナーが作成し、マンツーマンで指導するんです。トレーニングだけでなく、生活習慣や食習慣などの改善方法もアドバイスします」河本は暗記している文章を語るように、すらすらと説明した。実際、パンフレットにも同じことが書かれているのかもしれない。

「トレーニング期間はどれぐらいですか」

「基本は二ヵ月です。だから花塚さんは、ちょうど半分が終わったところでした。つい先日、体脂肪率とか代謝量なんかを測定して、トレーニングの効果が出ているってことで、とても喜んでおられたんですけど……」

「トレーニング中に話をすることはありますか」

「もちろんあります」

「花塚さんがパーソナルトレーニングを申し込んだ動機について、何か聞いておられますか」

「ああ、それは」河本は視線を宙に彷徨《さまよ》わせた。「鏡で自分の身体を見て、これじゃあだめだと思ったから、とおっしゃってましたね。客商売なんだし、もうちょっと見た目を気にしたほうがいいと反省した、とか」

「誰かに何かをいわれたわけではないんですか。たとえば付き合っている男性とか」

「いやあ、それが」河本がほんの少しだけ表情を和ませた。「その手の話題は出なかったんです。あの年齢にしては結構美人ですから、そういう人がいてもおかしくはないと思ってましたけど」

松宮は花塚弥生の顔を写真でしか見たことがない。彼女より遥《はる》かに若い河本がそんなふうに思っていたということは、女性としての魅力があったのだろう。

「トレーニング以外にはどんな話を」

「いろいろです。ストレッチにしろ有酸素運動にしろ、トレーニングは退屈なものですから、時間の経つのが速く感じてもらえるよう、あれこれ話をするのも僕たちの仕事です」

「花塚さんのほうから話題を振ってくることは？」

「ありました。最近観た映画のこととか、芸能人ネタとか。スポーツにはあまり詳しくないのか、花塚さんから話題を持ち出してくることはなかったですね」

「個人的なことを話したりはしませんでしたか？」

どうだったかな、と河本は首を捻った。

「御家族はいなくて、もう何年も独り暮らしだとおっしゃってましたね。だから日頃の話し相手は、店に来る常連さんだとか。お客さんの好みに合わせて新しいお菓子を考えるのが楽しいんだって、話しておられたこともあります」

長閑《のどか》な話題だ。松宮は手帳にペンを走らせつつ、焦《じ》れったくなっていた。

「最近、変わったことがあったというような話は聞いてないですか」

「変わったことって、たとえば？」

「どんなことでも結構です。店に嫌な客が来たとか、変な電話がかかってきたとか」

さあ、と河本は力のない声を漏らした。

「そんな話は聞いた覚えがないですねえ。店での失敗談なんかも話してくださったんですけど、微笑ましいエピソードばかりでした」

松宮はため息をつきたくなるのを堪えた。手応えのある回答がちっとも返ってこない。

「最後にお会いになったのはいつですか」

「今週の月曜日の夜です。ここでトレーニングをしていかれました」

「花塚さんの様子はどうでしたか。いつもと何か違っていたところはなかったですか。考え込んでいたとか、思い詰めていたとか」

「いやあ、気がつかなかったなあ。気持ちよさそうに汗をかいて、満足そうに帰っていかれましたけど」

松宮は無言で頷き、手帳を閉じた。どうやらこの人物は有益な情報を持っていないようだと判断した。

「わかりました。お忙しいところ、申し訳ありませんでした。御協力に感謝いたします」立ち上がり頭を下げた。

スポーツジムを後にし、最寄りの自由が丘駅に向かった。ベンチの並ぶ緑地を横目に眺めながら歩いているとスマートフォンに着信があった。液晶画面には長谷部と表示されている。

「はい、松宮」

「長谷部です。エステサロンでの聞き込み、終わりました」

「こっちも終わったところだ。じゃあ予定通り、駅前のコーヒーショップで」

「了解です。すぐ近くなので五分ほどで行けると思います」

「わかった。じゃあ後ほど」

松宮は電話を切り、時刻を確認した。午後六時を少し過ぎたところだった。午前中に特捜本部を出てから、あっという間に時間が経った。

綿貫哲彦と別れた後、長谷部と二人でいろいろな人物に会いに行った。料理研究家、ウェブデザイナー、雑誌編集者などだ。いずれも女性で、花塚弥生と仕事絡みで付き合いがあった。料理研究家は花塚弥生とはたまに新しいケーキについて情報交換していたらしい。ウェブデザイナーは『弥生茶屋』のサイト制作を依頼されていた。そして雑誌編集者は、一度だけ店を取材したことがあったという。しかし皆、仕事以外での交流はあまりなく、最近は連絡を取り合っていなかったようだ。ただ、事件のことを聞くと全員が、あんないい人がそんな目に遭うなんて信じられない、といった。その言葉に嘘はないようで、当然、心当たりのある者は一人もいなかった。

彼女たちへの聞き込みに時間がかかったので、スポーツクラブとエステサロンへは二手に分かれることにした。どうせあまり期待できないから、という理由もあった。

待ち合わせ場所に決めてあったコーヒーショップに行くと、長谷部が壁際のテーブル席を確保していた。松宮が近づいていくと、長谷部は素早く立ち上がった。

「俺、飲み物を買ってきます。松宮さん、何がいいですか」

「じゃあ、コーヒーを」松宮は財布から千円札を出した。「これで君の分も」

「いや、そんな」

「気にしなくていい」松宮は苦笑した。「どの飲み物も五百円以下だ」

すみません、といって長谷部は売り場カウンターに向かった。

若手刑事がトレイを抱えて戻ってくると、コーヒーを飲みながら聞き込みの成果を聞くことにした。

「単刀直入にいいますと、大した話は聞けませんでした」長谷部は手帳を開きながら顔をしかめた。「入会してから、まだ二回しか行ってなかったとかで、担当者は花塚さんのことを殆《ほとん》ど何も知らない様子でした。話はしたけれど、エステの効果について質問されたことに答えただけ、という感じだったみたいです」

「二回？　入会したのは、いつ頃？」

「一ヵ月ぐらい前だそうです」

「一ヵ月……入会した動機は？」

「特に聞いてないみたいです。奇麗になりたかったからじゃないんですか、と担当者はいってました。時間とお金に余裕があれば、大抵の女性はエステに通いたがるはずだ、とも」

松宮はコーヒーカップを置き、腕組みをした。

何か、と長谷部が訊いてきた。

松宮は、花塚弥生がスポーツクラブに入会したのも同じ時期であることを話した。

「花塚さんはパーソナルトレーニングを始めていた。サイズダウンを目的にしたコースだ。そして同時期、エステサロンにも通い始めていた。ジムのトレーナーには、鏡で自分の身体を見て不意に思い立ったと説明していたらしいけど、本当にそれだけだろうか」

「ジムで痩せて、エステサロンで美貌を磨く」長谷部は独り言を呟くようにいった。「その動機は何かといえば、ふつう考えられることは一つですよね」

「男……か。でもこれまでのところ、それらしき人物は浮かんでいない」

あるいは、人にはいえないような仲だったか——。

ようやく光が見えかけているのかな、と松宮は思った。

警察署に戻った後、昨夜と同様に松宮が一人で特捜本部に行くと、加賀が坂上《さかがみ》という刑事と話しているところだった。坂上も今回は鑑取り班に属していて、今日は花塚弥生の旧友たちのところを回っていたはずだ。

お疲れ様と加賀がいった。坂上もお疲れ様でした、といって離れていく。松宮のほうを見て、無言で頷いた後、出口に向かった。

「どうだ？　被害者の元旦那からは面白そうな話は聞けたか？」加賀が訊いてきた。

「大した収穫はなかったけれど、気になる点はあった」

「おう、いいな。刑事の勘が働いたか。聞かせてくれ」加賀は、さあさあと手招きした。

松宮は、花塚弥生が綿貫に電話をしたのは、彼を呼び出すためだったが、単なる近況報告に過ぎなかったことを話した。

「自立して成功していることを自慢したかったんじゃないかと綿貫さんはいうんだけど、なぜこのタイミングなのかが気になってね。たまたま町で会ったというのなら、そういう話になってもいいけど、別れた亭主をわざわざ呼び出すだろうか」

加賀は眉間に皺を寄せた。

「たしかに引っ掛かるな。何か別の目的があって呼びだしたが、話をしているうちに気が変わったのかもしれない。元旦那のほうはどんな話をしたんだろう？」

「そっちも近況を話しただけらしい。仕事のこととか同居している女性がいることとか」

「ふうん、女性と同居してるのか」加賀は無精髭《ぶしょうひげ》の伸びた顎を撫でた。「それを聞いて、何かを話すのをやめた、とは考えられないか」

いわんとしていることが松宮にもわかった。

「花塚弥生さんは元旦那が未だに独り暮らしだと思っていて、よりを戻すことを提案するつもりだった、というのか。それ、長谷部君とも話したんだけど、可能性は低いと思う。今の生活に困っているならともかく、充実している女性が、そんなふうに考えるだろうか」

「その疑問は尤《もっと》もだが、決めつけは禁物だ。女心というのは、男にとっては永遠に謎だからな。捜査会議に上げられそうなネタはほかにないのか」

「詳しいことは報告書にまとめるけど、今日当たってきた仕事上の関係者からは、特筆するような話は聞けなかった。だけどスポーツジムとエステサロンでは、ちょっと興味深いことがわかった」

いずれも入会した時期がひと月前だと松宮がいうと、加賀の眼光が鋭さを増した。

「恋人ができて、自分の容貌が気になりだした、というわけか。しかし、SNSにもメールにも、それらしき男の影はない」

「道ならぬ恋だから、というのは？」

「不倫か」加賀は低く呟いた。「あり得るな。相手の妻にばれないよう、特別な連絡方法を使っていたのかもしれない」

「スマートフォンをもう一台持っていた、とか？」

加賀が松宮の顔を指差してきた。「それも一つの手だ」

「もしそうだとして、相手は何者だろう？　被害者とはどこで出会ったのか」

加賀が何かを思いついた顔になった。机の上から一枚の書類を取り上げた。例の、スマートフォンに何らかの記録が残っているが身元は不明、という人物たちのリストだ。

「坂上によれば、花塚さんの学生時代の友人に、『弥生茶屋』によく行ってた人がいたらしい。その人が、このリストに入っている名前を何人か知っていたそうだ。店の常連客で、何度か言葉を交わしたことがあるというんだが、一人だけ男性がいる」

「男性？　珍しいな」

「この人物だ」加賀がリストに並んだ名前の一つを指した。

汐見行伸、とあった。

6

芳原亜矢子が指定してきたのは、新宿にあるホテル内のバーだった。ビジネスホテルではなく、結婚式で使われることも多い一流ホテルだ。正面玄関からホテルに入り、エスカレーターに乗った。二階にメインバーがあるらしいが、松宮は行ったことがなかった。

特捜本部を出る前に、芳原亜矢子との電話のやりとりを加賀に話した。大抵のことでは驚きの色を見せない従兄が、嘘だろ、と声のトーンを上げた。

「叔母さんの旦那さんが生きているなんて話、聞いたことがない。二度結婚していて、二度とも死別したと聞いた」

それはそうだろう、と松宮は思った。息子の自分が知らないのだから、加賀が知っているわけがない。もしかすると死んだ伯父――加賀の父親は克子から何か聞いていたかもしれないが、息子に話すわけがなかった。加賀親子もいろいろと複雑で会話がなかったのだ。

「しっかり、漏れがないように話を聞いてこいよ」松宮の背中に加賀が声をかけてきた。聞き込みに出る時と同じ調子だった。

二階のバーに行くと入り口に小さなカウンターがあり、ダークスーツを着た男性が立っていた。松宮を見て、「お一人様でしょうか」と尋ねてきた。

「芳原という名前で予約が入っているはずですが」

男性は手元に目を落とし、笑みを浮かべて頷きかけてきた。

「御案内いたします。お連れ様は、もうお見えになっています」

男性に案内されて歩きながら、松宮は周りを見回した。赤煉瓦の壁に囲まれた店内は広く、カウンターは大きかった。赤茶色の革張りのソファがずらりと並んでいる様子は壮観だ。ざっと見たところ、半分ほどが埋まっていた。欧米人が目立つが、アジア人を合わせて、おそらく大半が外国からの来訪者だろう。

案内されたのは、一番奥のテーブル席だった。ソファに座っていた女性が、松宮たちに気づいて立ち上がった。グレーのパンツスーツという出で立ちだ。小柄なのが意外だった。大きな旅館の女将というだけで、何となく体格のいい女性をイメージしていた。

「遅くなって、申し訳ありません」松宮は頭を下げた。

「いえ、こちらこそお忙しいところ、大変申し訳なく思っています」

店の男性が立ち去ってから、芳原です、といって彼女はバッグから名刺を出してきた。メールで送られてきた画像の名刺と同じものだった。

松宮も名刺を出した。受け取って視線を落とした芳原亜矢子の切れ長な目が、ほんの少し大きくなった。顔を上げ、「そういうお仕事だったんですね」といった。

松宮は口元を緩めた。「まあ、座りましょう」

テーブルを挟んで向き合うと、芳原亜矢子が細長いメニューを差し出してきた。

「何をお飲みになります？　アルコールはだめなんでしょうか」

「今日の仕事は終わったので大丈夫です。では僕はビールをいただきます」

芳原亜矢子は片手を上げてウェイターを呼び、ビールとシンガポールスリングを注文した。彼女のほうは松宮を待っている間に飲み物を決めていたようだ。

「やっぱり大変なお仕事なんでしょうね」彼の名刺を改めて眺め、芳原亜矢子はいった。

「何を大変と思うかは人それぞれです。旅館の女将さんなんていう仕事、自分が女性だったとしても、とてもできそうにないです」

「それなりに苦労はあります。でも楽しい仕事です」

「それは羨ましいですね。我々の仕事は楽しんでやれるものではないので」

はっとした顔になり、芳原亜矢子はまた名刺に目を落とした。「捜査一課というと……」

「殺人事件の担当です」

芳原亜矢子は真剣な表情になって頷いた後、背筋をぴんと伸ばした。

「改めて、このたびは大変失礼いたしました。さぞかし驚かれたことだろうと思います」

松宮も姿勢を正して相手を見返した。「驚きました。今でも信じられません」

「でも事実なんです。ある人物が、あなたは自分の息子だと告白していることは」

「その人物とは？」

「ヨシハラシンジ——私の父です」芳原亜矢子は、きっぱりとした口調でいった。

力強い目に形の良い眉、鼻筋の通った顔を見て、凛《りん》とした美人とはこういう人のことをいうんだろうな、と松宮はこの局面に全くふさわしくないことを思った。

「それが本当なら、あなたは僕のきょうだいということになりますね」

「お気を遣わせるのは心苦しいので、最初にいっておきます。私は四十路を迎えました。父のいっていることが事実なら、松宮さんは私のお兄さんになりますか。それとも弟？」

「弟になります」

芳原亜矢子の引き締まっていた口元が緩んだ。「そうだと思った」

ウェイターが近づいてきて、飲み物を置いた。松宮はすぐにビールグラスに手を伸ばした。一口飲んでから、ひどく喉が渇いていたことに気づいた。緊張しているのだ。

「訊きたいことが山のようにあります」松宮はいった。「まず、なぜあなたのお父さんは、今になってそんなことを告白したのでしょうか。その告白内容の真偽がどうであるかはさておき、御本人がどのように説明しておられるのか、とても気になります」

「その疑問は尤もです」芳原亜矢子はシンガポールスリングの入った長いタンブラーをテーブルに置いた。「私の想像ですけど、告白するならば今しかないと本人は考えたのだと思います」

「想像？　お父さんに確かめてはいないのですか」

「確かめていません。建前《たてまえ》上、私はまだその告白を知らないことになっていますから」

松宮は眉根を寄せた。状況が理解できなかった。「どういうことですか」

「その告白は遺言書の中で為《な》されているのです」

「遺言書？」

「はい。父は末期癌です。もう長くはありません。本人も知っていて、遺言書を作りました。その中に、そういう告白が書かれているんです」

芳原亜矢子は傍らのバッグから折り畳まれた一枚の紙を出してきて、テーブルに置いた。

「拝見してもいいですか？」

「どうぞ。そのために持ってきました」

松宮は紙を手に取り、広げた。遺言書の一部をコピーしたものだった。最初の部分を見ただけで、どきりとした。『次の者は遺言者芳原真次と松宮克子との間の子供であるので遺言者はこれを認知する。』とあり、『氏名　松宮脩平』と続いていた。住所は前に住んでいた高円寺のマンションで、本籍もそれに準じている。生年月日は松宮のものに間違いなく、戸籍筆頭者は松宮克子となっていた。

「公正証書なので、遺言者がまだ生きていても、開封して読むことが許されているんです。遺言書作成の時に証人になった方が、先に見ておいたほうがいいんじゃないかとおっしゃったので、中身を確認したところ、そのページがあったというわけです」

松宮は、ふうーっと息を吐き出した。

「状況はわかりました。でも事情は全くわかりません。寝耳《ねみみ》に水《みず》のことばかりです」

「お母様からは何も聞いていないのですね」

「聞いていません。電話でもいいいましたが、父は死んだと聞かされていたんです。それから僕たちが暮らしていたのは、東京ではなく群馬県の高崎です」

芳原亜矢子は険しい表情で頷いた後、タンブラーに手を伸ばした。カクテルを口に含んだ後、唇を開いた。

「こうして私が松宮さんに会ったことが正しいのかどうか、じつはあまり自信がないんです。本来なら、父が亡くなるまで遺言書は封印されているはずでした。少なくとも父自身はそのつもりだったはずです。だからもしかすると私のしていることは、父の意思に反することなのかもしれません。それでも私が松宮さんに連絡を取ろうとしたのには理由があります。一つは、詳しい事情を知りたかったから。松宮さんのほうは何か御存じかもしれないと思ったんです。もう一つは、単純に会ってみたかったから。私、独りっ子なんです。昔からきょうだいのいる友達が羨ましかった。松宮さん、御きょうだいは？」

「いません」

そう、と彼女は微笑んだ。こんな姉がいるとわかってどう思っているのか、知りたそうな顔つきだった。だが松宮は黙っていた。自分でもよくわからなかったからだ。

「でも今挙げた二つは、父が生きているうちに会おうとした理由にはなりませんよね。亡くなってからでも遅くありません。一番大きな理由は、父が生きているうちに二人を会わせるべきではないかと思ったからです」

松宮の胸の内側で心臓がびくんと跳ねた。体温が上昇する感覚があった。言葉が出てこず、気づくと遺言書のコピーを握りしめていた。

「私、変なことをいったでしょうか」芳原亜矢子が心配そうに尋ねてきた。

いや、と松宮は首を振った。

「変ではないと思います。ただ、何というか、頭になかったことなので……」松宮はコピーを彼女の前に置いた。「父親というのは、自分には無縁なものでした。存在しませんでした。そういう人と会うというのが、少しも現実感がなくて」

「そうかもしれませんね」芳原亜矢子はコピーを丁寧に折り畳み、バッグに戻した。

「遺言書を見て、思い出したことがあるんです。私が幼い頃、父は家にはいなかったんです」

「というと？」

「父は婿養子で、将来旅館を継ぐのは母と決まっていました。だから父は料理長になるべく、東京で修業をしているのだと聞かされていました。ところが私が六歳の時、母が交通事故に遭って、重傷を負ったんです。それをきっかけに父が戻ってきて、予定より早く旅館の料理長になりました。今までずっと、そのことに疑問を抱いたことはありませんでした。でも遺言書で松宮さんのことを知り、もしかするとそれは事実とは違うのではないかと思うようになりました」

「家を出ていたのは、もっと別の理由があったから？」

はい、と芳原亜矢子は細い顎を引いた。

「料理修業のためではなく、父はほかの女性と暮らしていたのではないか、と。それだけでなく、その女性との間には子供が生まれていた」

松宮はグラスを摑んでビールを一気に半分ほど喉に流し込み、手の甲で口元を拭《ぬぐ》った。

「僕の父親だった男性には、母とは別に正式な奥さんがいたと聞いています。その男性は料理人だったそうです。腕のいい料理人だったと母はいっていました。奥さんとの離婚が成立したら、母と再婚し、僕のことを認知するという話になっていたとか。ところがその前に、勤めていた日本料理店が火事になり、逃げ遅れて死んだ――そう聞きました」

「その火事について調べたことは？」

「ありません。その話が嘘かもしれないと疑う理由なんてどこにもなかった」

そうですよね、と芳原亜矢子は呟いた。「もし嘘だとしたら、なぜお母様はそんな嘘をつかれたんでしょう？」

「本当のことをいいたくなかったからでしょうね。息子には知られたくない事情があった。少なくとも自慢して話せることではなかった。そういうことなんでしょう」

芳原亜矢子は気まずそうに俯いた後、改めて顔を上げた。

「松宮さんはどうかはわかりませんが、きっと父のほうは会いたいのだと思います。でも会えないと諦めている。だからせめて認知だけでもしたいと思い、遺言書に記したのではないでしょうか。あれは父なりの詫びなのかもしれません」

「詫び……つまり、あなたのお父さんは外に別の家族を作ったにもかかわらず、最終的には彼等を捨て、元の家庭に戻った――あなたはそう考えておられるわけですね」

「あまり想像したくないことです。でも、それが一番妥当だとは思いませんか」

松宮は深呼吸を一つして、腹違いの姉かもしれない女性を見つめた。

「それについてあなたはどう思ってるんですか。かつて父親がほかの女と暮らしていて、しかも子供まで作っていたと知り、不愉快ではないんですか」

すると芳原亜矢子は、ふっと笑みを浮かべた。

「母との間にどんなことがあって別居することになったのかがわかりませんから、父を責める気はありません。小さかった私は、父が事故で重い障害を負った母の世話をしてくれていたことしか覚えていないので、心から感謝していますし、尊敬もしています。子供がいたということには驚きましたけど、不愉快ということはないです。さっき、自分にはきょうだいがいなかったので、会ってみたかったといったでしょ？正直いうと、好奇心が刺激されたぐらいなんです」

むしろ、と彼女は口元を引き締め、松宮に真剣な眼差しを向けてきた。

「松宮さんのお気持ちが知りたいです。母子家庭で、いろいろと御苦労もあったことだろうと思います。今になって、自分たちを捨てた父親が生きていたと知り、やっぱり憤りを覚えますか」

「憤りねえ……」口に出してから松宮は首を傾げた。「いや、そんな具体的な感情は湧いてきません。とにかく戸惑っているとしかいいようがない。あなたが話したことは、あくまでも想像でしょう？　何があったのかを本人たちに確かめないことには、何ともいえません。感想を述べるとしたら、その後です」

「じゃあ、父に会いたいかどうかってことも……」

「保留にします。真実を母から聞き出してからです」

「わかりました」芳原亜矢子は頷いた。「私も父から話を聞ければいいんですけど」

「訊いてみようとは思わないんですか」

彼女はゆっくりと瞬きして首を振った。

「父に精神的な負担がかかるのが心配なんです。墓場まで持っていくつもりだった秘密に触れられて、動揺するかもしれませんから」

「なるほど」

「だからお母様のお話、是非私も伺いたいです」

「聞き出せたなら連絡します。あっさりと本当のことを話してくれるかどうかはわかりませんがね。何しろ、あなたに会うことも反対されましたから」

「きっと込み入った事情があるんでしょうね」

「母がわけありの人生を歩んできたことは知っていましたが、どうやら想像以上のようだ」

「私も今になって父の知らない一面を見せられた思いです」そういって芳原亜矢子は宙の一点に視線を止めた。

松宮はテーブルの上で両手の指を組んだ。

「お父さんは、どんな方なんですか。さっき、尊敬している、とおっしゃいましたね」

「一言でいうと料理一筋、それ以外のことには興味を示さない職人気質の人間です。不器用で誠実で、家庭を大切にしてくれました」

松宮は自分の口元が嫌味な形に歪むのを堪えられなかった。芳原亜矢子は、その表情の意味に気づいたらしく、ごめんなさい、と小声で詫びた。

「そんなに誠実な人間なら、自分たちを捨てて元の家に戻ったりしなかったはずだ、といわれそうですね」

「それ以前に、家を出て、ほかの女と暮らしたりしなかったはずです」

芳原亜矢子は大きく頷いた。「おっしゃる通りです。私にとって大きな謎です」

彼女はタンブラーを口元に運び、小さく吐息をついた後、顎の先をわずかに上げた。

「弁護士の先生によれば、子供が成人している場合、認知を届け出るかどうかは本人が決められるそうです。松宮さんが嫌ならば拒否できます」

「そうなんですか」

そうだろうな、と思った。こっちにも選ぶ権利がないとおかしい。

「もう一つ、申し上げておかなければならないことがあります」芳原亜矢子は人差し指を立てた。「認知を届け出れば、松宮さんは正式に父の子供です。当然、遺産の相続権も発生します。遺言書には相続についても記されていますが、それに縛られることなく、遺留分は相続できます」

松宮は右手を出していた。「その話をするのは今はやめておきましょう。もっと先でいい。もしかしたら必要ないかも」

「わかりました」

松宮は腕時計を見てから残りのビールを飲み干した。伝票に手を伸ばしかけたが、先に芳原亜矢子が素早く取った。「連絡をお待ちしています」

ごちそうさまでした、といって松宮は立ち上がった。

7

薄暗い闇の中で電子音が鳴っている。

すぐに周りが暗いのではなく自分が目を閉じているのだと気づいた。瞼《まぶた》を開けると白い天井が目に入った。ダウンライトは消えているが室内は明るい。窓のカーテンが開いているからだ。

汐見行伸はゆっくりと上半身を起こした。リビングルームのソファの上にいた。床に掃除機が放置されている。部屋掃除の途中、眠くなったのでソファに横になったことを思い出した。

ダイニングテーブルの上で電子音を鳴らしているのはスマートフォンだった。日曜日の昼間に誰だろうか。少し考えたが思い当たらなかった。腰を上げ、のろのろと近づいたが、途中で切れてしまった。

着信表示を確かめると、０９０で始まる全く見覚えのない番号だった。行伸は首を捻り、スマートフォンをテーブルに戻した。

掃除の続きを始めようとした時、再び着信があった。今度は素早くスマートフォンを手にした。さっきと同じ番号のようだ。

はい、と電話に出た。

「もしもし、汐見行伸さんの携帯電話でしょうか」男性の声がいった。

「そうですけど」

「これから荷物を配達したいんですけど、御自宅にいらっしゃいますか」

「ええ、いますよ」

「では三十分ほどで伺いますので、よろしくお願いいたします」

「はい、わかりました」

電話を切り、掃除機のスイッチを入れた。どこからの荷物だろうと少し考えたが、届けばわかることだと思い直し、考えるのをやめた。

壁の時計を見上げると午後三時を少し過ぎたところだった。一時間近く眠っていたことになる。先に洗濯機を回しておこうと思い、掃除機のスイッチを切った。

洗面所に行ってドラム式洗濯機のドアを開けると、中に衣類が入っていた。昨日今日と行伸は洗濯機を使っていない。たぶん昨日萌奈《もな》が自分のものを洗って、そのままにしているのだろう。

下着が混じっているのを見て、行伸はドアを閉じた。勝手に触ったと萌奈が知れば、きっと癇癪《かんしゃく》を起こすに違いなかった。洗濯機を使うなら、娘が帰ってくるまで待つしかなさそうだ。

リビングルームに戻って掃除の続きをしていたらチャイムが鳴った。マンションの共用玄関のインターホンではなく、この部屋のものだ。

急ぎ足で玄関に出ていき、ドアを開けた。宅配便の制服を着た人間が立っていると思い込んでいたが、そこにいたのはスーツ姿の若い男性だった。後ろにも、もう一人いる。

「汐見行伸さんですか」男性が尋ねてきた。

はい、と答えながら、警察だ、と瞬間的に察知していた。たぶん花塚弥生の件だ。

「お休みのところ、申し訳ありません。我々は警視庁の者です。少しお時間をいただいてもよろしいでしょうか」そういって男性がスーツの内側から何か出してきた。身分証の付いた警察のバッジだった。

「あ……はい。じゃあ、どうぞ」

お邪魔します、といって刑事たちが入ってきた。

行伸は先程の電話を思い出した。荷物を配達したいといったが、どこの運送業者かはいわなかった。この刑事たちが自分の在宅を確認するためにかけてきたのだと気づいた。

おそらく立ち話では済まないだろうと思ったのでリビングルームまで案内した。刑事たちに、さっきまで行伸が居眠りをしていたソファを勧め、自分は向かい側の椅子に腰を下ろした。

やや年嵩《としかさ》と思える刑事のほうが、警視庁捜査一課の松宮と改めて自己紹介した。もう一人は長谷部というらしい。

「早速ですが、花塚弥生さんを御存じでしょうか」松宮が訊いてきた。

予想通りの名前が出た。刑事が訪ねてくる理由など、ほかには考えられない。

「知っています。『弥生茶屋』の店長さんですよね」

「亡くなられたことは？」松宮が窺うような目を向けてきた。こちらの反応を見逃すまいとしているかのようだ。

唾を呑み込んでから、「ニュースで知りました」と答えた。

「テレビの？」

「はい」

「いつのニュースですか」

「一昨日の夜だったと思いますけど」

「何時のニュースですか？　チャンネルは？」

矢継ぎ早の質問に行伸は当惑した。何のためにこんな細かいことまで尋ねてくるのか。

「七時のＮＨＫのニュースです。毎日、食事をしながら見ています」

「その時は御家族と御一緒でしたか」

「一人でした」

「御家族は？」

「娘がいます」

松宮は室内をさっと見回した後、視線を行伸に戻した。「ほかに御家族は？」

行伸は一呼吸置いてから口を開いた。「おりません。娘と二人暮らしです」

「お嬢さんはおいくつですか」

「十四です」

じゅうよん、と松宮は呟いた。納得できないような表情で、また周囲を眺め始めた。

何か、と行伸は訊いた。

「いえ、そんなふうには見えないと思いまして」

「そんなふう、とは？」

「お父さんと十四歳の娘さんの二人暮らしには見えないという意味です。あそこに置いてあるのは化粧ボックスではないですか」松宮はリビングボードの上にあるビニール製の黄色い箱を指差した。「また、玄関の傘立てに日傘が入っていました。それとも最近の女子中学生は、大人並みに化粧をするし、日傘も使うんでしょうか」

ああ、と行伸は頷きつつ、刑事の観察眼に感心した。

「どちらも妻のものです。ものでした、といったほうがいいのかもしれませんが」

「と、いいますと？」

「死んだんです。二年ほど前に」この話をする時には、なるべくさらりと切りだすように心がけている。

二人の刑事は、揃って虚を突かれたような顔をした。

「そうでしたか」松宮が重々しい声を発した。「御病気で？」

「白血病でした」

松宮は背筋を伸ばし、お悔やみ申し上げます、と頭を下げた。隣の長谷部も倣っている。

恐れ入ります、と行伸は返した。

「今日、お嬢さんは？」

「部活で出かけています。テニス部なんです。そろそろ帰ってくる頃だと思いますが」

行伸は壁の時計を見上げた。間もなく四時になろうとしている。

刑事たちの狙いがどこにあるのか、よくわからなかった。最初に花塚弥生の名前を出したが、一向に本題に入ろうとしない。長谷部という刑事のほうは手帳に何やらメモを取っているが、こうした質問にも何らかの意味があるのだろうか。

「汐見さんは、今は何かお仕事を？」松宮が訊いてきた。六十二歳という行伸の年齢を把握しているらしい。

「はい。まだこれからいろいろとお金もかかりますので」

「お勤めですか」

「そうです。――ちょっと失礼します」行伸は席を立つと、リビングボードの抽斗から名刺を二枚取ってきて、刑事たちに差し出した。「こういう会社で世話になっています」

松宮は名刺に視線を落とした。

「職場は池袋営業所となっていますね。どういったお仕事を？」

「簡単にいえば老朽化した建物の検査です」

「建物の検査……ということは、会社にずっといるわけではないんですか」

「朝、営業所に出勤しますが、すぐに車で出ることが多いです」

「どちらの方面が多いですか」

「それはいろいろです。二十三区内であれば、どこへでも行きます」

松宮は小さく頷き、無言で名刺をテーブルに置いた。その何気ない動作は、前置きはここまで、という合図のように行伸には見えた。

「あの店――『弥生茶屋』には、よく行っておられたそうですね」案の定、松宮は本筋に入った。

「そうですね。よく、というのがどれぐらいの頻度をいうのかはわかりませんが」

「常連さんが、よく見かけたとおっしゃってるんです。顔を合わせれば挨拶する、とか」

「ええ、まあ、そういうこともありました」

松宮のいった常連さんが誰のことなのか、行伸にも見当がついた。花塚弥生の学生時代の友人女性だろう。ほかにも顔馴染みはいるが、行伸の名前まで知っている人間となればかぎられてくる。

「その常連さんの話では、半年ぐらい前から店で汐見さんを見かけるようになったということなんですが、間違いないですか」

「そうですね。そんなものだと思います」

「何かきっかけがあったんですか。あの店に入ったのには」

「特に理由はないです。あの近くで仕事があって、それが終わったものですから、ふらりと入りました。強いていえば、外から見て感じのいい店だと思ったからです」

「で、入ってみたら、やっぱり感じがよかったと？」

はい、と行伸は答えた。「雰囲気が落ち着いていたし、ケーキも美味しかったです」

「ケーキ、お好きなんですか」

「こう見えても甘党なんです。アルコールは弱いほうで」

玄関から物音が聞こえた。萌奈が帰ってきたようだ。入り口を振り返ると、間もなくドアが開き、萌奈がおずおずと小さな顔を覗かせた。玄関に見慣れない革靴があるから、来客中だということはわかっていたはずだ。

おかえり、と行伸は声をかけた。続いて、お邪魔しています、と松宮が快活に挨拶した。

萌奈は戸惑ったように黙ったまま、小さく会釈した。

「警察の人だ」行伸はいった。「お父さんの知り合いが事件に巻き込まれたらしい」

どんな反応を示していいのかわからないらしく、萌奈の表情は変わらない。半開きにした唇から何か言葉を発したようだが、行伸には聞こえなかった。

萌奈は足早にリビングルームを横切り、すぐ隣の部屋に駆け込んだ。ばたん、とドアが乱暴に閉められた。

すみません、と行伸は刑事たちに謝った。「挨拶もろくにできなくて」

「学校から帰ったら家に知らない男が二人もいるなんて、年頃の女の子にしてみたら気味が悪くて当然です」松宮は笑顔でいった。「質問を続けさせていただいてもいいですか」

「どうぞ」

「これもその常連さんから聞いたのですが、汐見さんは店によく行くだけでなく、花塚さんと大変親しくしておられたようですね」

「さあ、それは――」行伸は素早く考えを巡らせた。ここではどんな態度を取るのが正解だろうか。唇を舐めながら言葉を選んだ。「私はいつも一人でしたからね、カウンター席につくことが多かったんです。すると弥生さんが気を利かせて、あれこれと話しかけてくれるわけです。そういうところを傍《はた》から見れば、かなり親しい間柄のように思っても不思議ではないです」

「弥生さん、と名前で呼ぶぐらいだから、かなり親しいといっていいのでは？」

「ほかのお客さんがそう呼ぶものだから、私もそれに倣っていただけなんですがね。でも、まあ、そうなのかもしれません。客の中では親しかったほうでしょうね」あまりに否定するのも不自然だ。

その後も松宮は、行伸の『弥生茶屋』での過ごし方とかほかの客との関わりなどを尋ねてきた。それらの質問の中には脈絡を感じられないものもあったが、もちろん刑事なりに狙いはあるのだろう。

「一昨日の夜、ニュースで事件を知ったとおっしゃいましたね」松宮の話が急に一番最初に戻った。「その時、どう思われましたか」

「どうって……そりゃあ驚きました。そんな馬鹿な、何かの間違いじゃないかって思いました。だけどテレビに映ってるのはたしかに『弥生茶屋』だし……」

「その後、事件について誰かと話しましたか」

「いいえ。『弥生茶屋』について話す相手は身近にはいませんので」

では、と松宮が少し身を乗り出してきた。「汐見さんはどう思われますか」

「何をですか」

「事件についてです。何か思い当たることがあるのなら話していただけませんか」

「いや、そんなものは――」

ありません、といい終える前に松宮はさらに顔を近づけてきた。

「考えすぎかもしれないとか、気のせいじゃないかとか、気遣いは無用です。そういう不確かな情報を精査するのが我々の仕事なんです。勝手な憶測、無責任な噂、大いに結構。それらの中から犯人逮捕に繋がる手がかりが見つかる場合が案外多いのです。どうか御協力ください」

鋭い眼光、強い語気、躊躇《ためら》いのない言葉――若く見えるが、それなりに海千山千の経験を積んでいると思わせる迫力だった。

そういわれても、と発しかけた声がかすれてしまった。行伸は咳払いをしてから改めて口を開いた。

「そういわれても、本当に心当たりがないんです。弥生さんを憎んでいた者がいるとは思えません。ただ彼女の私生活を知っているわけではないので、意外なところで恨みを買っていたということなら、それはわかりません」

「男性関係はいかがですか」松宮はさらに前屈みになり、下から行伸の顔を覗き込んできた。「付き合っていた男性はいなかったんでしょうか」

「いや、いなかったと思います」行伸は首を振っていた。

松宮が上半身を引いた。「ずいぶんと強く断言されましたね。何か根拠でも？」

「そういうわけじゃないんですけど、たぶんそうだろうと……。そんな話、聞いたことがないし」

身体が少し熱くなるのを行伸は感じた。顔が赤くなっていないだろうかと不安になる。

「花塚さんが一ヵ月ほど前からジムに通われていたことは御存じですか」

「えっ、ジムに？　いえ、知りませんでした」

「パーソナルトレーニングという、かなり本格的なコースに取り組んでおられたようです。また同時期にエステサロンにも入会されていました。そのことは？」

行伸はかぶりを振った。「今、初めて聞きました」

「それらのことについて、どう思われますか。女性がそうした行動に出たということは、何か一念発起する理由があったように思うのですが、心当たりはありませんか」

「さあ……」行伸は視線を斜め上に向け、首を捻った。「わかりません。そんな話、聞いてなかったので」

実際、ジムのこともエステサロン入会も初耳だった。

「では最後に一点、形式的な質問をさせてください。この前の木曜日についてです。その日はいつも通りに出勤されたんでしょうか」

「木曜日……ですか。ええ、そうだったと思います」

「その日の午後は、どちらの方面に仕事に行かれましたか。詳しい時刻もわかれば、大変ありがたいのですが」

刑事がアリバイを尋ねているのは明らかだった。

ちょっと待ってください、といって行伸はダイニングテーブルからスマートフォンを取ってきた。スケジュール管理アプリを確認する。

「木曜日は品川にあるマンションへ、漏水検査をしに行きました。午後二時から作業を始めて、終わったのは四時半頃だったと思います」

「どなたかと一緒でしたか」

「作業中はマンションを施工《せこう》した業者の人と一緒でした」

「その方のお名前と連絡先を教えていただけると助かるんですが」

「いいですよ」

行伸はスマートフォンを操作し、担当者の名前と電話番号を松宮に教えた。

「四時半頃に作業が終わったとおっしゃいましたね。その後は？」

「後片付けをして、一人で営業所に戻りました。たぶん六時頃だったと思います」

「それから帰宅されたわけですね」

「いえ、食事をして帰りました」

「食事？　どちらで？」

「この近くにある定食屋です。大体、いつもそこで夕食を済ませてから帰るんです」

松宮は腑《ふ》に落《お》ちないといった顔で首を傾げた。「お嬢さんもその店で食事を？」

「娘は……別です」

「別といいますと？」

「娘は自分で何とかしているようです。もう中学生ですからね、ちょっとした料理なんかもできるみたいなんです」行伸は口元を緩め、何でもないことのように話そうとしたが、頬が強張るのを抑えられなかった。

「先程、テレビを見ながら食事をしていたとおっしゃいましたが、その店で、ということですか」

「そうです。すみません、説明不足でした」

松宮は定食屋の店名と場所を訊いてきた。この後、確認する気だろう。

「食事を終えて帰宅されたのは？」

「七時過ぎだったと思います」

「その後はずっと部屋におられましたか」

「いました」

「どなたかと電話で話をされたりとかは？」

「どうだったかな」行伸はスマートフォンで履歴を確認した。「あの夜は、しなかったですね」

「わかりました。ありがとうございます。あとそれから――」松宮は隣の部屋のドアを指差した。「お嬢さんのお話も聞きたいんですが」

「娘は『弥生茶屋』のことなんか知りませんよ」

「形だけです。お願いします」松宮は頭を下げてきた。

行伸は立ち上がって隣室のドアに近づき、ノックをした。何、と萌奈の不機嫌そうな声が返ってきた。

「ちょっと開けなさい」

人の動く気配がして、ドアが少し開いた。隙間から萌奈が顔を覗かせたが、父親のほうを見ようとしない。

「刑事さんが何か訊きたいことがあるそうだ」

萌奈の目元がぴくりと動いた。「えっ、あたし？」

「大したことじゃありません」松宮がにこやかな口調でいった。「すぐに終わります」

萌奈が躊躇いがちに部屋から出てきた。

「申し訳ありませんが、汐見さんは席を外していただけますか」松宮が笑みを浮かべ、行伸にいってきた。「お父さんが横にいると話しにくいこともあるかもしれませんので」

「そうですか……。じゃあ、玄関脇の部屋にいますので声をかけてください」

「わかりました。ありがとうございます」

萌奈が刑事たちと向き合って座るのを見届けてから行伸はリビングルームを出た。お名前は、と松宮が問いかけているのを聞きながら、玄関脇の部屋に入った。ベッドベッドに腰を下ろし、耳をすましてみる。だが刑事の声は、ここまでは届かなかった。

一体、萌奈から何の話を聞こうというのか――。

娘から引き出せる話など何もないはずだと思いつつ、行伸は落ち着かなかった。いつの間にか貧乏揺すりをしていた。

しばらくすると足音が聞こえた。汐見さん、と松宮が呼びかけてきた。

ベッドから立ち上がり、ドアを開けた。すでに刑事たちは靴を履き終えていた。

「お休みのところ、申し訳ありませんでした。これで失礼させていただきます」そういってから松宮は名刺を出してきた。「どんな些細《ささい》なことでも構いませんので、もし何か思い出すことがあれば電話していただけますか」

「わかりました」

名刺には携帯電話の番号も記されていた。

お邪魔しました、といって刑事たちは帰っていった。

行伸は踵を返し、大股でリビングルームに向かった。行ってみると、萌奈がキッチンから出てくるところだった。麦茶のペットボトルを手にしている。

「刑事さんから何を訊かれたんだ？」

いろいろ、と萌奈は無愛想な口調でいった。相変わらず父親のほうを見ようとしない。

「それじゃわからない。説明しなさい」

萌奈は大きくため息をついた。「木曜日のこと」

「どんなふうに？」

「お父さんが何時に帰ってきたか覚えてるかって」

「何て答えたんだ」

「わからないっていった。だってあたし、あの夜はずっと部屋にいたし」

「お父さんが帰宅したことぐらい、物音でわかっただろ」

「わかんないよ。そんなこと気にしてないもん」萌奈は横を向いたまま口を尖らせた。

今度は行伸がため息をつく番だった。「ほかにはどんなことを訊かれた？」

「何か、どっかのお店の名前をいわれて、知ってるかって訊かれた。知らなかったから、知らないって答えといた」

「ほかには？」

萌奈が黙り込んだ。ふて腐れたような表情で俯いた。

「どうした？　ほかにも訊かれたことがあるんだろ？　話しなさい」

「……お父さんのこと」

「お父さんが何だって？」

「この半年ぐらいで、何か気になったことはないかって。思い詰めてることが多いとか、悩んでるみたいだったとか、逆に急に明るくなったとか、そういうことはないかって」

「萌奈は何と？」

「わかりませんって答えといた。あんまり顔を合わせないからって」

「そうか……」

「それだけ。もういい？　あたし、やることがいっぱいあるから」そういうと萌奈は足早に自分の部屋に駆け込み、ばたんとドアを閉めた。

行伸は、しばしその場に佇んだ後、再び玄関脇の部屋に戻った。先程と同じようにベッドに腰を下ろした後、ふと思いついたことがあり、立ち上がってそばのクロゼットを開けた。一番下の棚に段ボール箱が入っている。

箱を開けると写真立てやアルバムが乱雑に放り込まれていた。行伸は写真立ての一つを手に取った。

今よりもずっと若い行伸の姿がそこにあった。元気だった頃の怜子、そして二人の子供たちが笑っている。絵麻と尚人だ。東京ディズニーランドに行った時のものだった。今から十五年以上も前だ。

妙な気分だった。ここに写っている四人家族は、今や影も形もない。代わりに存在しているのは、父と娘だけの二人家族だ。その娘は絶望の淵に落ちた夫婦を再生させてくれるはずだった。

たしかに萌奈は希望の光だった。怜子が無事に出産した時の歓《よろこ》びは言葉にできなかった。夫婦で抱き合い、今度こそは、この子こそは幸せにしようと誓い合った。

お宮参り、初節句、誕生日、七五三――節目となる日には、絵麻や尚人の時以上に盛大に祝った。育児や教育に関しては、金に糸目をつけなかった。一方で、病気や事故の予防には細心の注意を払った。感染症が怖いので大勢の人間が集まるところは極力避け、少しでも危険が予想される場所には連れていかないようにした。絵麻や尚人が小さかった時には二人を自転車の前後に乗せて運転していた怜子だったが、萌奈は一切乗せなかった。どんな時でも決して目を離さず、行伸と怜子のどちらかが萌奈の行動を完全に把握しているよう心がけた。

怜子が送り迎えをする幼稚園時代が過ぎ、萌奈が小学校に入ると、毎日が気が気でなくなった。下校時刻から三十分後、怜子に電話をかけるのが行伸の日課になった。

「萌奈はどうだ？」「帰ってる」――たったこれだけの会話が、大きな安心感を与えてくれた。

萌奈には、事あるごとに絵麻と尚人の話をした。君にはお姉ちゃんとお兄ちゃんがいたんだよ。でもある時、大きな地震で建物が壊れて、その下敷きになって二人は死んでしまったんだ。お父さんとお母さんはとても悲しくて、もう一人子供を作ろうということになって、それで君が生まれたんだよ。だからお父さんとお母さんは、君のことが大事で大事で、心配で心配で仕方がないんだ。どうか危ないことはしないでね。どうか身体には気をつけてね。お願いだよ。約束してね。

両親の切実な期待に応え、萌奈は健《すこ》やかに育ってくれた。インフルエンザにかかったり、ちょっとした怪我をすることはあったが、病院に駆け込まねばならないようなことは一度もなかった。

健康なだけでなく、素直で親のいうことをよく聞いてくれたし、真面目で勉強も自分から進んでする子だった。

日頃の夫婦の話題は萌奈のことばかりだった。スイミングスクールに通わせるかどうかで、夫婦喧嘩をしたことがある。水の事故が怖いと反対する行伸に対して、だからこそ通わせるべきだと怜子は主張した。この先、泳ぐことを避けては生きていけないのだから、早いうちに習わせたほうがいいというのだった。その時は行伸が折れた。初めてプールに入る日は、会社を休んで見学に行った。

もちろん悲しみが消えたわけではなかった。萌奈の成長を実感するたびに、死んだ二人のことを思い出すことも増えた。もし絵麻が生きていれば今頃は高校生なのかとか、尚人は中学でどんな部活をしていただろうかとか、あれこれ想像しては落ち込んだ。今さら考えても無駄だとわかりつつ、もしあの時二人だけで行かせなければ、などと想像してしまうのだった。無論、決して口には出さないようにしていたが。

しかし萌奈のおかげで家の中に笑い声が戻ったことは間違いなかった。自分たちは前を向いている、と確信できた。もう後ろを振り向かず、三人で手を取り合って、着実に歩いていこうと決心していた。

ところが落とし穴は思わぬところに潜んでいた。

怜子が買い物の途中で倒れ、救急車で病院に運ばれたのは三年前だ。あわてて駆けつけた行伸は、医師から衝撃的なことを聞かされた。

白血病だというのだ。しかもすぐに治療を始めねばならない段階らしい。

行伸は目の前が真っ暗になった。二人の子供を失った悲しみからようやく立ち直れたというのに、今度は妻の命が奪われるというのか。

だが怜子は落ち込んだ様子を見せなかった。わかりました、といった後、彼女はこう続けた。

「セカンド・オピニオンを受けたいのですが、どこか紹介していただけますか」動揺を感じさせない、しっかりとした口調だったので、行伸は心底驚いた。

主治医は、もちろん構わないがあまり時間がないので受けるなら早く受けるように、といって別の医療機関への紹介状を用意してくれた。

そこでの診察結果も同じだった。治療方針にも変わりがないようだ。結局、最初の病院で治療を受けることになった。

当然、汐見家の生活は一変した。家のことは行伸がやらなければならなくなった。定年退職の時期が迫っていたが、治療費などでこれからますます金がかかるのだから、働かないわけにはいかない。仕事と家事の合間に、次の職探しに奔走《ほんそう》した。

行伸が萌奈を連れて怜子の見舞いに行くのは、平日の夜と土日だ。いつも怜子は笑顔で迎えてくれた。萌奈の学校での話を聞くのが最大の楽しみのようだった。会うたびに痩せていったし、治療のせいで髪がすっかり抜け落ちたが、娘に向ける表情の輝きには変わりがなかった。

行伸には、迷惑かけてごめんね、と謝ることが多かった。

「大丈夫だ。俺のことは気にせず、しっかり治せ。定年後の働き口も見つかりそうだから、金のことは心配しなくていい」

ありがとう、と小さい声だが力強く怜子はいった。

「私、負けないから。絶対に生き抜いてみせる。長生きして、萌奈の成長を見届けたいから。萌奈が産んだ赤ちゃんを抱っこするのが夢だから。そのためなら、どんなに辛いことだって耐えられる」

行伸は彼女の手を握りしめた。がんばれ、などという言葉は安易すぎる気がして、ただ目を見つめて頷いた。

とりあえず、と怜子はいって萌奈に視線を向けた。

「萌奈のセーラー服姿を見なきゃね。それが第一目標」

うん、と行伸は答えた。怜子が、中学に上がる前に逝ってしまった絵麻を思い浮かべているのは明らかだった。

だが残念ながら怜子に残されていた時間は、その第一目標にさえも届かなかった。一月にしては暖かい日の午後、行伸と萌奈に見守られながら、怜子は短い生涯を終えた。五十二歳だった。

その日から、行伸と萌奈の二人だけの生活が始まった。これからは父親役だけでなく、母親としての役目も果たしていかねばならないと思った。萌奈に接する際には、もし怜子が生きていたら、というふうに考えるよう心がけた。萌奈はこれから思春期に入っていく。その時期の娘に、父親なんて鬱陶しいだけの存在だ。絵麻もそうだった。最後に顔を合わせた朝も、ろくに口をきいてくれなかった。

怜子の死から三ヵ月後、萌奈は中学生になった。行伸は入学祝いを買ってやることにした。スマートフォンだ。萌奈はずっと欲しがっていて、中学に入ったら買ってもらうという約束を、怜子と交わしていたらしいのだ。

念願のものを手に入れ、萌奈は満足そうだった。目を輝かせて指先でスマートフォンの画面をなぞる姿からは、三ヵ月前に母親を亡くした気配は微塵も感じられなかった。

それでいいのだ、と行伸は考えることにした。

だが間もなく、本当によかったのだろうか、と迷うことになる。未知の世界へのアクセスを劇的に可能にするコミュニケーション・ツールを、萌奈はごく短期間のうちに使いこなせるようになったようだ。部屋に籠もったままで何時間も出てこないことが多くなった。仲間たちとSNSに興じているのだろう、と行伸は睨んだ。中学生になり、萌奈は新たな人間関係を築いているはずだった。小学生時代とは違う友人もできたに違いない。テニス部に入ったらしいから、そこの仲間との繋がりも大事になる。SNSをする相手には事欠かないというわけだ。

家でもそうなのだから、外ではどんなことをしているのか、わかったものではない。学校では授業中に電源を入れることは禁じられているそうだが、今時の中学生がそんな規則をおとなしく聞くとは思えなかった。萌奈は根が真面目ではあるが、仲間たちからそそのかされ、嫌われたくない一心で付き合うことは十分に考えられた。

怜子が生きていたらどうするか。きっと小言ぐらいはいったはずだ。

だがタイミングが難しかった。何より、どのように注意すればいいのかがわからなかった。学校から呼び出しを受けたわけではないし、成績も下がってはいない。注意をするきっかけがなかった。

スマートフォンで何をしているのかがわかれば、と思った。どんな相手と繋がっているのか。まさかとは思うが、怪しげなサイトなどに手を出していたりしないだろうか。考えれば考えるほど悪い想像しか浮かんでこなかった。

そんなある夜、萌奈が風呂に入っている時、テーブルの上に彼女のスマートフォンが置きっぱなしになっていることに気がついた。

おそるおそる近づき、手に取った。どうせロックがかかっているだろうと思ったが、意外なことにパスワードを要求されなかった。

どうする——逡巡した。もちろん中を見たい気持ちは強い。だが何かがその気持ちを抑え込んでいる。良心だろうか。いくら親でも、娘のプライバシーを侵害してはいけないという思いが、行伸が指を動かすことを躊躇わせているのか。

「何やってんの？」

横から声をかけられ、心臓が口から飛び出すかと思うほど驚いた。行伸はスマートフォンを落としていた。あわてて拾い上げようとしたが、「触んないでっ」と鋭い声が飛んできて、動きを止めた。

バスローブ姿の萌奈がスマートフォンを拾った。濡れた髪から水滴が落ちている。

「何も見てないよ」行伸はいった。「本当だ。ロックがかかってないから、どういうことかなと思って……」

「どうしてロックがかかってるかどうかを確かめたわけ？　中を見ようとしたからじゃないの？」父親を睨む娘の目は充血していた。

「いや、その……」言い訳が思いつかなかった。

萌奈が大きく吐息をついた。

「ロックをかけてないのはママと約束したから」

「ママと？」

「スマホを買ってあげるから約束を守ってっていわれた。そのうちの一つがロックをかけないこと。ロックをかけてなかったら、いつ親に中を見られるかもしれないから、悪いことには使わないだろうからって」

「……そうなのか」

萌奈はバスローブ姿で自分の部屋に入り、すぐに戻ってきた。手に白いＡ４の紙を持っている。これ、といって行伸のほうに差し出した。
受け取って見ると、紙にはペンで文字が書いてあった。

『スマホの十箇条
・食事中は禁止
・その日の勉強が終わってから
・一日2時間以内　夜は九時まで
・課金しない
・アプリをダウンロードする時は相談する
・テスト期間は禁止
・歩きスマホ禁止
・知らない人に連絡先を絶対に教えない
・怪しいサイトには手をださない
・ロックをかけない』

「ママはいった。萌奈が約束を守っているうちは、絶対勝手に中を見たりしないって。パパ、あたし、約束を破った？　パパは知らないかもしれないけど、あたし、ちゃんと守ってる」

行伸は何もいい返せなかった。怜子と萌奈がこんなふうに約束を交わしていることなど知らなかった。スマートフォンを萌奈に買い与える話になった時に怜子が、「大丈夫よ。きちんといい聞かせてあるから」といっていたのは覚えているが、詳細は聞いていなかった。だがそれを言い訳にはできない。ここに記されていることを守っているのなら、十分に正常な使い方だ。そして萌奈が守っていないという証拠などなかった。部屋に籠もりきりだからといって、スマートフォンを触っていたとはかぎらないのだ。

すまなかった、と行伸は謝った。「心配だったものだから、つい……」

「何が心配なの？」

「そりゃあ、萌奈のことだ。何かあったらいけないと思って」

「何かって？」

「そりゃ……いろいろだ。トラブルに巻き込まれるとか」

「あたしもう中学生だよ。少しは信用してよ」

「いや、萌奈のことは信用してる。でも世の中にはいろいろな人間がいる。悪い人間が、スマホを通じて萌奈に近づいてきてるかもしれないじゃないか」

「そんな人らとは繋がらない。大丈夫だよ」

「でもパパは心配なんだ。萌奈に何かあったらと思うと、居ても立ってもいられなくなるんだ。萌奈のお姉ちゃんとお兄ちゃんを失って、今度はママを失って、もうこれ以上悲しい思いをしたくないんだ。パパにはもう萌奈しかいないんだ。だから萌奈には絶対――」

やめてっ、と萌奈が叫んだ。

「それ、いうと思った。絶対いうと思った。だって、いつもそれだもん。もうやだ。もうやめて。いい加減にして」

突然ヒステリックにわめき始めた萌奈に行伸は当惑した。

「何がだ？　何をやめてほしいんだ」

「そういう目で見るのをやめてほしいの。自分にはおまえしかいないっていう目。ほんと、うざい。うざくて気持ち悪い。もう勘弁してって感じ」

「娘を大事に思って、何が悪いんだ？」

「そうじゃないもん。パパのその目は、そういうのじゃないもん。ママが死んじゃって、もう頼るものがなくなっちゃったから、あたしを代わりにしようとしてる。そういう目だもん」

「そんなことはない」

「嘘だ」

「萌奈に頼る気なんかない。まだ中学生じゃないか。何を頼るっていうんだ」

「でも生き甲斐にしようとしてる。そうでしょ」

「それの何がいけないんだ。子供は親にとっては心の支えだし、生き甲斐だ。どこの家だってそうだ。それがふつうなんだ」

「うちはふつうじゃないよっ。あたしは生まれた時から身代わりだった。二人の子供が死んで、パパとママが自分たちの悲しみを紛《まぎ》らわせるために作った子供。そうでしょ？　小さい時からずっといわれてきた。萌奈には、あの世に行ったお姉ちゃんやお兄ちゃん二人の分も合わせて生きてほしい。幸せになってほしいっていわれ続けてきた」

「実際、そう願ってるからだ。あの二人みたいなことにはなってほしくない」行伸はリビングボードに飾ってある写真立てを指差した。絵麻と尚人が並んで写っている。

「だから二人の分も合わせて、萌奈のことを大事にしてきた」

「そんなの知らないよ。もううんざりなんだ。はっきりいって、あたしにとっては関係のない人たちだもん」萌奈はリビングボードに近づき、写真立てを倒した。

「なにやってるんだっ」行伸は萌奈の頬を叩いた。

きゃっと叫んだ後、娘は父親を見た。涙が滲みかけていたが、気持ちは少しも怯《ひる》んでいない、反抗心の塊のような目だった。

「あたしはあたし。誰かの代わりに生まれてきたなんて思いたくない。死んだ人間の分まで生きろとかいわれたくないっ」

「萌奈……」

「ママが死んじゃって、自分を元気づけてくれる人がまた一人減ったと思って落ち込んでるんだろうけど、あたしに期待しないで。あたしだって悲しいんだ。でもパパには頼らないから。当てにしないから。だからパパも、あたしを当てにしないで。あたしを心の支えとか生き甲斐にしないで」

叩かれた頬を押さえ、萌奈は部屋に駆け込んだ。その後、朝まで出てこなかった。

あの日を境に、父と娘の関係は絶望的に悪化する一方だった。萌奈は行伸のことをパパとは呼ばなくなった。お父さん、になった。

おそらく萌奈の中では、いろいろな思いが溜まっていたのだろう。生まれた時から身代わり——悲しくて重たい言葉だ。確かに彼女は、行伸と怜子が悲しみから立ち直るために作った子供だった。実際彼女のおかげで、前向きに生きていこうと思えた。

だが萌奈自身はどうだっただろう。

両親や先に生まれた子供たちの悲劇など彼女には関係がない。それなのに物心つく前から、大きな重荷を背負わされていた。会ったこともない姉や兄の話をされ、彼等の分まで生きてほしいと懇願された。

考えてみれば、心に負担がかからないはずがなかったのだ。だが萌奈は決して態度には示さなかった。優しい子だから、親の期待に応えなければならない、きちんと自分の役目を果たさなければならないと思い続けてきたに違いない。しかし忍耐には限界がある。溜め込んでいたものが爆発したのが、あの日だったのだ。

行伸は、萌奈に対する接し方が全くわからなくなってしまった。どんなふうに言葉をかけていいのか、彼女のために何をしてやればいいのか、皆目見当が付かない。まるで未知のエイリアンと過ごしている気分だった。

だが最近になって気づいたことがある。じつはあれよりずっと以前から、行伸にとって萌奈はそういう存在だったのかもしれない。何を考えているのか摑めず、本質的な部分に触れるのを避けてきた。

彼女のスマートフォンを手にした時、中身を見るのを躊躇った理由が今ならわかる。プライバシーの侵害を気にしたわけではない。

自分の知らない、娘の本当の顔がそこにあるような気がして、それを見るのが怖かったのだ。

8

メカジキか紅鮭《べにじゃけ》か、迷った末に松宮は紅鮭にした。メニューを見るなり早々にメカジキと決めていた様子の加賀は、追加でセロリのきんぴらとビールを注文した。

店員が去ってから、「恭さんは今夜も泊まりなのか」と松宮は訊いた。

向かい側の席にいる加賀が、ネクタイを緩めながら顔をしかめ、顎を引いた。

「捜査の範囲は一向に狭まらず、逆に拡がる一方だ。捜査対象が増えてるから、特捜本部に戻ってくる刑事たちの土産《みやげ》もそれなりに増える。おかげで捜査会議の資料作りにも、たっぷり時間がかかるというわけだ」

「その土産に目を見張るものがあるなら気合いも入るんだが、といいたそうな顔だな」

松宮の言葉に、加賀はふんと鼻を鳴らした。

「それをいったらこの稼業は務まらない。千個の石ころの中にダイヤが一つでもあれば大儲《おおもう》けっていう気持ちでないとな」

きんぴらを盛った皿とビールが運ばれてきた。加賀がビール瓶《びん》を手にし、それぞれのグラスに注《つ》いでくれた。まずはお疲れ、と掲げてから二人揃ってビールを口にした。

警察署から徒歩数分のところにある食堂へ、遅い夕食を食べに来ていた。路面店で、広い店内には木製の四角いテーブルと椅子が並んでいる。

「ところで昨夜の首尾はどうだった？」加賀が箸できんぴらを摘まみながらいった。

「その話をするために、俺を飯に誘ったんだろ？」

「署内でする話ではないからね。それに立ち話で済ませられるほど単純な内容でもない」

加賀は好奇心を刺激された顔になり、続けろとばかりに左手で招くしぐさをした。

松宮は近くに客がいないことを確認してから、腕を組んで両肘をテーブルに載せ、芳原亜矢子とのやりとりを詳しく話し始めた。話しながら、この複雑な事情を聞いて加賀がどんな反応を示すかを観察したが、従兄は捜査員の報告を聞く時と同様、あまり表情を変えなかった。

「というわけで、現時点では何とも回答できないと芳原さんにはいって、昨夜は別れた」

松宮が締めくくったのを聞くと、加賀は頷きながら自分のグラスにビールを足した。

「おまえの話を聞くかぎり、その人が嘘をついているとは思えないな」

「俺もそう思う。公正証書の偽物を作ってまで嘘をつく理由がない」

「では嘘をついているのは誰だ？　末期癌だという、その人の父親か？」

「その可能性も低いと思う。何しろ遺産相続に関わる話だ。嘘をついているのは、もう一人のほうだ」

もう一人、と呟いてから加賀が探るような目を向けてきた。「克子叔母さんには連絡したのか」

「今朝、部屋を出る前に電話をかけた。野菜作りをしているせいで、最近は早寝早起きらしいからね。単刀直入に、芳原真次って人が俺の父親なのかと訊いてみた」

「で、何と？」

「前回と同じだ。自分の口からは何もいいたくないってさ」

加賀が苦笑を浮かべた。「そう来たか」

「遺言書のことも話した。俺が認知を受けてもいいのかって訊いたら、自分のことなんだから自分で決めればいいといって電話を切っちまった」

「ははあ……何か余程の事情があるんだろうな」

「それにしたって、どうして俺にいわないんだ。説明してくれたっていいと思わないか？」

「叔母さんなりの考えがあるんだろうな。おまえのためにもいわないほうがいいと思ってるんじゃないか」

定食が運ばれてきた。この店の名物の麦とろ御飯で、小鉢料理と焼き魚、豚汁が付いている。

加賀が麦飯にとろろをかけ、一口食べた。

「こいつはうまい。地元にある安くてうまい店で夕飯を済ませようと思ったら、所轄に訊くのが一番だな」

この店は松宮が長谷部から教わったのだ。

松宮も同じようにして麦とろ御飯を口に入れた。芋の香りと出汁《だし》が合っていて、たしかに美味だった。

「やっぱり、捨てられたとはいいにくいのかな」箸で紅鮭をほぐしながら松宮は呟いた。

「叔母さんのことか」

うん、と松宮は頷いた。

「ちょっと計算してみた。芳原亜矢子さんは四十歳になったといってた。母親が交通事故に遭ったのが六歳で、それをきっかけに父親が戻ってきたという話だった。つまり事故が起きたのは三十四年前だ。で、俺が今年三十三歳」

「ということは、事故の時点ではまだおまえは生まれてなかったわけか」

「そう。母さんは妊娠中だった可能性が高い。そんな状況にも拘《かか》わらず、相手の男は元の家庭に戻ってしまった。これはもう、捨てられたと表現するしかないだろ？　でも生まれてきた息子に、そうはいえなかった。だから死んだと嘘をついた」

「たしかに妥当な推理だ。だけど、いくつか引っ掛かることがある」

「たとえばどんなことが？」

「妊娠している愛人を平気で捨てられるような男なら、遺言で認知なんかしないんじゃないか。それに、その人物が元の家庭に戻ってやったことといえば何だ？　事故で重い障害を負った奥さんの世話だったんだろ。一時の感情に流されて浮ついたことをする人間の行動とは思えないな」

「そうはいっても、一度は家庭を捨てて、外に女を作ったような人間だ。信用はできない。元の家庭に戻ったことにしても、打算がなかったとはいえないんじゃないか。婿養子で、本来なら旅館を継ぐことはできなかった。ところが奥さんが重傷を負い、思わぬ形で後継者の道が拓《ひら》けたものだから、善人の仮面を被り直して家に戻った、ということも考えられるんじゃないか」

「まあ、あり得ない話ではないな」

「だろ？　俺はそっちの可能性が高いと思うね」

加賀は箸を止め、釈然としない顔つきで首を傾げた。「うん、しかしなあ……」

「何だ？」

「ずいぶん前になるんだが、克子叔母さんから、おまえの父親について話を聞いたことがある。おまえ、昔、野球をしていただろ？」

「中学までね。それがどうかしたのか」

「おまえが野球をやりたいといった時、叔母さんは驚いたらしい。周りの友達にはサッカーをしている子が多かったからだ。だけどおまえはテレビで高校野球を観て、自分もやりたくなった、といったそうだな」

「小さい頃のことだからあまりよく覚えてないけど、まあそんなところかな。で、それが何だって？」

「それを聞いて叔母さんは、やっぱり血は争えないものなんだなと思ったそうだ。というのは、おまえの父親も野球好きだったらしい。高校時代は野球部で、キャッチャーとして甲子園を目指したこともあったとか」

松宮は小鉢料理に向けていた箸を止めた。

「そんな話、一度も聞いたことがない」

「俺だって聞いたのはその時だけだ。で、肝心なのはここからだ。その話をした時の叔母さんの顔が、何というか、じつに嬉しそうだったんだな。父親の血が、きちんとおまえに受け継がれていることを喜んでいる顔だった。もし自分が捨てられたと思っていたなら、ああいう表情にはならないと思うんだがなあ」

松宮はかすかに動揺した。加賀の指摘は鋭く、説得力のあるものだった。どのように反論すればいいのかわからず、視線を宙に彷徨わせた。

「まあ、決めつけは禁物だけどな。人にはそれぞれ事情ってものがある」加賀がとりなすようにいい、再び箸を動かした。「参考意見としていってみた。忘れてくれていい」

「いや、覚えておくよ」

ありがとう、といって松宮も食事を再開した。

しばらく無言で食事を続けた。豚汁もさっぱりとした味わいで食が進んだ。

ビール瓶が空になったが、加賀は追加を注文せず、店員を呼んで茶を頼んだ。酒臭い息を吐きながら警察署の玄関をくぐるのは、さすがに気が引けるのだろう。

「おまえの話がそこまでなら、仕事の話をしたいんだが」すべての料理を片付けたところで加賀がいった。

「どうぞ」

「汐見行伸氏の態度が気になったとかいってたな」

「一点だけね」湯飲み茶碗を手にし、松宮は頷いた。「私生活はよく知らないといっておきながら、花塚さんの男性関係について質問したら、そんな相手はいなかったと思うって、かなり強い口調で否定したんだ。心当たりがないのなら、知らないとか、わからないと答えるのがふつうじゃないか」

「たしかに不自然だな。それで松宮刑事の見立ては？」

「汐見自身が交際相手だった。だから自信を持って、そんな男はいなかったと断言できた。あれは、自分以外に男はいなかった、ということなんだ」

「なるほど。ではなぜ正直にいわない？」

「問題はそこだ。汐見の奥さんは死んでいるし、花塚さんも独身だった。不倫でも何でもないのだから交際していたことを隠す必要はない。むしろ恋人を殺した犯人を早く逮捕してほしいと望むはずだから、自ら告白して捜査に協力しようとするだろう。それをしないということは、何か後ろ暗いところがあるから……じゃないかな」

加賀の目が不気味に光った。机に両手を載せ、わずかに顔を寄せてきた。

「汐見氏にアリバイはないという話だったな」

「ない。娘すら、いつ家に帰ってきたのかは知らないといっている」松宮は加賀の目を見返しながら答えた。

汐見行伸の部屋を出た後、松宮たちはすぐに彼が行きつけにしているという定食屋に行った。店員に確認したところ、木曜日の夜六時半頃、たしかに汐見は来たらしい。食事をしていたのは三十分程度ということだから、店を出たのは七時頃だろう。その後、七時過ぎに帰宅したといっているが、証明するものはない。娘の萌奈に尋ねたが、ずっと自分の部屋にいたのでわからないとのことだった。

「仮に定食屋を出た後すぐに自由が丘に向かったとすれば、午後八時には着く。犯行は十分に可能だ」

加賀の表情が険しさを増した。「動機は何だ？　痴情のもつれか」

「そこまでは何とも。汐見が花塚さんの交際相手だったとすれば、犯行に関わっている可能性が高いといっているだけだ」

「まだ容疑者じゃないんだから呼び捨てはやめろ。ほかに何か不自然な点はないのか」

「供述内容に大きな矛盾はなかった。汐見……汐見氏が事件を知ったのは金曜日の夜で、定食屋のテレビでニュースを見たといってたけど、その様子は店員も覚えていた。食い入るように睨んでいたから、記憶に残っていたらしい」

「食い入るように、か。『弥生茶屋』の常連客なら、その反応は当然だな」

「犯人だとしてもね。事件がどんなふうに報道されるのか、気になるだろうからね」

加賀は視線をそらし、考えを巡らせる顔になった。その後、また松宮に目を戻した。

「俺たちの稼業では、人は見かけによらないってことをいつも痛いほど思い知らされる。だけど一応訊いておこうか。おまえの目から見て、汐見行伸という男はどんな人物だ」

松宮は、すっと息を吸い込んだ。こういうことを尋ねられるのではないかと予想していたので、用意しておいた答えがあった。

「本来悪い人間ではないと思う。だけど心に闇を持っている」

加賀が意外そうに眉を動かした。「断定的だな」

「自分は定食屋で夕飯を済ませ、娘には自炊させているんだぜ。短期間ならともかく、それが日常的な様子だった。父娘の二人暮らしでそれはあり得ないだろ。過去に何か余程のことがあって、心のどこかが歪んでいるんだと思う。もしかしたら娘のほうも」

松宮の話を聞くと、加賀は腕組みし、目を閉じた。めまぐるしい勢いで思考回路が働いている気配が伝わってくるようだった。

やがて加賀が目を開けた。

「おまえの勘に賭けてみるか。明日からは、長谷部君と二人で汐見行伸氏の周辺を洗ってみてくれ。係長には俺から説明しておく」

了解といって松宮は親指を立てた。

9

液晶画面に表示された会計ソフトの数字をすべて確認し終えると、亜矢子は椅子の背もたれを倒した。机の抽斗から目薬を取り出し、左右の目に三滴ずつ落とす。昨夜は東京に泊まったせいで、今夜は二日分の事務仕事をこなさねばならなかった。疲れた両目に冷たい薬剤が沁みる。瞼の上から指先で揉《も》んだ。

目を開け、パソコンの時計を見た。午後十時過ぎを示している。事務所にいるのは亜矢子だけだ。

凝った首を回し、右手で左の肩を揉んでいると、背後でドアの開く気配がした。女将さん、と声をかけてきたのは夜勤の女性従業員だ。「脇坂先生がお見えです」

「入ってもらって」

パソコンをスリープにし、亜矢子は立ち上がった。事務所の端にある流し台に近づくと、日本茶の缶を開け、蓋《ふた》に移した茶葉を急須に入れた。

ポットの湯を急須に注いでいるとドアが開いて脇坂がのっそりと入ってきた。「やあ、こんばんは」

亜矢子は彼のほうに身体を捻った。「先生、わざわざすみません」

脇坂は手を横に振った。

「いやいや、その後どうなったのか、私だって気になっていたんだ。元はといえば私がいいだしたことだからね。そもそも、本人が生きているのに遺言書を読むようにそそのかすなんて、本当は反則だ」

「でも父が死んだ後に読んだとしても、私は同じことをしなければいけませんでした」亜矢子は老弁護士の目を見ていった。「東京へ、彼に会いに行っていたでしょう」

「それはまあ……そうだろうがね」

祖父母の時代から付き合いのある脇坂は、慣れた様子で隅の応接スペースにあるソファに腰を下ろした。

亜矢子は日本茶を入れた湯飲み茶碗をトレイに載せて運び、一つを脇坂の前に、もう一つを自分の手元に置いた。「どうぞ」

それで、と脇坂が窺う目を向けてきた。「松宮という人物には会えたんだね？」

「会えました。予想通り、私よりも年下、つまり弟でした」

「うん、まあ、ふつうに考えればそうだろうね」脇坂は湯飲み茶碗に手を伸ばした。

真次が外に子供を作っていたとすれば、別居していた頃の可能性が高いから、当然亜矢子が生まれた後だろう、と二人で話していたのだった。

「先方にはどこまで話したのかね」

「遺言書のコピーを見せました。父のことも、ざっと説明しました」

「向こうの反応は？」

「驚いていました」

「そりゃそうだろうね」脇坂は肩を揺すって笑った。「どんな人物だった？」

「警察官でした。しかも刑事さん。警視庁捜査一課の」

「ほほう」脇坂の目が丸くなった。

「意志が強くて頑固という印象でした。でも真面目そうな好青年だと思いました。頭もいいです」

「それはよかった。何よりだ。で、どうだった？」脇坂が好奇の色を顔に滲ませた。

「君の見たところ、遺言書の内容は正しいといえるのかな」

はい、と亜矢子がきっぱりと答えたのを聞き、老弁護士は意外そうに唇をすぼめた。

「即答だね」

「確信できましたから」亜矢子は頰を緩めた。「彼は父の子供です。少なくとも血の繫がりはあります。しかも、濃く」

「似てたのかな」

とても、といって亜矢子は深く頷いた。

松宮脩平と向き合った時、もはや何も確認する必要はない、とさえ思った。精悍《せいかん》な顔つきは若い頃の真次そのものだった。それだけではない。ちょっとしたしぐさ、立ち居振る舞いまでそっくりだった。

亜矢子は松宮とのやりとりを脇坂にかいつまんで話した。

老弁護士は、やや苦しげに口元を歪め、うーんと唸り声を漏らした。

「双方の話を総合すれば、真次さんは東京ではなく高崎で新たな家庭を築きかけていたが、結果的にそちらを捨てて元の家に戻った、というのは動かぬ事実のように思えるね」

「そのことは認めなければならないと私も思います。ただ、捨てて、という表現が正しいのかどうかは気になるところです」

ふむ、と脇坂は下唇を突き出した。「捨てたのではなく、話し合い、双方納得した上で別れてきたのではないか、といいたいわけだね」

「いいたいのではなく、そう思いたい、というのが本音ですけど」

「同感だね。私も真次さんが、そんないい加減な人間だったとは思いたくない。彼は責任感の強い男だよ。だからこそ、正美さんが事故で重篤な障害を負ったと聞き、放ってはおけなかったんだ。妻の世話は自分がしなければならないと思ったんだよ」

「私もそう思います。自宅で母の介護をする姿を見て、子供心に、お父さんはすごいし偉いと感心しました。今だからいいますけど、私なんて、事故以来、母のことを母だと思えない、思いたくないことが時々あったんです。脳の障害のせいで性格はすっかり変わってしまったし、私のことどころか、自分が誰なのかさえわからないこともありましたから」

「君だけではないよ。正美さんの御両親、つまり君のお祖父さんとお祖母さんの悲しみようも尋常ではなかった。ショックですっかり憔悴されてしまった。傍で見ていて気の毒になるほどだったよ」脇坂は白髪の交じった眉の両端を下げた。

当時のことを思い出し、亜矢子も気持ちが暗くなった。

「あの頃は、毎日誰かが泣いていたように思います」

「たしかにそんなふうだったね。芳原家にとっては旅館の経営どころではなかったんじゃないか。そういう点でも真次さんの存在は大きかった。料理長としてだけでなく、経営面でも重要な役割を担っていたことは、君も知っている通りだ。彼がいなければ、『たつ芳』はかなり苦しい状況に追い込まれていただろう」

「潰れていたかもしれませんね」

「十分にあり得ただろうね。だけど彼自身は、鼻に掛けるようなことは一切口にしなかった。それどころか、よくいってたよ。自分は単なる繋ぎ役だ、亜矢子が女将になるまで『たつ芳』を支えていくのが務めだって。あとそれから……うん、そうだ。一度、妙なことをいったことがあったね」脇坂が、不意に何かを思いだした顔になった。

「どんなことですか」

「私が訊いたんだよ。どうしてそこまで尽くせるんだって。するとね、彼はこう答えたんだ。尽くしてるんじゃない、自分の尻拭いをしてるだけだって」

「尻拭い？」亜矢子は眉根を寄せていた。「どういうことですか」

「訊いたけど、それ以上は何も話してくれなかった。忘れてくれといわれたよ」

「その言い方だと、父が何か間違いをしたように聞こえますけど」

「そうだね。今から思えば、よその土地で別の家庭を築きつつあったことをいっていたのかもしれない」

でも、と亜矢子は自分の頰に手を当てた。「『たつ芳』が窮地に陥った原因は、母が事故に遭ったことです。父は関係ありません」

「そのはずだがね」

「私は小さかったので、詳しいことはあまりよく知らないんですけど、母は友達夫婦の車に乗せてもらっていて、どこかに落ちたそうですね」

「カーブでハンドルを切り損ねて崖から落ちたんだ。運転していたのは、旦那さんのほうだった。夫妻は亡くなったが、後部座席にいた正美さんは辛うじて助かったというわけだ」

そこまでなら亜矢子も話を聞いたことがある。友人夫妻が死亡しているので、責任の問いようがなかったらしい。

「どうして父は尻拭いなんて言い方をしたんでしょう？」

さあ、と脇坂は首を捻った。

「やはり高崎で何があったのかを明らかにするのが先決だろうね。その克子さんという女性の話を聞かないことには何ともいえないな」

「そうなんですけど、松宮さんによれば、どうやら一筋縄《ひとすじなわ》ではいかないみたいで」

「そうなのか。困ったものだな」脇坂は湯飲み茶碗を空にしてから腕時計を見た。「もうこんな時間か。私はそろそろ失礼するよ」腰を上げた。

亜矢子も立ち上がった。

「お気をつけて。何か進展がありましたら、御連絡します」

「真次さんも厄介な謎を残してくれたものだな。いや、過去形で話すのはまだ早いか。しかし当人はどうやら謎のままにしておく算段らしい。こんなことなら、遺言書の作成に立ち会った時、事情を問い詰めればよかったかな」

「そんなことをしても無駄だったと思います。そこで話すぐらいなら、私にも打ち明けてくれていたでしょうから」

脇坂は首をすくめるようにして頷いた。

「まあ、そうだね。――ああ、ここでいい。送ってくれなくていい。おやすみ」

「おやすみなさい」

事務所を出ていく脇坂を見送ってから、亜矢子は再びソファに腰を下ろした。

脇坂が最後にいった言葉が耳に残っている。厄介な謎、全くそうだと思った。

初めて遺言書を読んだ時の衝撃は、たぶん一生忘れられないだろう。次の者は遺言者芳原真次と松宮克子との間の子供であるので遺言者はこれを認知する――。

目眩がしそうになるほど混乱した。わけがわからなかった。

しかし当惑してばかりもいられない。なぜなら遺言書には、遺言執行者として亜矢子の名前が記されていたからだ。そして脇坂によれば、非嫡出子の認知は、遺言執行者がその職に就いてから十日以内に手続きしなければならないらしい。つまり真次が死亡し、遺産相続などの作業を始める際には、必ず亜矢子が松宮脩平なる人物に接触を図る必要があるのだった。

だったら真次の死を待つこともない、今すぐにでも会いに行ってみようと思い立った。理由は松宮に話した通りだ。詳しい事情を聞けるかもしれないと思ったし、異母きょうだいに会ってみたかった。何より、真次が生きているうちに再会させるべきかもしれないと思った。

改めて、東京で松宮脩平と会った時のことを振り返った。腹違いの弟との対面は、程よく緊張感のあるものだった。この人物と自分とは血が繋がっているのかと思うと不思議な感慨があった。

職業を聞いて驚いたが、安心もした。反社会的なことを生業《なりわい》にしている人物だったらどうしようと心配していたからだ。もしそんな人間なら、遺産目当てに認知を受け入れるおそれも十分にあった。それどころか、『たつ芳』の乗っ取りだって画策するかもしれない。

だがこの人物は信用できる、と松宮脩平と話しながら亜矢子は思った。曲がったことを嫌う正義漢だ。だからこそ警察官になったのだろう。捜査一課はエリート集団だと聞いたことがある。彼もきっと優秀に違いない。

松宮は、真次の存在など全く知らない様子だった。つまり生まれてから一度も会ってないということか。しかし真次のほうは、遠く離れた土地に住む息子の状況を、かなり最近まで把握していた。遺言書に記されていた住所は、松宮母子が二年前まで住んでいたマンションだった。

どんな経緯があって真次が外に子供を作ったのか、亜矢子にはわからない。もしかすると、一時の気の迷いであったのかもしれない。そして最終的に本来の家に戻る道を選んだ時、その子と一生会えなくなることも覚悟したのかもしれない。

だがたぶん、ずっと気に掛けてきたのだ。忘れたことなどないだろう。きっと、死ぬ前に一度だけでも会いたいはずだ。

その夢を叶えてやりたい、と亜矢子は心の底から思うのだった。

10

午前中に終えるつもりだった仕事が意外に手間取り、昼食を抜かざるをえなくなった。午後一番の作業をようやく終えたのが午後四時過ぎだ。中途半端だと思いつつ、行伸は行きつけの中華料理店に入った。

注文したチャーハンがカウンター席に置かれた直後、メールの着信音が聞こえた。ポケットからスマートフォンを出してみると、前の職場の後輩からだった。

『汐見さま
　お久しぶりです。その後、お変わりございませんか。こちらは定年まであと一年、何とかごまかして居座っております（笑）。

　メールさせていただいたのは、少し気になることがあったからです。

　昨日、警視庁の人間が会社にきました。松宮という人物です。

　汐見さんのことをいろいろと調べているらしく、私も個別に呼ばれ、いくつか質問されました。「ある事件が起きた店の常連客全員について、できるだけ多くの情報を集めています。汐見さんはそのうちの一人にすぎず、特に嫌疑がかけられているわけではありません」というだけで、詳しい説明はありませんでした。

　隠し立てする必要はないと思いましたので、私は知っているかぎりのことを正直に話しました。汐見さんのお人柄や最近の御様子などです。お付き合いされている女性がいるかどうかなどもきかれましたが、それは知らないと答えました。

　余所に漏らすことは絶対にないと約束してくれたので、御迷惑がかかることはないと思いますが、一応お知らせしておこうと思った次第です。

　季節の変わり目です。どうか御自愛ください。近いうちに飲みにいきましょう。』

チャーハンを口に運びながら文字を追い、行伸はため息をついた。

同様の連絡をしてきた者が、ほかに何人かいる。前の会社で行伸と同期だった男とか学生時代の友人などだ。いずれも親交が深く、今も時折連絡を取り合っている。だからこそ刑事が来たことを知らせてくれたのだろう。実際にはもっと多くの者が、行伸についてあれこれと質問されているに違いなかった。おそらく今の職場にもいるはずだ。誰も何もいってこないのは、行伸と親交が殆どないからだろう。そうした者たちは内心、あの汐見とかいう再就職のじいさん、何か悪いことでもやったのか、とでも思っているかもしれない。

連絡をくれた友人たちの話には共通点がある。全員、行伸に現在交際している女性がいるかどうかを尋ねられている、ということだ。彼等は知らないと答えている。当然だ。花塚弥生のことは、まだ誰にも話していない。

警察――松宮は、行伸と弥生の関係に目をつけたのだろう。『弥生茶屋』の常連客に当たれば、そういう証言がいくつか得られても不思議ではない。これはあくまでも自分の想像だけれど、というエクスキューズが付けられての証言だろうが。

松宮は、こう考えているに違いない。汐見行伸は花塚弥生と交際していた。自分は妻と死別し、相手は十年以上前に離婚している。どちらも独身だから、関係を周囲に知られても何の問題もない。それなのになぜ常連客にまで隠していたのか。わざわざ公表する必要はないと思ったにしても、恋人が殺されたら、交際していたことを警察に打ち明け、捜査に協力しようとするのがふつうではないか。そうしないということは、何か特殊な事情があるから――。

その事情を今回の事件と結びつけて考えないわけがない。行伸と弥生の関係を裏付ける確証を掴むまで、松宮は決して捜査の手を緩めないだろう。

厄介なことになった。一体どうすればいいのか。

味などさっぱりわからないまま、チャーハンを食べ終えた。空になった皿にレンゲを置き、財布を出そうとした時、カウンターに立てられたゴマ団子の写真が目に入った。このところ甘い物を口にしていない。店員に声をかけ、注文した。

椅子に座り直し、ゴマ団子の写真を手に取った。初めて『弥生茶屋』に入った日のことを思い出した。もっとも、あの店でゴマ団子がメニューに並ぶことはなかったが。

花塚弥生を一目見た瞬間、行伸の胸は高鳴った。若々しい容姿だけでなく、身体全体から発せられるオーラのようなものに衝撃を受けた。

これが運命だと確信した。約束された相手に、ついに出会ったのだと思った。

クリームがたっぷり載ったパウンドケーキを口に運びながら、行伸は花塚弥生の動きを密かに目で追った。目が離せなかった、というのが正確なところかもしれない。

その日以後、時間を見つけては『弥生茶屋』に行くようになった。客の八割以上が女性という店だ。還暦過ぎの男性客は目立つに違いなく、程なくして弥生のほうから声をかけてくれるようになった。

甘いものがお好きなんですね、特にどういったケーキがお好きですか、といった質問から、次第に行伸について尋ねてくるようになった。この近くにお住まいなんですか、お仕事はされているんですか。

すると行伸のほうからも弥生について質問しやすくなる。食べ物の好みや部屋での過ごし方などを問いかけ、じつは和食と日本酒が好きなことや、定休日の前日には夜遅くまでDVDで古い映画を何本も鑑賞していることなどを聞き出した。

何度か通っているうちに、『弥生茶屋』が混む時間帯やそうでない時間帯もわかってくる。行伸は、なるべくすいている時間帯を狙って行くようにした。ほかに客がいない時など、ゆっくりと弥生と話ができるからだ。

やがて、彼女のほうも憎からず思ってくれているのではないか、という手応えを感じられることも増えていった。そもそも嫌な客だと思っているなら、椅子に腰掛けてまで話し相手にはならないだろう。

弥生は細かい気配りのできる聡明な女性だった。それが店の売りといっても過言ではなかった。客の中にはいろいろな人間がいて、時には理不尽な態度を取られることもあるようだったが、決して取り乱したりせず、うまく凌ぐしたたかさも持ち合わせていた。

なぜカフェを始めようと思ったのか、と尋ねたことがある。弥生の答えは、巡り会いがほしいから、というものだった。

「人は一人では生きられません。たくさんの人との巡り会いがあってこそ人生は豊かになります。ただ私は、一つだけ大きな巡り会いを諦めなければなりませんでしたけど」

それは子供だ、と弥生はいった。

「お腹の大きな女性を見ると羨ましいです。ああ、この人は何ヵ月後かに、素敵な巡り会いがあるんだなあと思って」

この話を聞いた瞬間、行伸の頭に一つの空想が芽生えた。さらにそれは大きく膨らんでいった。その空想とは、もしこの女性に萌奈の母親になってもらえたら、というものだった。行伸にはない何かを、弥生ならば萌奈に与えてくれるのではないかと思った。

ゴマ団子が運ばれてきた。手で触ってみるとかなり熱い。口に運ぼうとした時、スマートフォンに着信があった。表示を見て、はっとした。怜子の実家からだった。

行伸は電話を繋ぎながら立ち上がった。「はい、汐見です」抑えた声でいった。

「行伸さん？　竹村《たけむら》です」義母の声がいった。「今、大丈夫ですか」

「大丈夫です。どうも、御無沙汰しています」スマートフォンを耳に当てながら移動し、店の外にでた。「何かありましたか」

「それがね、今日、東京から警察の人が来たんですよ」

行伸は息を呑んだ。狼狽が声に出ぬよう気をつけながら、「それで？」と先を促した。

「よくわからないんですけど、捜査のためだってことで、行伸さんのことをいろいろと訊かれました。何の捜査ですかってこっちから訊いても、それはいえませんの一点張りで」

「どんなことを訊かれましたか」

「だから本当にいろいろなことを……。震災当時のことも訊かれましたし、怜子が生きていた頃のことから最近のことまで。萌奈ちゃんとの暮らしぶりとか。あとそれから、行伸さんに再婚する気がありそうかどうか、なんてことも訊かれました。そんなの、私にわかるわけがないって答えましたけどね」

義母の声を聞きながら、行伸は暗い気持ちになっていった。やはり松宮は、とことん調べる気らしい。

「それからねえ、行伸さん、ひとつ訊いていい？」義母が遠慮がちな口調でいった。

「何でしょうか」

「刑事さんから聞いたんだけど、このところ、親子で一緒に御飯を食べてないっていうのは本当？　行伸さんは外食で、萌奈ちゃんは自分なりに済ませてるようですって刑事さんがいってたんだけど、まさかそんなことはないわよねえ」

行伸は返答に窮し、唾を呑み込んだ。

「いや、あの、それは……」言葉を探しながら、何となくガラス戸越しに店内を見た。カウンターテーブルに置かれた、ゴマ団子の載った皿が目に留まった。

あれはたぶん冷めてしまっているだろうな、とまるで無関係なことを考えた。

11

気がつくと持っていた手帳を落としそうになっていた。いつの間にか居眠りをしていたらしい。すぐ横の通路を人が通り過ぎていく。車両が止まっていることに気づき、松宮は窓の外を見た。上野駅のホームに着いていた。

上越新幹線の自由席車両にいる。時刻は間もなく午後七時になろうとしていた。

自分の乱雑なメモを一瞥した後、手帳を閉じてスーツの内ポケットに入れた。腕組みをし、背もたれに身を預けると、改めて頭の中を整理してみることにした。

ここ数日、汐見行伸の身辺調査に専念している。今の職場の上司、前の会社での同僚、学生時代の同級生など、汐見のことをよく知っていると思われる人間に片っ端から当たっている。おそらく今頃は汐見本人の耳にも入っているだろう。

松宮は必ず、「特に汐見さんのことだけを調べているのではなく、ある事件が起きた店の関係者全員について同様の捜査をしています」と前置きしているのだが、皆が素直に受け取ってくれるとはかぎらない。むしろ、汐見が何かの事件に関わっているようだと決めつけ、色眼鏡で彼を見るようになる者も少なくないだろう。仮に汐見が全く無関係なのだとすれば誠に申し訳ない話なのだが、捜査のためには仕方がなかった。

多くの人々から話を聞いてわかったのは、汐見行伸のこれまでの人生は決して平坦なものではなかった、むしろ極めて過酷な年月だった、ということだ。

最初の悲劇は十六年前に起きていた。

新潟県中越地震は大きな地震だったが、阪神・淡路大震災に比べれば死者の数は格段に少なかった、というのが松宮の認識だ。ところがその少ない死者の中に、汐見の二人の子供たちが入っていた。彼の妻の実家が長岡にあり、子供たちだけで遊びに行っていたのだ。しかも、たまたま祖母と共に隣の十日町市に出かけていた最中に被災したというのだから、不運としかいいようがない。

昨日松宮は、汐見が前に勤めていた会社に行ってきた。同じ職場で働いていたという後輩から話を聞くためだった。その人物は中越地震が起きた時、汐見と共に休日出勤していたらしい。一緒にテレビのニュースを見たといった。

「お子さんが二人とも亡くなったと聞いた時には、まさかと思いました。その後の汐見さんの憔悴ぶりはひどくて、声をかけるのも憚《はばか》られるほどでした。汐見さんが笑うところなんて、それから何ヵ月も見なかったように思います」その頃のことを思い出したのか、後輩の人物は顔を曇《くも》らせていった。

それでも汐見夫妻が立ち直れたのは、子供のおかげらしい。汐見の後輩は続けた。

「身も心も徹底的にボロボロになった後、自分たちが立ち直るには子供を作るしかない、と思ったんだそうです。とはいえ、すでに奥さんも結構な年齢になっていましたからね。なかなか苦労したみたいですよ。それだけに、妊娠したとわかった時の汐見さんの歓びようは、それこそ半端じゃなかったです。すっかり明るさを取り戻して、以前よりも元気なぐらいでした。もちろん私たちだって嬉しかったです。ただ、汐見さんがあまりにハイになりすぎてるから、もしこれで奥さんが流産でもしたら、それこそ二人でビルから飛び降りるんじゃないかって、みんなで心配していたんです。だから無事に生まれたと聞いた時には、心からほっとして、職場の人間全員で立ち上がって拍手しました」

この話を聞き、汐見行伸は周囲から気遣われ、応援されていたのだなと松宮は改めて思った。同様のエピソードを、ほかの人間からも聞いていた。誰もが汐見の幸せを願っている様子だった。

ところが運命の女神は残酷だ。さらなる試練を汐見に与えた。妻の怜子が白血病で亡くなったのだ。約二年前のことだった。長期にわたり献身的に看病していた汐見のやつれぶりは、震災で一瞬にして二人の子供をなくした時とはまた違ったものだったらしい。

ではそんな残酷な運命に翻弄された汐見の、現在の状況はどういうものなのか。

何人かの話から浮かんでくるのは、孤独、というキーワードだ。妻を失って以降、汐見はあまり人と深く付き合わなくなったようだ。もちろん周りも彼への気遣いから、距離を置きがちになっていたのだろう。そのせいで誰も最近の彼のことを把握していないのだ。

それだけに松宮は、汐見と『弥生茶屋』の関係を無視できなかった。正しくは花塚弥生との関係だ。苦難を共にしてきた妻を亡くして二年弱、ようやく安らぎを感じられる相手と出会い、店に通い詰めるようになったと考えるのが自然ではないか。事実、松宮が会った常連客の何人かが、二人は好意を抱き合っていたように思う、と話している。その様子を微笑ましく見守っていた、という者さえいた。ところが二人が特別な関係にあったことを示すものは、今のところ確認できていない。まだそこまでの関係ではなかった、すべてはこれからだったというわけか。

もしかすると、と思いついたことがあった。汐見は娘の気持ちを考え、花塚弥生との関係を深めるかどうかを迷っていたのではないか。父親に好きな女性ができたという事実を、中学二年生の女子はどう捉えるか。さほど抵抗がないだろう、と考えるのはあまりにも楽観的すぎる。特にあの親子は明らかに関係がぎくしゃくしている。

もしそうだとすれば、汐見は誰に相談するだろうか。相手は汐見親子のこと、とりわけ娘の萌奈をよく知っている人間でなければならない。ふつうならば身内だ。しかし汐見の両親は他界している。

では義理の両親のほうはどうか。妻の怜子が亡くなった後、汐見が萌奈のことで何かを相談するとすれば、亡き妻の両親ではないか。

早速加賀や係長に相談してみたところ、行ってこい、と即答された。行き先は新潟県の長岡市だ。日帰りで往復できる。ほかの聞き込みは長谷部に任せ、今日の午後には上越新幹線に乗っていた。

汐見の妻怜子の実家は竹村といった。事前に電話をかけて在宅を確認したが、警察の者といっただけで警視庁とはいわなかった。もちろん汐見の名も出さなかった。

竹村家は古いが頑丈そうな日本家屋だった。おかげで震災の時も壊れなかったらしい。地震が起きた時、この家にいたならば子供たちは死なずに済んだのかと思うと松宮は心が痛んだ。

汐見の義母の名は恒子《つねこ》といった。夫は五年前に他界していて、今は独り暮らしだった。だが近くに長女一家が住んでいて、時々遊びに来てくれるから寂しくはないという。

汐見親子はどうなのかを松宮は訊いた。時折、会いに来るのだろうか。

「怜子が生きてた時は、よく来てくれましたねえ。お盆休みとかお正月だけでなく、連休の時なんか。萌奈ちゃんは本当にかわいくて、うちの人もかわいがってました。何しろねえ、前の子供たちがあんなことになったもんだから」

震災の話になると竹村恒子は涙ぐんだ。自分が馬鹿だったせいで二人を死なせてしまったと何度も繰り返した。

「本当に萌奈ちゃんは天からの授《さず》かりものですよ。不妊治療っていうんですか、怜子もずいぶんと苦労してたみたいで、こっちも諦めかけてましたからね。とにかく萌奈ちゃんにはしっかり育ってもらいたいって、うちの人も死ぬ直前まで気に掛けてました」

最近はどうなのか、汐見親子が顔を見せに来ることはあるのか。

「やっぱり怜子が亡くなってからは、ちょっと間が空くようになりましたねえ。それに萌奈ちゃんも中学生だし、いろいろと忙しいんだろうと思いますよ。でも、たまに電話をもらいます。特に用はないんだけど、お婆ちゃんの声が聞きたくなった、とかいってね。本当に優しい子なんですよ」

汐見からは連絡はないのか。あったとすれば、一番最後はいつか、その時の様子はどんなふうだったかを松宮は訊いてみた。

そういえばここ半年ほどは連絡をもらっていない、と思い出すように答えてから、竹村恒子は怪訝そうな顔を見せた。

「ねえ刑事さん、これは一体何のための調査なんですか？　私はてっきり、振り込め詐欺とか、独り暮らしの老人を相手にした犯罪を防止するためのものだと思ってたんですけど」

東京で起きたある事件の捜査だ、と松宮は説明した。いつもの通り、汐見行伸さんが特に疑われているわけではない、ということを強調した。竹村恒子は腑に落ちない様子だったが、松宮はさらに突っ込んだ質問――汐見行伸から再婚について相談されたことはないかと訊いてみた。竹村恒子は意表を突かれたように何度も瞬きした。

「行伸さんのほうから、そんな話が出たことは一度もありません。ただ、こちらからいったことはあります」

怜子の一周忌が終わった頃、もしいい相手が見つかったら再婚したらいい、と勧めたのだという。

「行伸さんはまだ若いんだし、私たちに義理立てする必要なんかないといったんです。男手一つで萌奈ちゃんを育てていくのは大変でしょうしね。でも行伸さんは、今のところそんなことは考えられない、といってました」

では現在はどうか。再婚を考えているような気配を感じたことはないのか。

「そんなこと、私にはわかりません。私なんかに訊かず、行伸さん本人に確かめたらどうなんですか」竹村恒子は不機嫌さを隠そうとせずにいった。

最後に松宮は、汐見親子が夕食を一緒に摂っていないことを知っているかと訊いた。彼女は皺に包まれた目を大きく開いた。

「本当ですか？　まさかそんなわけないと思うんですけど」

汐見本人から聞いたというと、竹村恒子は悲しげに顔を歪め、「やっぱりそんなことに……」と呻くように呟いた。

彼女によれば、一年ほど前に萌奈が電話をかけてきて、泣きながら父親のことで愚痴をこぼしたことがあったのだという。

「身代わり扱いは嫌だといってました。死んだきょうだいの代わりに生まれてきて、育ててもらってると思ったら、ちっともありがたくないし、嬉しくないって。そんなことないよ、萌奈ちゃんは萌奈ちゃん、誰かの代わりだなんてお婆ちゃんは思ってないよ。お父さんだって、きっとそうだよといったんですけどね」

萌奈がそんなことをいったのはその時だけだったので、もう解決したのだろうと思っていた、と竹村恒子はいった。

「身代わり扱いは嫌、か。それはまた深刻な台詞だな」コーヒーの入った紙コップを自動販売機から取り出しながら加賀はいった。

松宮は機械に小銭を投入し、ミルク入り砂糖なし、と記されたボタンを押した。

「竹村の婆さんの話を聞いて、汐見親子の不自然な関係に納得がいった。萌奈ちゃんの気持ちはわかる。きっと小さい頃から、死んだ姉と兄の話を聞かされ続けてきたんだろう。自分たちが立ち直るためにもう一人子供を作ることにした、それがおまえだとはっきりいわれたかどうかはわからないけど、言葉の端々からそういうニュアンスは伝わってきたに違いない。両親たちに悪気はなかっただろうけれど、いわれるほうの身になれば傷つく。親の愛情に疑いを持っても不思議じゃない」

「汐見親子は心に闇を抱えている、というのがおまえの説だったな。その闇の正体がわかったわけだ。で、この先はどうする？」

「問題はそこなんだ」松宮は自動販売機から紙コップを取り出した。コーヒーを一口啜ってから、「やっぱり俺は恭さんとは違うようだ」といった。

「何が？」

「刑事としての勘がよくないのかもしれない。汐見氏と花塚弥生さんが恋愛関係にあったにせよ、今回の事件とは無関係という気がしてきた」

加賀は身体を小刻みに揺すって苦笑した。「なんだ、もう白旗か」

「二人の関係を周囲に隠すのは不自然だと思ったから疑ったんだけど、汐見氏は単に娘の萌奈ちゃんに気を遣っていただけかもしれない。妻が死んでからたった二年足らずで恋人ができたなんてこと、娘にはなかなかいいだしにくいだろうからね。ましてやあの親子には、複雑なわだかまりがある」

「つまり松宮刑事の勘は外れた、ということか」

まあね、と松宮は肩をすくめた。

加賀はコーヒーを口にし、ふん、と鼻を鳴らした。

「たしかに刑事の勘が外れることは少なくない。そのことに気づかず、的外れな捜査に固執するやつは優秀な刑事とはいえない。しかしだ、ちょっとばかり思惑通りに行かないからといって、すぐに勘が外れたと決めつけるやつも大した刑事にはなれない」加賀は紙コップを持つ手の人差し指を松宮に向けてきた。「おまえの悪い癖だ」

「恭さん、でもさ……」

「勘が外れたと感じたにせよ、そのことをまず確認しろ。次の段階に移るのは、それからだ。被害者の異性関係については松宮たちに調べさせる――係長と話し合って、そういうことになった。そもそもおまえがいいだしたことだ。最後までやれ」

松宮は吐息を漏らし、頷いた。「わかったよ」

「それからもう一つ、裏を取っておけ」

「裏？　もちろん汐見氏と花塚弥生さんの間に恋愛感情があったかどうかは、しっかりと確認するつもりだけど――」松宮が言葉を切ったのは、加賀が話の途中で首を横に振り始めたからだ。

「そっちの裏を取るのは当たり前だ。そうじゃなくて、もう一つのほうだ」

「もう一つって？」

「身代わり扱いは嫌、の件だ。婆さんから話を聞いただけなんだろ？　たった一人の供述だけで何かを決めつけるな。たとえ事件には関係なさそうな親子喧嘩の原因であろうと」

「汐見氏に確認するのか」

松宮の言葉を聞き、加賀はうんざりしたように顔をしかめた。

「そんなことだから松宮は女心がわからないといわれるんだ。萌奈さんが婆さんに切実な思いを訴えたことを父親にばらす気か。話を聞いた汐見氏が本人に確かめたりしたら、あの親子の関係はもっと悪化するかもしれんぞ」

「たしかに……」

その通りかもしれないと松宮は思った。そして、自分は女心がわからないと誰かからいわれているんだろうか、という疑問が頭の隅に浮かんだ。

「じゃあ、萌奈ちゃんに直接確かめろって？」

「それがいいと思う」

松宮はコーヒーを飲み干し、紙コップを握りつぶした。「やってみるよ」

そばのゴミ箱に紙コップを捨てた直後、スマートフォンに着信があった。表示を見たが、知らない番号だった。とりあえず繋いでみて、松宮です、と応じた。

「もしもし……あの、私、シオミという者です」男の声がいった。

たった今まで思考の真ん中にあったはずの名前を聞かされると、却《かえ》って反応が鈍くなることがある。この瞬間の松宮がまさにそれだった。頭の中で「シオミ」が「汐見」と変換されてから、ああ汐見さんっ、と声をあげていた。隣で加賀が表情を険しくした。

「先日は突然お邪魔して失礼いたしました」

「いえ、こちらこそ何のお役にも立てなくて、申し訳ありませんでした」

「とんでもないです。十分参考になりました。その後、何か思い出したことでもありましたか」

「いや、思い出したというより、御説明しておいたほうがいいかなと思うことがございまして……」

「ははあ、なるほど」松宮は素早く思考を巡らせた。「そのお話しぶりから察しますと、電話で済ませられる内容ではなさそうですね」

「はい、そうですね。できましたら、お目に掛かって、お話しさせていただいたほうがいいかと思います」

「わかりました。いつがいいでしょうか。こちらは今夜これから、ということでも一向に構わないのですが」

「そうですか。私のほうも大丈夫です。なるべく早いほうがいいと思いますし」

「了解です。お宅に伺えばいいでしょうか」

「いえ、うちに来てもらうのはちょっと……。近所で遅くまで開いている店がありま す。そこまで来ていただけますか」

「もちろんです。何という店でしょうか」

自宅の近くにある店の名を汐見はいった。洋風居酒屋らしい。そこで午後十時に会う約束を交わし、松宮は電話を切った。

「だからいったんだ。勘が外れたなんて、簡単に決めつけるなって」加賀がいった。

「向こうから動いてくれたみたいじゃないか」

「何か説明したいことがあるらしい。でも事件に関係しているかどうかは、聞いてみないとわからない」

「全く無関係なら、ふつうは動かない。俺は脈があると見た」

「それならいいんだけどね」

「動くといえばもう一人、妙な動きを見せている人間がいる」加賀が紙コップを捨て、廊下を歩きだした。「綿貫哲彦氏、被害者の元旦那だ。今日の昼間、ここへ問い合わせの電話をかけてきた」

「あの人がここへ？　問い合わせというのは？」

「花塚弥生さんの遺品はいつ返してもらえるのか、と訊いてきたんだ。綿貫氏は弥生さんの遺品整理などの死後事務を、弥生さんの御両親に代わってすることになったといったそうだ。すでに委任契約を結んだらしい」

「元妻の死後事務を……どうしてそういうことになったんだろう」

「綿貫氏は、弥生さんの両親から頼まれた、といっているようだ。事件のことを知り、弥生さんの実家に連絡を取ったところ、死後事務をどうするかで困っているので助けてもらえないか、と。元々憎くて離婚したわけではないから、自分でよければ協力しますと答えたというんだ」

「そういうことか。あの人、無愛想に見えたけど、案外親切なんだな」

「俺にいわせれば親切すぎる」加賀は足を止め、腕を組んだ。「遺品整理、部屋の片付けと解約、店の廃業手続き、店の解体、その他諸々——ひと口に死後事務といっても、その作業は膨大で手間も時間もかかる。いくらかつては夫婦だったからといって、おいそれと引き受けられるものじゃない」

「何か目的があると?」

「そう考えない人間は、刑事じゃない」加賀は断言した。「俺の睨んだところでは、綿貫氏がほしいのは弥生さんの個人情報だ」

「どうしてわかる?」

「遺品全部をすぐに返すのは無理だというなら、スマートフォンだけでも返してもらえないか、それもだめなら中に入っている情報をコピーさせてもらいたい——そんなふうにいってきたらしい」

「それで、どうしたんだ？」

「どうしようかと係長から相談されたので、適当な理由をつけて数日待ってもらいましょうと進言した。その間、綿貫氏の動きを見張れば、目的を突き止められるかもしれない」

「動かなかったら？」

「綿貫氏をよく知る人間に当たってみて、探りを入れる。誰かにやらせよう」

「俺がやってもいいけど」

「おまえにはおまえの仕事がある。そっちに集中しろ」加賀は腕時計を見た。「そろそろ行ったほうがいいんじゃないのか」

松宮も時刻を確かめた。たしかにその通りだった。「成果があるといいんだけど」

「朗報を待っている。鋭く勘を働かせろ」

加賀の檄《げき》に、松宮は片手を挙げて応えた。

汐見行伸と待ち合わせた店は古いビルの二階にあった。店内は薄暗く、ゆったりとした間隔でテーブルが並んでいる。客はまばらで、落ち着いて話をするにはふさわしそうだ。

汐見は壁際の席についていた。長袖のポロシャツ姿で、傍らにジャンパーを置いている。松宮を見て立ち上がりかけたので、手で制した。

お待たせしました、といって松宮は向かいの席についた。

「いえ、突然すみません」

店員がおしぼりを持ってきたので、松宮はウーロン茶を注文した。汐見は少し迷った様子を見せてから、同じものを、といった。

「この店にはよく来られるんですか」松宮は訊いた。

「最近になって、たまに来るようになりました。落ち着いた雰囲気が好きでね」

「お嬢さんを一人残して?」

「あの子も、もう中学生ですから」そういってから汐見は居住まいを正し、松宮のほうを見た。「何人かから連絡がありました。刑事さんが来て、私のことをあれこれ訊かれたと。松宮さん、あなたですよね?」

「捜査員は大勢います。みんなでいろいろな人のことを調べます。調べられるほうは自分だけが特別な目で見られているように感じるかもしれませんが、我々からすれば多くの対象の中の一人にすぎません。ただ、そのことで御不快な思いをされているのだとしたら謝ります。申し訳ございません」

「いえ、謝っていただきたいわけではなく――」

汐見が腰を浮かせた時、店員がやってきた。それぞれの前にウーロン茶入りのタンブラーとストローが置かれた。

店員が去った後、汐見はストローを使わずにウーロン茶を飲み、改めて口を開いた。

「私に連絡してきた人たちの話を聞いてみて、どうやら誤解されているようだと感じました。それで御説明したいと思った次第なんです」

「誤解といいますと？」

近くの席に客はいなかったが、汐見はさっと周囲を見渡してから、松宮のほうに少し身を乗り出してきた。

「私と花塚さんの関係を疑っておられるでしょう？　付き合っていたのではないか、と」

松宮は笑みを作った。

「我々が疑っているのではなく、店の常連さんたちの中に、そのように話している方がいるんです。かなり親密そうだったから、付き合っていたのではないか、と。しかし前回あなたにお会いした時、そんなことは一言もおっしゃらず、それどころか花塚さんに交際している男性はいなかったと断言されました。そうなると、どちらの言葉を信用すればいいのか、警察としては判断する必要があります」

汐見は何度か頷いた。

「やはり、はっきりとお話しすべきでしたね。私が花塚さんに好意を抱いていたのは事実です。だから『弥生茶屋』に通ったし、花塚さんと親しくなろうとしました。もちろん花塚さんも、そんな私の思いには気づいていたようですが、何しろこちらは客ですから、邪険に扱うわけにはいかず、それなりに対応されていました。その様子を傍から見れば、付き合っているように思っても不思議ではありません。でもね、私と花塚さんの間には、本当に何もなかったんです。といっても、自分がジェントルマンだといいたいわけじゃありません。じつはね、花塚さんが先手を取ってきたんです」

「先手？」

「二人で話している時、花塚さんにいわれたんですよ。五十歳を過ぎたし、もう恋愛には興味がない、仮にどんなに素敵な男性が現れたとしても、友人付き合いまでに留めたいって。冗談めかした言い方でしたけど、私に対して暗に釘を刺したのだとわかりました。早まって告白めいたことはしないでくれ、今のままでいいんだから、とね。要するに私は振られたわけです」汐見は苦笑いを浮かべながら、両手を小さく横に広げた。

「それであなたは諦めたわけですか」

「そりゃあ、諦めるしかないでしょう。でもね、ある意味納得もしたんです。下手に男と女の関係になれば、こじれて結果的に別れるってこともあり得る。しかし友人のままでいれば、そういう心配はありませんからね」

「そんなふうに割り切れるものですか。まだお若いじゃないですか」

松宮がいうと、いやいやと汐見は顔の前で手を横に振った。

「世の中には、いくつになっても恋愛を求める人間がいることは知っています。でもね、結局私はそのタイプではなかったんです。そろそろ枯れ時なんだなと悟ったわけです。花塚さんは、そのきっかけをくれました。ですからね、私のことをいろいろと調べておられるみたいですけど、花塚さんとの関係については、今お話しした以上のことはないと思ってください。いくら調べても何も出てきません。はっきりいって時間の無駄です」

「捜査に無駄はつきものです。それに無駄かどうかは我々が判断します。しかし、よく正直に話してくださいました。ありがとうございます」

「納得していただけましたか」

「一応は」

松宮の答えを聞き、汐見は物足りなそうに眉根を寄せた。「まだ何か気になることでもありますか？」

気になるのは――。

あなたのその態度だ、といいたいところだった。

たとえ警察が時間を無駄にしていようとも、汐見にとっては痛くも痒くもないはずだ。自分のことをあれこれと嗅《か》ぎ回られるのは愉快ではないだろうが、疚《やま》しいところがなければ放っておけばいい。

じつは汐見は、自分と花塚弥生の関係をこれ以上調べられたくないのではないか。男女関係に発展させなかった理由が、花塚弥生が先手を取ってきたからというのも不自然だ。ふつう、そんなことで簡単に引き下がるだろうか。

そこまで考えを巡らせたところで一つの疑問が松宮の頭に浮かんだ。

「一つ、お伺いしてもいいですか」

「何でしょうか」

「もし花塚さんから釘を刺されていなかったら、どうするおつもりでしたか。どこかのタイミングで告白する気だったのですか」

さあそれは、と汐見は首を傾げた。

「今となってはよくわかりません。勇気のいることですから、怖《お》じ気《け》づいていたかもしれませんね」

「告白する前に、お嬢さんには相談するつもりでしたか」

「娘に……ですか。いや、そんなことは全く……。娘は関係ないですから」

「関係ない？」松宮は思わず眉を動かしていた。「そうでしょうか。もし交際が始まっていたら、いずれはお嬢さんにも紹介しなきゃいけなかったんじゃないですか。そのことは考えなかったんですか」

「それはまあ、その時には……。でも結局、そうはならなかったわけで」

汐見はタンブラーに手を伸ばし、残ったウーロン茶を飲み干した。タンブラーをコースターに戻した時、中の氷がからりと音を立てた。

松宮さん、と硬い笑顔を向けてきた。

「お忙しいところをお呼び立てして、大変申し訳ありませんでしたが、私が御説明しておきたかったのは以上です。もうよろしいでしょうか」

「結構です。御協力に感謝します」松宮はテーブルに置かれた伝票を引き寄せた。

「これは自分が。まだもう少しここにいますので」

「そうですか。ではお言葉に甘えて」汐見は立ち上がり、松宮に一礼してから出入口に向かった。

松宮はタンブラーを手にした。汐見の話を聞くのに夢中で、まるで口をつけていなかった。氷が溶け、ウーロン茶は少し味が薄くなっていた。

汐見の説明を聞き、引っ掛かったのは、萌奈に関する話が全く出てこない点だった。交際したいと思うような女性と出会ったのなら、まずは娘のことを気にするのではないか。

このことを加賀にどう報告すればいいだろうか、鋭く勘が働いたといってもいいのかな、と松宮は考えた。

12

さっきから壁にかけた時計に何度も目をやっていると思ったら、案の定、「ちょっと出かけてくる」といって哲彦がソファから腰を上げた。

カウンターキッチンで食器を洗っていた多由子は、その手を止めた。「どこに行くの？」

「釣具屋とか、ぶらぶら覗いてくる」そういって哲彦はジャンパーを手にした。多由子のほうを見ようとしない。

「何時ぐらいに帰る？」

「そうだな。晩飯までには戻るよ」

今は、まだ午後二時を過ぎたところだ。夕食は早くても六時ぐらいだから、土曜日の昼間に四時間もどこで何をしてくるつもりなのか。

「今夜、何が食べたい？」

「何でもいい。任せるよ」哲彦はジャンパーを羽織り、前のファスナーを閉じた。

「じゃあ、行ってくる」

「行ってらっしゃい。気をつけて」

うん、と短く答えて哲彦はリビングルームを出ていった。

玄関のドアが開閉され、施錠される音を聞いてから、多由子は洗い物を再開した。だが気持ちが集中していないせいで、手を滑らせた。ガラスのコップが白い皿の上に落ち、皿のほうが割れた。

ため息をつき、手を切らないように気をつけながら破片を拾った。キッチンペーパーで包み、ビニール袋に入れる。後で、『割れ物注意』とマジックで書いておかなくては。

このところ、哲彦の様子がおかしい。松宮という刑事たちが来てからだ。前妻が殺されたと聞いてショックを受けたのだろうが、何やら隠し事をしているように思える。

洗った食器を拭いているとインターホンのチャイムが鳴った。モニターに近づくと、知らない男性の顔が映っている。スーツ姿だが、セールスマンの類いには見えない。

受話器を取り、はい、と応えた。

「すみません、こういう者ですが、ちょっとお時間をいただけませんか」男性がカメラに向かって提示したのは、警察手帳だった。

ぎくりとした。今度は一体、何の用だろうか。

「主人は今、出かけているんですけど」

「いえ、奥様にお訊きしたいことがありまして」

「あたしに……ですか」

「はい。手短に済ませますので、何とか御協力を」男性の口調は穏やかだが、有無をいわせない威圧感があった。

断る理由が思いつかず、わかりました、と返事をして解錠ボタンを押していた。男性は一礼してから画面の外に消えた。

多由子は寝室に行き、スタンド式の姿見で身なりを確かめた。ジーンズにロングのTシャツという出で立ちだったが、上から紺色のパーカーを羽織った。化粧をしていなかったので口紅だけでも塗ろうかと迷っていたら玄関のチャイムが鳴った。

小走りで玄関に出ていきドアを開けると、目の前に長身の男性が立っていた。彫りが深く、精悍な顔つきをしている。肩幅も広い。

「お休みのところ、申し訳ありません」男性は先程の警察手帳を再び懐から出し、多由子のほうに向けた。「どうぞ、御確認ください」

多由子は身分証の部分を見つめた。加賀恭一郎という名前の警部補だった。

「よろしいでしょうか」

「はい、加賀さん……ですね」

「警視庁捜査一課の加賀です」そういって彼は手帳をしまった。「中屋多由子さんですね」

「そうです」

「先日、松宮もしくは長谷部という捜査員とお会いになっていると思いますが」

「はい、いらっしゃいました」

「自分も彼等と同じ事件の捜査に当たっています。本日は補足的にお尋ねしたいことがあり、伺った次第です」

「そうですか……。じゃあ、どうぞ」部屋に招くしぐさをした。

いや、と加賀は右手を出してきた。大きな手だった。

「御主人の留守中に上がり込むのは抵抗があります。近くにファミレスがあると聞いたのですが、よろしければそちらに移動しませんか」

「あ、はい、わかりました……」

たしかに、刑事といえど男性と二人きりになるのは不安だ。

「お支度の時間が必要ですよね。外で待っています」

「すみません。急いで準備します」

洗面所に行き、口紅を塗った。目元も整えたいが急ぐと失敗しそうだ。玄関に向かう前にリビングルームからキャップを取ってきて、目深《まぶか》に被った。

お待たせしました、といいながら部屋を出た。

「中屋さんは御本名で仕事をされているんですか」加賀が尋ねてきた。

「そうですけど」

加賀は『ＷＡＴＡＮＵＫＩ』と彫られた金色のプレートを指差した。

「この表札だと中屋さんの荷物や郵便物が届かないということはありませんか」

「ああ……大丈夫です。住所には綿貫方って書いています」多由子はいった。「あたしは居《い》候《そうろう》みたいなものですから」

加賀は黙って頷いた後、では行きましょう、といって歩きだした。

「御主人はお出かけだそうですが、行き先は御存じですか」エレベータが来るのを待つ間に加賀が訊いてきた。

「釣具店に行くといって出かけました。釣りが趣味なので」

「ははあ、それはいいですね。海釣りですか」

「川釣りです」

「どのあたりに行かれるんですか」

「よく知らないんですけど、ずいぶんと遠くまで行っているみたいです。秩父《ちちぶ》とか奥《おく》多摩《たま》とか……」

「アクティブですね。あなたはなさらないんですか」

「あたしはちょっと……。体力に自信がないものですから」

「そうですか」

エレベータのドアが開いた。夫婦連れと思われる中年の男女が乗っていた。そのせいだろう、エレベータの中では加賀は無言だった。

一階に下り、マンションを出たが、加賀はファミリーレストランの場所を確認するぐらいで、本題に入ろうとはしなかった。歩きながらスマートフォンを操作している。

店に着くと一番奥のテーブルについた。ドリンクバーの飲み物を取り、向き合って座った。多由子はオレンジジュースを選んだ。加賀はブラックコーヒーだ。

「前回、松宮という捜査員が御主人とこの店で話をしたそうです。その時のことについて、御主人は何かおっしゃってましたか」

「それは、あの、驚いたといってました。前の奥さんが殺されたと聞いて、あたしもびっくりしました」

「お二人でどんな話をされましたか」

「どんなって……。あたしは主人のアリバイを訊かれたことを話しました。主人もそうだったみたいです。少し前に主人は前の奥さんと会っているので、警察が自分のことを疑うのは仕方がない、みたいなことをいってました」

「疑っているわけではなく、重大な何かを御存じではないかと考えたのです。事件の直前に連絡を取り合っていることが判明したものですから」

「向こうから連絡があったそうです。呼びだされて会ったけれど、特に大事な用件があったわけでもなかった、と主人はいってました」

「そうらしいですね」加賀は顎を引き、じっと多由子の顔を見つめてきた。「刑事から御主人のアリバイを尋ねられたりして、あなたも不愉快だったでしょう」

「不愉快というか……ちょっと戸惑いました」

「そうだろうと思います。ふつうに生活している人がアリバイを調べられるなんてこと、なかなかありませんからね。でも御安心ください。すでに御主人にアリバイがあることは確認できています。失礼いたしました」

いいえ、といいながら多由子はストローの入った細長い袋を手にした。端を破ってストローを取り出し、オレンジジュースのグラスに入れた。

「で、事件のことを知って以降、御主人の様子はいかがですか。何か変わったことはありませんか」

さあ、と多由子は首を捻った。

何やらこそこそと隠し事をしているようだ、といっていいものかどうか迷い、結局黙っていることにした。「元気はありませんけど……」

「今まで御主人が前の奥さんについて話したことはありましたか」

「いえ、あまり話してはくれませんでした。あたしに気を遣っていたんだと思います」

「自由が丘でカフェを営んでおられたことは？」

「それは主人も知らなかったみたいです。今回、初めて知ったといってました」

「店の名前を御存じですか」

「『弥生茶屋』……じゃなかったですか。御自分の名前から取られたそうですね」

「そうです。花塚弥生さんというお名前でした」

「前の奥さんの名前が弥生さんだということは前から聞いてましたけど、名字が花塚さんだったというのは知りませんでした」

「珍しい名字ですよね。栃木には多いそうで――」そこまで話したところで加賀は内ポケットに手を入れた。ちょっと失礼します、といってスマートフォンを取り出しながら立ち上がった。着信があったらしい。

多由子は何気なく周りに目をやった。お腹の大きな女性が夫らしき男性と一緒に入ってくるところだった。二人とも笑顔で、とても幸せそうだ。

加賀が戻ってきた。どうもすみません、といってから多由子の視線の先に目を向けた。

「あの御夫婦がどうかしましたか？」

「いえ、いつ頃生まれるんだろうと思って」

ああ、と加賀は頷きながら腰を下ろした。

「どうでしょうね。あれだけお腹が目立つということは、来月あたりかもしれない」

「そうですね」

「巡り会いまでもう間もなく、というわけだ」

多由子は刑事の顔を見た。「巡り会い？」

「『弥生茶屋』の常連さんたちによれば、花塚さんは巡り会いという言葉が好きだったそうです」

「巡り会い……ですか」

「いろいろな人との巡り会いが人生を豊かにするとよくいっていたとか。御主人――綿貫哲彦さんとの巡り会いも貴重な財産だと思うから、結婚したことは後悔していないといっていたそうです」

そうなのか、と多由子は思った。以前の結婚生活について哲彦は殆ど話さないが、たまに口にする時でも幾分懐かしさが込められているように感じたのは、気のせいではなかったのかもしれない。双方にとって、さほど悪くない思い出なのだろう。

「だからああいう妊娠中のお客さんが店に来ると、花塚さんは決まってこんなふうに声をかけたらしいです。もうすぐ素晴らしい巡り会いがありますね、楽しみですね、と。赤ちゃんにとってお母さんとの対面は、人生における最初の巡り会いだというわけです」

多由子は大きく息を吸い込み、瞬きを繰り返しながら吐き出した。「……御本人は子供ができなかったんですよね」

「そうです。だからこそ、そういう発想が生まれたのかもしれません」

多由子はオレンジジュースのグラスを引き寄せた。どういうコメントをいえばいいのかわからなかった。褒め言葉を口にしても、空々《そらぞら》しく聞こえるような気がする。

「弥生さんって、どういう方だったんですか」

加賀はコーヒーを口に含んだ後、難しい質問ですね、といった。

「あちこちに聞き込みに回っている捜査員たちによれば、花塚さんについて悪くいう人は全くいないということです。皆さん口を揃えて、あんないい人はいなかったといっているとか。初めて来るお客さんの顔をしっかりと覚えていて、二度目に現れた時には、先日はありがとうございましたと声を掛けてきたんだそうです。商売上手といってしまえばそれまでですが、なかなかできることじゃありません」

「素敵な方だったんですね」多由子はオレンジジュースに視線を落とした。

でも、と加賀は続けた。

「人間にはいろいろな面があります。評判を鵜呑《うの》みにはできません。事件の犯人が逮捕された後、周囲の人々が、あの人がそんなことをするなんて信じられないといって驚く、という話をよく聞くでしょう？　刑事事件ではよくあることなんです。同様のことは被害者についてもいえます。誰からも慕われ愛されている人物が、意外な理由で恨みを買っていたなんて話はざらです。逆恨みなどではなく、犯人の話を聞いてみれば、なるほどと動機に納得できたりもします。本当に人間というのは複雑です」

そう、複雑、自分で自分のことがわからなくなる時がある、と心の中で呟きながら多由子は両手を擦り合わせていた。哲彦の顔が思い浮かんだ。

「話は変わるのですが」加賀がいった。「四日前、御主人は会社をお休みになっていますね」

えっ、と多由子は目を見開き、声を漏らした。知らないことだった。

「御存じなかったんですか」

多由子は首を振った。「知りませんでした」

四日前の朝を思い返した。多由子も働いているが、家を出るのは哲彦が先だ。あの朝も彼はいつもと同じように出ていった。会社を休むなどとは一言もいわなかった。

「ここ数日、御主人は何時頃にお帰りですか」

「わりと……遅いです。午後九時を過ぎることもあります」

「理由はどのようにおっしゃっていますか」

「会食とか、接待とか……」

なるほど、と相槌を打った加賀の顔つきには何か含むものがあった。

「違うんですか？　主人はどこで何をしているんですか？　知っているのなら教えてください。お願いします」

加賀は多由子の気持ちをはぐらかすように、コーヒーカップに手を伸ばした。ゆっくりと味わうようにコーヒーを飲んだ後、カップをソーサーに戻した。

「四日前、御主人は宇都宮に行っておられます」

加賀の言葉に、多由子は息を呑んだ。

「宇都宮……どうしてそんなところに？」

「先程、花塚という名字は栃木県には多いといったでしょ。宇都宮は花塚弥生さんの出身地で、御実家があります。綿貫哲彦さんは花塚さんの御両親に会いに行かれたのです。委任契約を交わすために」

「えっ、契約？」

「花塚さんが亡くなられたので、部屋の解約とか店の廃業手続きとか、いろんな事務処理が必要になります。ふつうは遺族がするものですが、高齢で、しかも遠方にお住まいの御両親には難しい。そこで綿貫さんが代行することになったようです。そのための委任契約です。でもどうやら、あなたは聞いておられないみたいですね」

「そんな話、全然知りませんでした」

「このところお帰りが遅いのも、もしかするとそうした死後事務をしておられるからではないでしょうか。じつは警察にも、花塚さんに関する情報を求めてこられましてね」

「うちの人がそんなことを……」

「だから疑っている、というわけでは決してありません」加賀は、にこやかとさえいえる表情を作った。「先程もいいましたが、綿貫さんのアリバイは確認が済んでいます。ただ、手間の掛かる死後事務を代行されたという点が引っ掛かりましてね。しかも花塚さんの御両親に確かめたところ、頼んだわけではなく、綿貫さんのほうから申し出があったそうなんです」

「彼のほうから……」

「どうしてわざわざそんな面倒なことを、と我々が疑問を抱くのも無理ないと思いませんか。そこでこう考えたわけです。綿貫さんは、元の奥さんの何かを調べようとしておられるんじゃないか、と。そこであなたなら何か御存じ、あるいは思い当たることがあるのではないかと考え、こうしてお尋ねしに来たわけです」

いかがですか、と加賀は眼窩の奥から鋭い目を向けてきた。

多由子は俯いた。テーブルの下で握りしめた手が震えそうになるのを懸命に堪えた。

「あの人からは何も聞かされていません。どうしてそんなことをするのかもわかりません」辛うじて、そう答えた。動揺が刑事に気づかれていない自信はなかった。

重たい沈黙の時間が流れた。どんな表情で加賀が多由子を見つめているのかわからず、顔を上げるのが怖かった。

やがて、そうですか、という穏やかな声が聞こえた。

「もしかすると余計なことをお耳に入れてしまったおそれがありますね。御主人があなたに隠していたのは、前の奥さん絡みだから単に話しにくかっただけかもしれません。今日、私から聞いたことを御主人に確かめるかどうかはお任せします。このことが事件に関係しているかどうかもわかりませんしね」

はい、と多由子は下を向いたまま返事をした。「……考えておきます」

「では最後にもう一つだけ質問させてください。綿貫哲彦さんのアリバイが証明されたことはいいました。しかし松宮たちが確認し忘れたことがあります。それはあなたのアリバイです。あの日、あなたはどこで何をしておられましたか」

13

正門が閉じられていたので、その脇の通用口から中に入った。すぐに守衛室があり、制服を着た男性が座っていた。松宮が警察手帳を提示すると、男性は緊張した面持ちで立ち上がった。

「テニス部の部員さんに用があるんですが」松宮はいった。

「あ、そうですか。テニスコートはグラウンドの先です。ええと、一応こちらに御記入をお願いできますか」守衛は来校者票なる紙片《しへん》を出してきた。

記入を終えると、受け取った来校者カードを首から吊して歩きだした。中学校の敷地内に足を踏み入れるのはいつ以来だろうと考えた。

土曜日だが、グラウンドでは野球部が練習を行っていた。監督かコーチか、体格のいい男性がノックをしている。軟式ボール特有の乾いた打球音がした直後、ショートの選手が右に動いた。転がってくるボールを捕り、ファーストに投げる。なかなか軽快な動きだ。

懐かしい思いがこみ上げてきた。中学時代、松宮は野球部だった。数えきれないほど、ノックも受けた。ピッチャーだったからノッカーとの距離が短く、強い打球が飛んでくる。バントの捕球練習もたっぷりやらされた。

不意に加賀から聞いた話が蘇った。松宮の父親も野球をしていたという話だ。キャッチャーだったらしい。

それがどうした、といいたいところだった。野球好きが遺伝するとでもいうのか。

克子とは、まだまともに話ができていない。電話をかけたところで、どうせすぐに切られるだろうから、連絡していないのだ。問い詰めるには直《じか》に会うしかないが、捜査のことを考えれば館山などに行っている場合ではない。

芳原亜矢子の上品な、しかし芯の強そうな顔を思い出した。彼女と血が繋がっているというのは、じつは松宮にとって悪い気持ちのすることではなかった。老舗旅館を切り盛りしているのだから、おそらく女将として優秀に違いない。そして一人娘を男手一つであそこまで育てられたということは、芳原真次もひとかどの人物だったのだろうかと考えてしまったりする。

気づくと立ち止まっていた。松宮は首を振った。今は考えても仕方のないことに頭を使っている場合ではない。大股で歩きだした。

汐見萌奈から話を聞こうと思ったきっかけは、親子喧嘩の原因であろうと裏を取っておけという加賀の指示だが、汐見行伸の不自然な供述が、それを後押しした。汐見は明らかに、花塚弥生との関係を深く調べられるのを嫌っている。その原因が、萌奈にあるように松宮には感じられたのだ。

グラウンドを過ぎると金網に囲まれたテニスコートが見えてきた。コートは二面あり、一方ではシングルで、もう一方ではダブルスで部員が打ち合っていた。ほかの部員たちはコートの脇で体操したり、話し合ったりしている。

指導者らしき人物は、ダブルスのコートのそばにいた。白いジャージの上下を着た、背の高い男性だ。松宮が近づいていくと、気づいたらしく怪訝そうな顔を向けてきた。

「ちょっとすみません。顧問の先生でしょうか」

「そうですけど、あなたは？」

「こういう者です」松宮はスーツの前を開き、部員たちには見えないよう気をつけながら、内ポケットから警察手帳を出した。

顧問は驚いたように瞬きした。怯えに近い表情だ。生徒が問題でも起こしたのか、と思ったのかもしれない。

「汐見萌奈さんという生徒さんがおられますよね。捜査協力をお願いしたいのですが」

「協力といいますと？」

「話を聞くだけです。すぐに終わります」

「二年生は今、ランニングに出ています。そろそろ戻ってくると思いますが」

「では戻ってこられたら、少しお借りしてもいいですか」

「わかりました」

松宮は周囲を見回した。隅にベンチがあるが、誰も座っていない。そこで待たせてもらうことにした。

ベンチに腰掛け、部員たちの練習を眺めた。中学生とはいっても、手足は大人並みに長い。脂肪が全くついていない身体で躍動する様は、サバンナを駆け回るガゼルのようだ。

　このテニスコートは裏通りと金網で仕切られているだけだった。だから歩道を通りかかる人々の姿がよく見えた。逆にいえば向こうからも見えるわけだが、中学生がテニスをしているところを珍しがる人間もあまりいないだろう。

　しばらくすると数名の部員たちが戻ってきた。その中に汐見萌奈の姿もあった。顧問の教師が松宮のほうを見ながら話しかけている。萌奈が戸惑った様子を示すのが遠目にもわかった。

　ジャージの上着を羽織ってから、萌奈は怖《お》ず怖《お》ずといった感じで松宮に近寄ってきた。松宮は立ち上がって迎えた。

「練習中、すまないね。ちょっと確認しておきたいことがあったものだから」

「何ですか」

「まあ、とりあえず座ろうよ」

　松宮はベンチに座るよう萌奈を促し、並んで腰掛けた。

「前回、お父さんが家に帰ってきた時刻を尋ねた時、君は気がつかなかったといったね。一人で夕食を済ませた後は、ずっと自分の部屋にいたからと。それで間違いないかな」

「はい、間違いないです」萌奈は視線を落としたまま答えた。

「確認したいのは、そこのところなんだ。食事はいつも一人で？　それとも、あの日はたまたま一人だったのかな」

萌奈が窺うように上目遣いをしてきた。「それ、父から聞いてないんですか？」

「それって？」

「うちはずっと、食事は別々だってことです」

うーん、と松宮は唸ってみせた。

「お父さんから聞いてはいるよ。でもそのことを上の人間に報告したところ、信じられないっていうんだ。一緒に住んでいながら、親子で食事をしないなんて考えられないって。正直いうと、僕もそうなんだ。君も気づいているかもしれないけれど、我々は関係者全員のアリバイを調べている。お父さんに関してもそうだ。だから親子で一緒に食事をしたことがないっていう話を、ああそうですかと簡単に受け入れるわけにはいかないんだ」

「そういわれても、本当にそうなんだし……」萌奈は下を向き、呟くようにいった。語尾が弱々しく消えた。

「よかったら、理由を聞かせてもらえないかな。お父さんは、はっきりしたことを話してくれなかったんだ」

「理由って……」萌奈は両手を擦り合わせた。「それはいろいろです」

「いろいろとは？」

「だから、いっぱいあって、それで何となく父と一緒にいるのが嫌というか、鬱陶しいっていうか、一人のほうが気楽だと思うようになったんです」

全く答えになっていない。答えたくないからなのか、本当に自分でも理由がよくわかっていないのか、松宮には見極められなかった。

一歩踏み込んでみることにした。

「君が生まれる前、お姉さんとお兄さんが災害で亡くなっているよね。だからお父さんにとって、君は特に大切な存在なのだと思うけれど、その気持ちが重たいってことなのかな」

萌奈の顔が強張り、目の縁が赤くなるのがわかった。他人に触れられたくない部分に違いなく、逆上するかもしれないと松宮は思った。それならそれでいいと腹を決めていた。

だが彼女は考え込むようにしばらく沈黙した後、それはあります、と思いがけない静かな口調でいった。

「姉と兄の話は小さい頃からずっと聞かされてきました。すごくかわいそうだと思います。そんなふうに死んじゃったなんて……。父と母も悲しかっただろうし、辛かっただろうなと思います。だから、立ち直りたくて、もう一人子供を作ろうと思ったっていうのはわかるんです。かわいがってたペットが死んじゃって、ペットロスになった人が、全く同じ種類の犬とか猫を飼うって話はよく聞くし……」

「子供とペットは違うと思うけど」

すると萌奈は顔を上げた。

「別に同じでもいいんです。ペットと同じでもいいです。ううん、むしろ、そっちのほうがよかった。だってペットなら、ただかわいがられてればいいだけじゃないですか。でもあたしの場合は違います。死んだ姉や兄の分まで生きろとか、二人ができなかったことをしろとか、いろいろなものをいっぱい押しつけられて、息が詰まりそう。おまけに、二人みたいになってほしくないからって、あれこれ口うるさくいわれて、全然自由じゃないし」溜まっていたものを吐き出すような強い口調だった。

「たしかに君としては、きついだろうね」

「あたしが姉や兄たちの身代わりだってことはわかってるけど、もうちょっとさりげなくやってほしい」

「なるほど、難しい問題だね」

どうやら汐見親子の不仲の原因は、これまでに松宮が把握していた以上のものではなさそうだ。そうであれば、この問題からは手を引くべきだろう。

質問を切り上げようかと松宮が思った時、でも、と萌奈が続けた。「それだけなら、まだ我慢できるんです」

「ほかに何かあるの？」

「あたしが一番嫌なのは、最近の父の目なんです」

「目？」

「あたしを見る目です。怯えてるっていうか、遠慮してるっていうか、あの目で見られると何だかイライラしちゃうんです。何かいいたいことがあるならいってよって感じです」

「お父さんは何かいいたいのかな」

「わかんない。知らないです」

汐見行伸は娘に何か隠し事をしているのか。考えられることは一つしかない。

「前回も訊いたけど、『弥生茶屋』という店について、お父さんからは何も聞いてないんだね」

「はい……そのお店、何なんですか」

「我々が捜査している事件の被害者が経営していたカフェだ。お父さんは、その被害者と親しくしておられたみたいなんだけど、そういう話も聞いたことはないわけだね」

萌奈は首を小さく振った。「聞いてないです」

「そうか……」

父親の身近に女性がいる気配を感じなかったかどうかを確かめたかった。どういう言葉を選べばいいか松宮が考えていると、「その被害者って、女の人ですか」と萌奈のほうから尋ねてきた。

「そうだけど」

「父、その人と付き合ってたんですか」

ストレートな質問に松宮のほうが面食らった。しかしおかげで核心に入りやすくなった。

「そこまでの関係ではなかった、とお父さんはおっしゃっている。だから君にはどんなふうに説明していたのかを知りたかったんだけど……」

「何も聞いてないです。ていうか、あんまり話をしないし。あたし、最近の父のこと、全然知らないです。父もあたしのこと、知らないと思うけど」

それでいいのか、と松宮は思うが、刑事が口出しすることではない。とにかく萌奈から引き出せることは、すべて聞き終えた。

「よくわかった。練習の邪魔をして悪かったね。もういいよ」そういって腰を上げた。

あの、と萌奈も立ち上がり口を開いた。「写真、あります?」

「写真?」

「その女の人の写真です。父がどんな人と付き合っていたのかなと思って……」

「いや、だから御本人は否定されているんだけど」

「でも、見たいです。見せてもらえませんか」

お願い、と萌奈は顔の前で両手を合わせた。

参ったな、と松宮は顔をしかめた。本来ならば刑事としては反則行為だ。しかし父親のことを少しでも知りたいという十四歳の気持ちを無視できなかった。もしかすると、これがきっかけで心の壁が少しでも低くなるかもしれない。

「仕方ないな。でも、今日は特別だからね」

「わかりました」

松宮はスマートフォンを取り出して花塚弥生の顔写真を表示させると、「こういう人だ」といって萌奈のほうに向けた。

萌奈は興味深そうに画像を覗き込んだが、すぐに、あっと声を発した。

「どうかした？」

「この人、見たことがあります」

えっ、と松宮はのけぞった。「どこで？」

「あそこです」そういって萌奈は道路のほうを指した。「歩道に立って、あたしたちの練習を見ていました」

「いつ？」

「最後に見たのは二週間ぐらい前かなあ」萌奈は首を傾げた。

「最後に、ということは、一度きりではなかったんだね」

「何回か見かけました。このスマホ、ちょっとお借りしてもいいですか。友達にも確認したいから」

「いいよ」

萌奈はスマートフォンを手に、テニスコートの脇で柔軟体操をしている女子たちのところへ駆けていった。そのうちの何人かにスマートフォンを見せ、何やら話している。やがて小走りで戻ってきた。

「みんな、間違いないっていってます。このおばさん、よく来ていました」

「いつ頃から見かけるようになった？」

「気づいたのは三ヵ月ぐらい前だと思います」萌奈は松宮にスマートフォンを差し出しながら、あのおばさんが殺されたんだ、と神妙な顔つきで呟いた。

どういうことだ、なぜ花塚弥生がこんなところに――。

松宮が画像を見つめながら考えていると、スマートフォンに着信があった。長谷部からだった。

どうもありがとう、と萌奈に礼をいった。「参考になったよ」

萌奈はぺこりと頭を下げると踵を返し、仲間たちのところへ戻っていった。それを見送りながら松宮は電話を繋いだ。「はい、松宮です」

「長谷部です。今、大丈夫ですか」

「うん、ちょうど一段落したところだ」スマートフォンを耳に当てたまま、松宮はテニスコートの出口に向かって歩きだした。「汐見萌奈ちゃんから興味深い話を聞けた。事件に関係があるかどうかは、まだわからないけれどね。で、そっちはどう？」

「まだ聞き込みの途中なんですが、うちの係長から緊急連絡があったんです。松宮さんのところにはまだ何も入ってきていませんか」

「緊急連絡？　いや、こっちには来てない。どうかした？」

「それが……容疑者が自白したそうなんです」

「えっ」松宮は足を止めた。「自白？　容疑者って？」

「ナカヤタユコです」

「ナカヤ……誰だっけ」

「綿貫哲彦と同居している女性です」

そんな名前だったか。とにかく意外な人物だ。松宮は顔を咄嗟《とっさ》に思い出せなかった。

「自分が犯人だと警察に名乗り出てきたのか」

「いえ、訪ねていった刑事と話をしている最中、突然、自分がやったと告白したそうなんです」

「何だそれは。どういうことだ。尋ねていった刑事というのは？」

「加賀警部補です」

14

私が綿貫哲彦さんと初めて会ったのは六年ぐらい前です。当時、私は上野にある『キュリアス』というクラブで働いていました。昼間の仕事だけでは生活が苦しかったからです。

やがて親しくなり、お付き合いするようになりました。間もなく彼は私に、広い部屋に引っ越すことを考えているので一緒に暮らさないか、といってきました。ただし夜の仕事は辞めてほしい、ということでした。

私は元々水商売を早く辞めたかったので、この申し出に飛びつきました。これで楽ができると思いました。

もしかすると結婚してくれるのではないかと期待しましたが、離婚歴のある彼は、そういうのはもう懲り懲りだ、といいます。私のほうも、いつでも別れられるというのは、お互いにとって気楽かもしれないと思い直しました。最近では事実婚という言葉も一般的になってきていますし。

一緒に暮らして五年ほどになります。その間、別れ話が出たことはありません。ふつうの夫婦のような倦怠期が来ないのも、正式に籍を入れていないおかげだと受け止めていました。綿貫さんの本音はわかりませんが、私のほうに不満はありませんでした。このままの関係がずっと続けばいいと願っておりました。

ところが最近になり、気になることがありました。夕食の時、綿貫さんのスマートフォンに着信があったのですが、電話に出た彼の様子がおかしかったのです。どうしたのかと訊くと、少し躊躇った表情を見せた後、前の女房からだ、と彼はいいました。話したいことがあるので会ってほしい、といわれたそうです。

用件について心当たりはないのかと尋ねると、もしかすると金のことかなあ、と綿貫さんは首を傾げながらいいました。前の結婚の解消時、財産分与で特に揉める事はなかったけれど、その後綿貫さんのほうに別の資産があったことが判明したらしいのです。それに気づき、抗議するつもりかもしれないと彼はいいました。

翌日、綿貫さんは前の奥さんと会ったようです。私はどういう用件だったのかを尋ねました。すると単なる近況報告で、大した用ではなかったというのです。

綿貫さんによれば、前の奥さんは自由が丘で『弥生茶屋』というカフェを経営しているらしいです。その時私は、彼女の名前が花塚弥生だということを初めて知りました。

自分が一人で上手く生活できていることを自慢したかったんだろう、と綿貫さんはいいました。そんなことでわざわざ前の夫を呼び出すだろうかと私は不思議に思いましたが、離婚した女性の心理はよくわからないので、そういうこともあるのかなあとその場では納得しました。

でも、その後の綿貫さんの様子を見ていると、単なる近況報告だけだったとはとても思えなくなってきたのです。

明らかに、ぼんやりしていることが多くなりました。私と話していても、すぐに上の空になってしまいます。そうかと思えば、スマートフォンで何やら懸命に調べていたりするのです。どうかしたのと訊いても、何でもないとごまかされるだけです。

一体どういうことなのか気になってたまらず、ある夜、綿貫さんが寝ている間にスマートフォンの中身を盗み見しました。ログインの方法は前から知っていたのです。すると花塚弥生さんへの書きかけのメールが見つかりました。そこには、まだ考えがまとまらない、もう少し時間がほしい、という意味の文章が書かれていました。さらに、同居中の彼女とも話し合う必要がある、とありました。

私はひどく動揺しました。ただ事でない何かが起きているのだと思いました。

やがて頭に浮かんだのは、もしかすると花塚弥生さんから復縁を迫られたのではないか、ということです。再会してからの綿貫さんの様子を振り返ると、そうとしか思えなくなってきました。

不安で不安で、居ても立ってもいられなくなりました。綿貫さんは迷っているのです。もし迷いがないなら、その場できっぱりと断っていたはずです。そうしなかったということは、彼のほうに復縁してもいいという考えがあるからに違いありません。でもそうするからには、私とは別れる必要があります。物思いにふけっている彼の横顔を見ると、今にも別れ話を切りだしてきそうで、私はびくびくしていました。

悩んだ末、私は花塚弥生さんに会おうと決心しました。直に会って本心を聞くのが、一番の近道だと思ったからです。

インターネットで調べると、『弥生茶屋』のことはすぐにわかりました。閉店時刻は五時半だと記されていたので、その頃を狙って訪ねていくことにしました。

店に行くと入り口は開いていましたが、ドアノブにはすでに、『CLOSED』の札が掛けられていました。店内ではエプロン姿の女性が後片付けをしています。私は、すみません、と声をかけました。

エプロンの女性が手を止め、笑顔で近寄ってきました。さらに、今日はもう閉店なんです、と申し訳なさそうにいいました。

頬のラインが適度に丸みを帯びた美人でした。肌の手入れもよく、とても五十歳前後には見えません。私は焦りました。じつをいえば会う前は、容姿だけならば負けていない自信があったのです。私のほうが十歳以上も下なのだから、前の古女房などに負けるわけがないと思っていました。ところが目の前にいる女性は、落ち着いた大人の色香を見事に保持しています。こんな女性に復縁を提案されたら、綿貫さんの心が揺れるのも当然だという気がしました。

私は、自分の身分を明かし、あなたと話がしたくてやってきたのだ、といいました。

弥生さんは驚いたらしく、目を大きく見張りました。一瞬笑みも消えましたが、すぐに元の柔らかい表情に戻り、ゆっくりと頷きました。そして、よく来てくださいました。お会いできて光栄です、と余裕のある口調でいいました。

彼女は入り口のドアを閉めると、私をテーブル席に案内してくれました。コーヒーと紅茶、どちらが好みかと訊かれたので、私は飲み物などどうでもいいのにと思いつつ、紅茶を、と答えていました。すると今度は、ダージリンでいいかどうかと尋ねてきます。紅茶の種類などさっぱりわからないので、お任せしますといいました。

弥生さんが紅茶を淹《い》れてくれているのを待つ間、店内を眺めました。こぢんまりとした店で、お客さんたちが落ち着ける雰囲気があります。綿貫さんと離婚した後、たった一人でこんなカフェを開店させていたなんてすごいと感心するしかありませんでした。私だったら思いつくことさえなかったでしょう。

それだけのバイタリティがあるのなら、今後も一人で生きていけばいいじゃないか、どうして今さら別れた亭主に未練など示すのか、と妬《ねた》みと苛立ちの混じった気持ちがじわじわと湧いてくるようでした。

そんなことを考えていると弥生さんが、シフォンケーキは好きかどうかを訊いてきました。私は、結構ですといって断りました。そんなものを食べるために来たわけではないし、緊張していて食欲など全くありませんでした。それより、彼女が右手に持っているものを見て、どきりとしました。やけに長いナイフだったからです。ケーキを切るためのナイフだとわかり、ほっとしました。

トレイにティーカップを載せ、弥生さんがテーブルにやってきました。いつの間にかエプロンは外していました。ダージリンティーについて何やら蘊蓄《うんちく》めいたことを話してくれましたが、私の耳には入ってきませんでした。話をどう切りだすかで頭の中はいっぱいでした。

弥生さんは向かい側の椅子に腰を下ろすと用件を尋ねてきました。

私は、弥生さんと会ってから綿貫さんの様子がおかしいことをいいました。一体何のために綿貫さんを呼びだしたのか、彼と会ってどんな話をしたのかを教えてほしい、と頼みました。

弥生さんは私が綿貫さんから何も聞いていないことを確認した上で、それならば自分からも話すわけにはいかないといいました。彼は彼なりにあなたに話すタイミングを見極めているのかもしれないから、と。

彼、という言い方が引っ掛かりました。まるで自分の彼氏のようです。

私は、あなたはもう彼の奥さんではない、二人は単なる元夫婦で、それ以上のものじゃない、籍は入ってないけど今の彼の妻は自分だと思っている、それなのにあなたと彼だけの秘密があって、私には教えてもらえないなんてのは絶対におかしい、納得できない、とまくしたてました。

すると穏やかだった弥生さんの顔が、さっと険しいものに変わりました。私が発した言葉の中に、聞き捨てならないものがあったかのような反応でした。

元夫婦を舐めないで、と彼女はいいました。たかだか五年ほど一緒に住んでいる程度で、結婚生活をわかったような気になってもらっては困る、自分と彼との間には、数多くの苦労を分かち合った者にしかわからない繋がりがあって、それを赤の他人に易々と話すわけにはいかない、と。

そして弥生さんは、時間の無駄だから帰ってちょうだい、といって立ち上がり、私に背を向けました。

その瞬間、頭の中が真っ白になりました。身体が勝手に動いていたんです。気がつくと、弥生さんの真後ろにいました。手に何かを握っています。ナイフの柄だとわかるまで、ほんの少し時間がかかりました。いつナイフを手にしたのか、全く記憶がありません。ナイフは弥生さんの背中に深々と刺さっていました。

弥生さんは悲鳴を上げることもなく、ばたんと前に倒れました。

15

松宮が長谷部と共に綿貫哲彦のマンションに出向いたのは、日曜日の朝早くだった。中屋多由子の身柄を拘束していることは、前日のうちに綿貫には伝えてある。多由子が自宅に不在で、連絡もつかないことに対し、綿貫に無用な心配をさせるわけにはいかなかったからだ。ただし、勾留している理由については教えていない。

だから松宮たちが訪ねていった時、綿貫の目は充血し、顔には脂が浮いていた。おそらく一睡もできず、悶々と過ごしていたのだろう。

署まで同行してほしいと松宮がいうと綿貫は二つ返事で了承した。むしろ自分から乗り込んでいきたかった様子だ。

「どういうことなんですか。一体何があったんですか。さっぱりわけがわからないんです。どうして多由子が警察に……。教えてください、刑事さん」警察署に向かう車の中で、綿貫は懇願した。

松宮は心苦しかったが、向こうについてからお話しします、とだけ答えた。

さっぱりわけがわからない、か――。

それは自分も同じだ、と松宮は思った。昨日の昼間、中屋多由子が犯行を自供したことを長谷部から聞き、すぐに特捜本部に戻ったが、詳しいことを知っている者はいなかった。ようやく状況が把握できたのは、加賀による中屋多由子の取り調べが終わり、供述内容が判明してからだった。

それを知り、松宮は愕然とした。真相は、全く予想もしていないものだった。

そもそも、なぜ中屋多由子が突然自白したのか。加賀によれば、特に追及したわけではなく、犯行当日のアリバイを尋ねただけだという。ただし、それには理由があった。前回松宮たちの訪問を受けた後、綿貫と二人でどんな話をしたかと加賀が尋ねたところ、「あたしは主人のアリバイを訊かれたことを話しました」と彼女は答えたらしい。この発言が引っ掛かったと加賀はいうのだ。

「通常捜査員は、ある人物のアリバイを尋ねる場合でも、極力そうとは気づかれないよう直接的な表現は避けるはずだ。しかし中屋多由子はアリバイという言葉を使った。尋ねられた時点では質問の意図がわからなかったが、綿貫氏から事件の内容を聞いたことにより、あの質問はアリバイ確認だったのかと気づいたのだろうか。そこで俺は、刑事から御主人のアリバイを尋ねられたりして、あなたも不愉快だったでしょう、と訊いてみた。すると彼女は、ちょっと戸惑いました、と答えた。つまり質問を受けた時点で、アリバイ確認だと認識していたことになる。彼女に質問したのは長谷部君のはずだが、彼はそんなストレートな訊き方をしたのだろうか。だから俺は電話がかかってきたふりをして一旦席を外し、長谷部君に電話で確認してみた。彼によれば、綿貫氏の行動を尋ねはしたが、特定の日時のアリバイ確認だとは気づかれないよう配慮したとのことだった」

長谷部の言葉を信用した加賀は、中屋多由子が事件と無関係だと決めつけるのは早計だと考えた。それでわざと花塚弥生に関する情報や綿貫の不可解な行動について話し、反応を見ようとした。そして最後に彼女自身のアリバイを尋ねたところ、突然、次のように答えたというのだ。

「あの日のあの時間、あたしは自由が丘の『弥生茶屋』にいました」

何をしゃべっているのか一瞬わからなかった、という加賀の言葉は嘘ではないだろう。彼が呆然として声を出せないでいると、中屋多由子はさらにこういったそうだ。

「花塚弥生さんをナイフで刺して殺しました」

彼女の目がみるみる赤くなり、涙が溢れ出るのを見て、目の前にいる女性は犯人で、たった今自白したのだ、と加賀はようやく気づいたらしい。

長い刑事人生の中でもあんなことは初めてだ、と加賀はいった。

さすがは名刑事ですねという長谷部の言葉を、そんなことはない、と加賀は真顔で否定した。

「俺はアリバイを訊いただけだ。ごまかそうと思えば、何とでもなった。家に一人でいました、と答えたっていい。そうしなかったのは、罪を逃れたいという気持ちが薄かったからだ。おそらく遅かれ早かれ、彼女は自首していただろう。それを決意した時、たまたま俺がそこにいたというだけのことだ」

しかし決意するように誘《いざな》ったのは加賀ではなかったのか。そのことを松宮がいうと、わからない、と加賀は答えた。さらにこう付け加えた。

「事件にはまだ裏がある――誰かがそういったとしても俺は驚かない」

同感だ、と松宮は思った。中屋多由子の供述には説得力があるし、大きな矛盾はない。だがこれまでの捜査を通じて自分がこの事件に抱いてきたいくつかの違和感を、完全に払拭してくれるものではなかった。

警察署に着くと、刑事課の隅にある小部屋に綿貫を案内した。あまり大勢で取り囲むと萎縮してしまうだろうと配慮し、松宮と加賀の二人だけで話を聞くことになった。テーブルを挟んで綿貫の正面に座ったのは松宮だ。

「現在の状況をお話ししておきます」松宮が口火を切った。「昨日、中屋多由子さんが花塚弥生さん殺害を自供しました。供述内容は信憑性が高く、夜になって逮捕に踏み切りました。逃走の可能性は低いと思われましたが、衝動的に自殺するおそれもあることから、警察署に勾留しました」

綿貫は目を丸くし、餌《えさ》を求める鯉《こい》のように口をぱくぱくと動かした。すぐに声を出せないほど驚いているのだろう。

ばかな、というのが最初に発せられた言葉だった。

「どうして多由子がそんなことを……。だって……あいつは……弥生には、会ったこともないはずです」息を乱しながら綿貫はいった。

「でも本人がいってるんです。自分がやった、と」

「信じられない」綿貫は首を振った後、テーブルに両手をつき、腰を浮かせて松宮のほうに身を乗り出してきた。「動機は何ですか？　多由子は何といってるんですか」

「何だと思いますか」

「わからないから訊いてるんです。教えてください。多由子は何と？」

綿貫さん、と加賀が横から声をかけた。「とりあえず、お座りになってください。松宮刑事が順を追って話しますので」

低く響いた声に鎮静作用でもあったのか、綿貫は口を半開きにしたまま腰を下ろした。

「中屋多由子容疑者と被害者との間に直接の関わりはありません」松宮はゆっくりと切りだした。「両者を結びつけているのは、綿貫さん、あなただけです。しかしあなたにしても、前妻の花塚弥生さんとはしばらく会っておらず、再会したのは約十年ぶりということでした。前回、その再会でのやりとりをお尋ねしたところ、単なる近況報告だったとあなたはおっしゃいました。でも本当にそうだったんでしょうか」

綿貫は胸を張るように、ぴんと身体を反らせた。

「本当です。嘘なんかついてません。今はどうしてるのかと弥生から訊かれたので、ありのままを話しました。彼女のほうはカフェを経営していると。それだけです」

「それだけのことのために、十年も前に離婚した相手を呼び出すでしょうか」

「そんなことをいわれても困ります。私だって変だと思ったけど、実際にそれだけだったんですから。わからないな。どうしてそこを疑うんですか」

「中屋容疑者がいってるんですよ。前の奥さんと会ってから明らかに綿貫さんの様子がおかしくなった、と」

松宮の指摘に綿貫の頬が一瞬ぴくついた。「多由子が？」

「ぼんやりしていたり、話の途中で上の空になっていたり。それで花塚さんからどんなことをいわれたんだろうと不安になったそうです」

綿貫の視線が揺れ始めた。何かを躊躇しているように見えるが、心当たりのないことを訊かれて当惑しているようにも見える。どちらだろうか。

「ねえ綿貫さん、本当のことを教えてもらえませんか」松宮はいった。「一体花塚さんはどんな用件であなたを呼びだしたんですか」

綿貫は唇を何度か舐めると、探るような目を松宮に向けてきた。

「あのう、もしかして多由子は、弥生が私とよりを戻そうとしていると思って、それで殺したとかいってるんですか」

松宮は口元を緩めた。「質問しているのは、こっちですよ」

「そうなんですね？　私のことを取り返されると思ったから、弥生のところへ直談判に行って、それで衝動的に殺してしまった。そういうことですね」

松宮は横を向き、加賀と目を合わせてから綿貫のほうに顔を戻した。「もしそうなら合点がいくのですか」

綿貫は目を閉じた。何てことだ、と小さく呟き、両手で頭を抱えた。しばらくその姿勢のままで黙り込んだ。綿貫さん、と松宮が呼びかけても返事はない。

やがて綿貫は両手をぱたりと自分の腿《もも》に落とし、目を開いて松宮を見た。「多由子に会わせてもらえませんか。二人だけで話がしたい」

「それはできません」松宮は即答した。「何か伝えたいこと、あるいは尋ねたいことがあるのなら、我々にいってください。対処します」

「そうですか」綿貫は苦しげに顔をしかめ眉の上を掻いた。

多由子さんと、と加賀がいった。「どんな話がしたかったのですか」

「あ……それは、あの……誤解だと」

「どういうことですか」松宮が訊いた。

「だから、その、弥生がよりを戻そうといってきたなんてことはありません。彼女は共同経営を提案してきたんです」

「共同経営？」

「『弥生茶屋』をもっと大きくしたいから力を貸してくれないか、と。頼れる人間がほかにいないので私のところへ来たようです」

予期しない話に松宮は戸惑った。再び加賀と顔を見合わせる。

「それであなたは何と答えたんですか」加賀が尋ねた。

「考えさせてくれ、と答えました。繁盛している店なら悪くない話かもしれないと思いました」

「場所はどこですか」加賀が重ねて訊く。

「場所？」

「店を出す場所です。大きくするのなら、場所が必要なはずです」

「あ、それは、今の店の近くだと……。候補はあるようなことをいってましたが、具体的には聞いてません」

加賀が松宮のほうに顔を向けて、小さく首を傾げた。怪しいが真偽は見定められない、といった表情だ。

松宮は綿貫を睨んだ「前回、なぜそのことを黙ってたんですか」

すみません、と綿貫は首をすくめた。

「多由子には内緒にしていたものですから、刑事さんからあいつに伝わったらまずいと思って……。ああ、それにしても、なんでそんなふうに誤解したのかなあ。あの弥生が、よりを戻そうなんて、そんなことといってくるわけがないのに……。何を考えてるんだ多由子は……」そういって顔を歪め、身悶えした。

綿貫さん、と再び加賀が呼びかけた。「かなりショックを受けておられる時に申し訳ないのですが、もう一つ質問させてください」

綿貫は疲れきった表情で加賀を見返した。「……何ですか」

「昨日の昼間、あなたはお出かけになりましたよね。多由子さんには、釣具店に行くとおっしゃったそうで」

「それが何か？」綿貫の顔に警戒心がよぎるのを松宮は見逃さなかった。

「釣具店では何をお買いになったんですか」

「いや……特に目的があったわけではないので、ただ眺めていただけです。昨日は何も買ってません。あの、それがどうしたんですか。事件とどんな関係があるんですか」

「どんな関係があるのかはわかりませんが、この状況で嘘をおつきになることが気になるのです」加賀はゆっくりとした口調でいった。「昨日、あなたは釣具店などには行っておられません。あなたの行き先は飯田橋《いいだばし》にあるマンションでした。一体、誰を訪ねていかれたんですか。差し支えなければ教えていただきたいのですが」

途端に綿貫の目が泳いだ。「私の後を……つけたんですか」

「つけられて困ることでも？」

綿貫は返答に窮したように口を結んだ。眉間の皺が深くなっている。

ここ数日、綿貫の行動には見張りがつけられている。報告によれば、会社を出た後、真っ直ぐ家には帰らず、必ずどこかに寄っているらしい。その行き先の多くは飲食店だが、民家のこともあるそうだ。何をしているのかはわからない。監視されていることが本人に伝わるとまずいので、捜査員による聞き込みは控えられてきた。

弥生の、と綿貫の唇が少し動いた。

「弥生の死後事務の一環です。いろいろな人に会いに行く必要がありまして……」

「会って、どんな話をしているんですか」

「それは勘弁してください。死んだとはいえ、弥生のプライバシーを侵害するわけにはいきませんので」首を深く折った姿勢で、綿貫はぼそぼそと話した。抑揚のない声が、重たい空気の中を漂って消えた。

16

襖《ふすま》を開け、失礼いたします、と一礼した。和室だが、テーブルと椅子を並べてある。最近では座敷で食事をするのが辛いという客が増えた。この部屋も、そういう要望に応《こた》えたものだ。

いつも御利用ありがとうございます、といって亜矢子は一同を見渡した。客の数は全部でちょうど十人。七十歳を過ぎた男性ばかりだ。某大学の陸上部OBで、駅伝で全国優勝を果たしたことがあると聞いていた。数年前から一年に一度、この『たつ芳』で同期会を開いてくれるようになった。

「皆さん、お元気な御様子で安心いたしました。どうか、当館自慢の料理を味わい、ゆっくりとおくつろぎくださいませ。本日はささやかではございますが、当館より地元特産の『手取川山廃仕込純米酒《てどりがわやまはいじこみじゅんまいしゅ》』を御用意させていただきました」そういって亜矢子はテーブルに一升瓶《いっしょうびん》を置いた。

おう、という嬉しそうな声が老人たちから上がった。

「それはいいなあ。ありがたい」

「今夜は存分に飲むとしよう」

「見栄を張るな。おまえなんか、すぐに酔って寝ちまうだけじゃないか」

「何をいってやがる。おまえこそ、饅頭《まんじゅう》のほうがいいとか思ってるだろ」

老いても友人同士で集まれば、そのやりとりは若者と同じだ。微笑ましく思いながら、ではごゆっくりといって亜矢子は退いた。

いくつかの部屋で挨拶を済ませた後、渡り廊下を通って自宅に戻り、着物から洋服に着替えた。今夜はやっておきたいことがあった。階段で二階に上がった。

遺品の整理は、いずれやらねばならなかった。真次の私物がどれだけあるのか、今のうちに確認しておく必要がある。親子といえど、プライバシーを侵害するようで気が引けるが、だからこそ人任せにはできない。

それに遺影を用意しておく、という直近の目的があった。果たして、ちょうどいい顔写真などあるのだろうか。真次は目立つことが嫌いで、集合写真にも入りたがらなかった。若い頃の写真でもいいのでは、という考え方もあるが、あまりにも昔の写真では格好がつかない。

真次の部屋は短い廊下の奥にあった。亜矢子はめったに入ったことがない。ドアを開け、手探りで壁のスイッチを入れた。蛍光灯の寒々しい白い光が室内に満ちた。

足を踏み入れる前に、ぐるりと眺めた。和室の八畳間は、奇麗に片付けられている。入院前に真次が整理したのだろう。

窓際に置かれた小さな仏壇に目を留めた。扉は開いたままだ。鈴《りん》と写真立てが並んで置いてある。亜矢子は近づき、写真立てを手に取った。若い頃の母正美の笑顔がそこにはあった。事故に遭う前だ。正美の笑い顔を最後に見たのがいつか、亜矢子は思い出せなくなっていた。

毎日真次はこの仏壇に向かいながら、どんなことを考えていたのだろうか。一度はこの家から出ていき、別の土地で第二の家庭を築こうとしていた。だが正美が事故に遭ったことで、それを断念して戻ってきた。新しく生まれてくる子供さえも捨てた。何が父を翻意《ほんい》させたのか、亜矢子には想像がつかない。

改めて室内を見回した。こんなふうにじっくりと眺めたのは初めてだ。

次に亜矢子が視線を止めたのは、小さな書棚だった。真次はあまり読書家ではなかったから、小説の類いは殆どない。並んでいるのは、料理や食材に関する専門書が多い。そしてそれらよりも存在感を示しているものが、そこにはあった。

野球のボールだ。ミニチュアの三本のバットを組み合わせたボールスタンドの上に飾られている。スタンドの下には緑色の布が敷かれていた。

いつから置いてあるのか、亜矢子はよく覚えていない。子供の頃には見た記憶がないから、もっと後だろう。有名な選手のサインボールではなさそうだ。何かの大会の記念品なら、どこかにそう記してあるはずだが、それも見当たらない。

いつだったか、このボールは何かと真次に訊いたことがある。亜矢子は大学生ぐらいだったか。

「別に大したものじゃない。単なる貰い物だ」真次はそういった。何となく詳しい話をしたくなさそうだったので、それ以上は詮索しなかった。

もしかすると特別な意味のあるボールなのかもしれない。そうでなければ、こんなふうに飾ってはおかないのではないか。かつて真次は野球をしていたと聞いたことがある。その頃の思い出の品なのかもしれない。

このボールを手元に置いておきたいのではないか、と亜矢子は思った。現在の真次は苦痛のない時には意識がはっきりしていて、視力にも問題がないそうだ。病室に飾ってやれば、少しでも心が安らぐかもしれない。

遺影に使う写真を探す前に、まずはこのボールを箱にでも入れようと思って手を伸ばしかけた時、けたたましいベルの音がした。亜矢子はぎくりとして音のするほうを見た。小さな箪笥《たんす》の上に置かれた固定電話が鳴っているのだった。

この電話は『たつ芳』の代表番号ではなく、正美と真次が結婚した時に開設した個人的なものだ。もはや番号を知っている人間も少ないはずだが、一体誰がかけてきたのか。

亜矢子は訝しみながら受話器を取り上げた。今時、コードレスホンですらない。悪戯電話かもしれず、名乗らずに、はい、とだけいった。

「あ……あの、芳原さんのお宅でしょうか」女性の声が尋ねてきた。

「そうですが、どちら様でしょうか」

「私、ハヤマといいます。イケウチユミエの妹です」

「イケウチさん……」

亜矢子は自分の記憶を探ったが、その名字の知り合いはいなかった。

「旧姓はモリモトです。あの、失礼ですが、亜矢子さんでしょうか」

「そうですけど」

「やっぱり……。私の姉ユミエは、芳原正美さん、つまりあなたのお母様が事故に遭われた時、一緒に車に乗っていた者です」

えっ、と声を発し、亜矢子は息を吞んだ。

「その方々なら亡くなったと……」

はい、と相手の女性は返事した。

「姉も、運転していた姉の夫も亡くなりました。正美さんは助かりましたけど、大変な重傷を負われたんでしたよね」

「ええ」

「それについては、本当に申し訳ない気持ちでいっぱいです。うちの姉夫婦のせいで……」

いいえ、と亜矢子はいった。

「事故を起こしたくて起こす人はいません。ただ、お気持ちはありがたく受け止めさせていただきます」

するとなぜか相手は沈黙した。受話器を耳に当てたまま、亜矢子は小さく首を傾げた。もしもし、と呼びかけてみた。

「あ……すみません。じつは、電話をさせていただいたのにはわけがありまして、『たつ芳』の御主人が御病気だと伺ったのですが、お加減のほうはいかがなのでしょうか」

どうやらようやく用件に入る気らしい。隠し立てする必要もないと考え、亜矢子は率直に答えることにした。

「おっしゃる通り、入院しています。容態はよくありません。末期癌で、もはや手立てはなく、病院の先生からは、いつどうなってもおかしくないといわれています」

はあーっと息を吐く音が聞こえた。

「そうなんですか。私に教えてくださったのは魚市場の方ですけど、その方もそんなふうにおっしゃってました」

真次の病気のことは業界関係者には知れ渡っている。少しも意外ではなかった。

「病気には勝てません。寿命だと割り切って、残り少ない時間を穏やかに過ごさせてやろうと思っているところです」

「そうですか……」相手の声が沈んだ。

「父に何か御用でも？」

亜矢子が問うたが、またしても返事がない。呼びかけようとした直前、亜矢子さんは、と話しかけてきた。「あの事故について、お父様から何か聞いておられますか」

「父から、ですか」亜矢子は当惑した。まるで予期していなかった質問だ。「事故について、とはどういうことでしょうか。友人夫妻の車に乗っていて事故に遭った、としか聞いていませんが」

「そうでしたか、やっぱり……」

「何かあるんですか、あの事故に。……ええと、すみません、もう一度お名前を」

「ハヤマです」

「ハヤマさん、はっきりおっしゃってください。事故について、何か御存じなんですね」

「知っているというか……引っ掛かっていることがあるんです。それで、いずれは芳原さん、あなたのお父様に確かめたいと思っていたのですけど、決心がつかず、ずるずると引き延ばしてきました」、

「何ですか、引っ掛かっていることって。教えてください」口調が強くなるのを抑えられなかった。受話器を握る手にも力が入った。

あの事故について疑問を持ったことなど一度もなかった。単なる不運だと思っていた。そうではないのか。だとしたら一体何があったのか。

ハヤマさんっ、と大きな声を出していた。

再び、はあーっと息を吐く音が伝わってきた。

「ここまでしゃべっておいて、続きを話さないなんてことは許されませんよね。亜矢子さんには隠しておいたほうがいいのかもしれないと思い、電話するかどうか、ずいぶんと迷ったんですけど」

「おっしゃる通りです。続きを聞かないわけにはいきません」

「お話しします。でもその前に、見ていただきたいものがあるんです。会っていただく時間はございますか」

「もちろんです」

今すぐにでも、と亜矢子は続けた。

17

「宇都宮」と「土産」で検索したら、予想通り「餃子《ぎょうざ》」が最初に出てきた。警察署を出る時に先輩刑事の坂上からいわれた、「土産に餃子でも買ってこいよ。前回、新潟に行った時には手ぶらだったんだからな」という台詞が耳に残っている。ネットの情報によれば、土産には冷凍餃子がお薦めらしい。そんなものを特捜本部に持ち帰って、一体誰が焼いてくれるのか。

ため息をついて肩をすくめ、松宮はスマートフォンをポケットにしまった。時計を見ると、あと十分ほどで宇都宮に到着する。先日は上越新幹線、今日は東北新幹線で出張だ。とはいえ東京からは約五十分、遠出という感じはしない。

車窓からぼんやりと外を眺めた。のどかな田園風景が広がっている。

本当にこれで終わりにしていいのだろうか――もやもやした思いが胸の内で燻《くすぶ》っている。

事態は最終局面に入っていた。中屋多由子の供述に基づいた裏付け捜査は着々と進められ、彼女の話が嘘でないことが証明されつつあった。たとえば彼女は『弥生茶屋』のある自由が丘まで電車を利用したといっているが、実際、駅や周辺の防犯カメラのいくつかが、彼女の姿を捉えていたのだ。服装や時刻も供述通りだ。また鑑識は、現場からいくつかの足跡を採取していたが、その一つが当日彼女が履いていたというパンプスと一致した。

何より中屋多由子は、シフォンケーキを切るためのナイフで刺したといっている。凶器については報道されておらず、犯人と捜査関係者以外は知り得ないことだった。

犯人が多由子であることは、まず間違いないだろう。しかし松宮には、彼女のいっていることがすべて真実だとはとても思えなかった。

たとえば殺される直前の花塚弥生の態度に納得がいかない。一言でいうと、彼女らしくない。多由子によれば、最後には話をすること自体を「時間の無駄」といったそうだが、そういう突き放した言い方は、これまでに多くの人々から聞いてきた花塚弥生の人間性とは、どうしても合致しないのだ。

もちろん誰にだって二面性はある。ほかの人間には見せなかった一面を、その時だけ覗かせた可能性は否定できない。しかしそれを容易には受け入れにくくさせる違和感が、今回の事件にはあった。

違和感といえば、綿貫の話もそうだ。花塚弥生から共同経営の話を持ちかけられたというが、それもまた彼女らしくないのだ。『弥生茶屋』では従業員すら雇っていない。仮に経営が失敗しても、ほかの誰かを巻き込みたくないという思いがあったからではないか。十年も連絡しなかった元亭主に提案したというのも腑に落ちない。

もし本当に花塚弥生が店舗を大きくすることを考えているのなら、それに関連する資料、たとえば何らかの不動産情報などが部屋やスマートフォンに残されているはずだ。しかしそんなものが見つかったという話は、証拠品担当の捜査員からも聞こえてこない。

会社帰りに綿貫が立ち寄っていた先での聞き込みは大方終わった。いずれもかつて花塚弥生がよく出入りしていた店だったり、親しくしていた人物の家だということが判明している。店に対しては、花塚弥生が最近訪れたかどうかを、知人に対しては、会ったかどうかを調べているようだという。その目的については明言しなかったらしい。

明らかに綿貫は何かを隠している。それが事件の真相に無関係だとはとても思えない。

この考えには加賀も同意してくれた。だからこそ係長に進言し、松宮の宇都宮行きが決まったのだった。

ただ松宮には、もう一人気になっている人物がいる。汐見行伸だ。

今日の午前中、職場である池袋の営業所を訪ねた。汐見はげんなりした表情を見せたが、意外そうではなかった。

「もしかすると、近々またいらっしゃるかもしれないとは思っていました」営業所のそばにある喫茶店に入ってから汐見がいった。「用件は大体見当がつくんですが、まずこちらから質問させていただいてもいいですか」

「いいですよ。お答えできるかどうかはわかりませんが」

汐見は顎を引き、松宮を見据えてきた。

「花塚さんを殺した犯人が捕まったそうじゃないですか。女性だという話ですが、花塚さんとはどういう関係にあった人物ですか。また動機は何だったんですか」

松宮は薄く笑った。

「残念ながら、どちらの質問にもお答えするわけにはいきません。まだ捜査中の段階ですから」

汐見は口元を曲げ、大きなため息で諦念を示した。

「やっぱりね。そういわれるだろうと思った」

「御期待に添えず申し訳ありません。では、こちらの質問に移らせていただいても？」

どうぞ、と汐見はぶっきらぼうに答えた。

「先程、用件には見当がついているとおっしゃいましたね」

「ええ。娘の中学に行かれたそうですね」

「お嬢さんからお聞きになったんですか。親子の会話があったようで何よりです」

「皮肉ですか。珍しく娘のほうから話しかけてきたと思ったら、今日、刑事さんが学校に来た、ですからね。驚きました」

「驚いたのはこちらのほうです。花塚さんがテニス部の練習を見に来ていたこともお聞きになりましたよね。一体どういうことでしょうか。偶然とは思えないのですが」

「偶然ではないです。でも驚くほどのことでもない。私が花塚さんに、娘の学校やテニス部に入っていることなどを話したんです。すると彼女がいいましたよ。あの学校ならよく知っている、時々近くまで行くから、今度寄ってみようってね。でも本当に行ってたとは知りませんでした」

「萌奈さんによれば、一度きりではなく何度も見たということなんです。花塚さんの目的は何だったんでしょうか」

さあねえ、と汐見は首を振った。

「あの学校の近くに行く用が頻繁にあったというだけではないですか。私にはわかりません。花塚さんがテニス部の練習を見に来ていたということ自体、娘から聞いて初めて知ったぐらいですから。それより松宮さん、なぜいつまでも私たち親子のことを根掘り葉掘り調べるんですか。犯人は逮捕されたんだから、我々にはもう用がないはずですが」口調に苛立ちが含まれていた。

「さっきもいいましたが、まだ捜査は終わっていないんです。犯人の話していることが真実かどうかもわからない。それが判明するまでは、これからも御協力をお願いすることになると思います」そういってから松宮は、中屋多由子の顔写真を見せた。「この女性に見覚えはありますか」

写真を覗き込んだ汐見の反応は鈍かった。首を横に振り、全く知らない女性です、と答えた。そのしぐさに不自然さはなかった。

実際これまでのところ、中屋多由子と汐見の間に直接的な繫がりは見つかっていない。多由子が犯人だとすれば、汐見は事件とは無関係と考えるしかない。しかし松宮は、綿貫と同様、汐見もまた重要な何かを隠しているように感じられてならなかった。

松宮は、いつだったか加賀にいわれた言葉を思い出した。自分の勘が外れていることに気づかず、的外れな捜査に固執する刑事は優秀とはいえないが、少しばかり思惑通りに行かないからといって、すぐに勘が外れたと決めつける刑事も大したことはない――そういう内容だった。

自分の勘にもう少しこだわってみよう、と今は思っている。

そろそろ宇都宮に着くという時になって、スマートフォンに着信があった。表示を見て、少し緊張した。先日登録したばかりの芳原亜矢子という文字が表示されていたからだ。席を立ち、デッキに向かいながら電話を繫いだ。

「はい、松宮です」

「芳原です。今、大丈夫ですか」

「新幹線の中ですが、大丈夫です。デッキに出ました」

「お忙しいところをごめんなさい。じつは、大事な話があるんです。どうしても松宮さんに聞いていただきたくて御連絡した次第です」

「例の件でしたら、まだ母とはまともに話ができていないのですが」

「そうなんですか。でももしかしたら、お母様が隠しておられることに関係しているかもしれないんです」

芳原亜矢子の言葉に、松宮は立ったままで背筋をぴんと伸ばした。「それは聞き捨てなりませんね」

「とても手短に話せる内容ではないので、一度お時間をいただけないでしょうか。前回と同様、私が東京に参ります」

「それなら助かります。ただ、ある事件の捜査が佳境《かきょう》に入っているところで、なかなかお約束はできない状況です。こちらの目処が立ち次第、御連絡するということでいかがでしょうか」

「かしこまりました。それで結構です。でもね、松宮さん」芳原亜矢子は意味ありげに呼びかけてきて、続けた。「私は急がないのですけれど、あちらのほうは、もうあまり時間がないかもしれないんです」

あちら、というのが何を指すのか松宮にもすぐにわかった。

「病状が悪化しているのですか」

ふふっと微苦笑を漏らす気配が伝わってきた。

「もうあれ以上は悪化しようがありません。たった今、病院から悪い知らせがあったとしても、私は少しも驚かないでしょう」

「わかりました。なるべく早く片付けられるようがんばります」

電話を切り、スマートフォンをポケットに戻した直後、列車のスピードががくんと落ちたのがわかった。


松宮が差し出した箱を見て、花塚久恵《ひさえ》は皺だらけの口元を少し緩めた。

「人形焼き……。ずいぶん前に知り合いから貰ったことがあります。どうもすみません。遠慮なくいただいておきます。うちは夫婦揃って甘いものが好きなので」

「それはよかった」松宮は卓袱《ちゃぶ》台《だい》に置かれた湯飲み茶碗に手を伸ばした。つい先程、久恵が出してくれたものだ。

花塚弥生の実家は、日光街道から数十メートル離れた住宅地の中にあった。『花塚鍼灸《しんきゅう》整骨院』という看板が出た、洋風の四角い平屋だった。弥生の父親は間もなく八十歳だが、今でも現役で患者を診ているらしい。

花塚夫妻も汐見と同様、犯人が捕まったことは知っていた。だから東京からわざわざ刑事が来たのは、それに関する話をするためだと思っていたようだ。しかし詳しいことはまだ話せないと松宮がいうと、最初は妻と並んで座っていた父親は、患者を待たせているからといって、早々に席を立ってしまった。松宮が人形焼きの箱を紙袋から出したのは、その後だった。

「お尋ねしたいのは、綿貫さんのことなんです」松宮は久恵にいった。「どういう経緯で弥生さんの死後事務をお任せになったのか、詳しく話していただけませんか」

「そのことなら先日電話でも御説明しましたけど……」

「すみません、何度も。ほかにいくつか確認したいこともありますので」

「そうですか。まあ、話すのは構わないんですけど」久恵は茶を啜ってから改めて口を開いた。「事件から一週間ほどが経ってましたかね、突然綿貫さんから電話がありました。悔やみを述べられた後、雑務が多くて大変じゃないですかと訊いてこられたんです。それはもう大変ですと答えました。何をどうしていいかわからず、ただおろおろするばかりですといったら、だったら私が全部引き受けますよといってくださったんです。驚きました。そんなのは申し訳ないと一旦はお断りしたんですけど、遠慮しなくていい、この手の雑務なら自分は慣れているとおっしゃって。正直なところ、ありがたかったです。こっちにはほかに当てがあるわけじゃなく、まさに渡りに船でしたからね。綿貫さんなら信用できるし、弥生のことをよくわかっておられるだろうとも思いました。そうですか、それなら助かります、よろしくお願いしますと答えました。そうしたら後日、委任状を持って、こっちに来られたわけです」

「綿貫さんは、雑務を買って出た理由を、どのようにいっておられましたか」

りゆう、と小声でいってから久恵は首を傾げた。

「特に大きな理由はないみたいでしたよ。弥生が殺されたと聞いて、何か自分にできることはないかと考えたんだそうです。それで、弥生の遺品整理やら何やらで、たぶん家族は困っているんじゃないかと思い、連絡してみたとか」

それがもし本心からの言葉なら、とんでもなく親切、あるいは世話好きな人間ということになる。綿貫がそうでないという根拠はないが、やはりほかに目的があったと考えたほうが自然だ。

「委任状への署名捺印が終わると、綿貫さんはすぐに東京にお帰りになったのですか」

「いえ、わりとゆっくりしておられましたよ。弥生のことを、あれこれ尋ねてきたりして」

「尋ねた？　たとえばどんなことを？」

そうですねえ、と首を捻った後、久恵は怪訝そうな目を松宮に向けてきた。

「あのう、綿貫さんに雑務をお願いしたことで、何か問題になっているんでしょうか。別れた旦那さんにそういうことを頼んだらだめなんですか？」

いえいえ、と松宮は手を横に振った。

「決してそういうわけではありません。ただ、犯人が捕まったとはいえ事件はまだ完全には解決していませんので、関係者の行動に関してはきちんと説明がつくようにしておきたいのです。すみません、お役所仕事で」

こんな説明で本当に納得したのかどうかは不明だが、そういうものなんですかと久恵はいい、それ以上は疑問を漏らさなかった。

「綿貫さんはまず、最近弥生とどんな話をしたかを訊いてこられました。このところ弥生はなかなかこっちには帰ってこれず、もっぱら電話で話すだけでしたけど、やっぱりまずはこっちの身体を気遣ってくれたことを話しました。特に主人は去年、胃潰《いかい》瘍《よう》を患ったものですからね」

「弥生さん御自身についてはどうですか。綿貫さんも、それを知りたかったのではないかと思うのですが」

「ええ、それも訊かれました。でも弥生は、あまり自分のことは話しませんでした。

とりあえず元気でやってるとか、店のほうは順調だ、とか。綿貫さんにも、そんなふうに話しました」

「それで綿貫さんは満足している様子でしたか」

「どうでしょうかねえ。最近何か身の回りに変化があったようなことを聞かなかったかといわれましたけど、特に弥生からは聞いてないと答えました」

「身の回りに変化……ですか」

「はい。何か嬉しいことがあったとか、思いがけない人に会った、とか。何も聞いてませんと答えるしかなかったんですけど」

嬉しいこと、思いがけない人――。

何のことだろうか、と松宮は考えた。話を聞いたかぎりでは、明らかに綿貫には何らかの具体的なイメージがあるようだ。

「ああ、それから」久恵が胸の前で両手を合わせた。「アルバムが見たいといわれました」

「アルバム？」

「うちのアルバムです。弥生の若い頃の写真を見たいとかで」

「何のために？」

「さあ。ただ見たいといわれただけです」

「お見せになったんですか」

「見せました。見られて都合の悪いものではないし」

「それ、拝見させていただいても構いませんか」

「ええ、いいですよ」

ちょっとお待ちください、といって久恵は腰を上げ、部屋を出ていった。

松宮は考え込んだ。綿貫の狙いがさっぱりわからなかった。それとも自分の考えすぎで、特に深い意味はないのか。

久恵が戻ってきた。両手で分厚いアルバムを抱えている。これですけど、といって彼女は卓袱台の上に置いた。

「拝見します」

松宮はアルバムを引き寄せた。表紙が革張りで硬い台紙が何枚も綴じられている。最近ではあまり見ることのない代物だ。

慎重な手つきで表紙を開いた。最初のページに貼られていたのは、生まれて間もないと思われる赤ん坊の写真だった。さすがに白黒写真ではないが、カラーの色はかなり褪《あ》せている。画質も鮮明とはいえないが、昨今の高画質に目が慣れてしまっているせいかもしれない。写真の脇に、『弥生　生後三週間』とペンで記されていた。

その後、しばらく赤ん坊の写真が続く。花塚夫妻にとっては唯一の子供だったのだから、嬉しくてたくさん撮ったのかもしれない。

幼児期に入った弥生の姿が登場してきた。幼稚園の制服姿がかわいい。さらに小学校の入学式。一緒に写っている久恵も若々しい。

「なかなか活発な女の子だったんですね」ジャングルジムで遊んでいる弥生の姿を見て、松宮はいった。小学校の低学年ぐらいか。

「お転婆《てんば》でした。じっとしていられないたちでしてね」そういいながら久恵が目頭を押さえた。弥生が子供だった頃のことを思い出し、その娘が今はこの世にいないことを、改めて実感したのかもしれない。

さらにページをめくっていく。弥生の容姿から徐々に幼さが消えていき、代わりに女らしさが滲み出てきている。撮影する角度によっては、大人びた印象さえ受ける。

松宮の頭に、ふっと奇妙な感覚が芽生《めば》えた。それは既視感に似たものだった。おかしいと思った。このアルバムを見たのは、これが初めてなのだ。

そしてあるページに辿り着いた時、はっとした。そこに貼られていたと思われる写真が、すべて外されていたからだ。写真があったことは、台紙に残った跡を見ればわかる。

「ここにあった写真はどうされたのですか」松宮は訊いた。

久恵は白いページを見て、目を丸くした。

「わかりません。どうしてでしょう？　剝《は》がした覚えはないんですけど」

すると綿貫の仕業か。なぜこのページの写真だけを剝がしたのか。

松宮は次のページをめくった。そこの写真は剝がされていなかった。弥生はすっかり成長し、少女というより思春期という表現のほうがふさわしくなっている。

そのうちの一枚を見て、松宮は思わず息を止めた。同時に、先程から抱いていた既視感の正体に気づいた。

まさか、そんな――衝撃のあまり、思考が混乱し始めた。

18

壁の天井近くに置かれたテレビを時折見上げながら、行伸は箸を黙々と動かした。今夜は鯖《さば》の味噌煮定食を選んだ。味噌汁の具はシジミだ。

食べ終えて時計を見ると午後八時を少し過ぎている。この時間なら萌奈も夕食を済ませ、自分の部屋に籠もっているだろう。店員に声をかけ、会計を頼んだ。

このところ萌奈の様子が少しおかしい。松宮という刑事が学校にやってきた、という話をした時からだ。花塚弥生の写真を見せられ、時々テニス部の練習を見に来ていた女性だと気づいたという。

「どうしてあのおばさん、あたしたちの学校に来てたの？」

萌奈の質問に、さあねえ、と行伸は首を傾げた。

「あの近くに用でもあったんじゃないか。で、ついでに見物してたんだろう。萌奈だけを見ていたわけではないと思うよ」

この答えに、十四歳の娘は明らかに不満そうだった。かすかにひそめられた眉が、そのことを物語っていた。しかし次の問いかけが発せられる前に、行伸は自分の部屋に逃げ込んだのだった。

今朝、顔を合わせたのはほんの短い時間だったが、萌奈は何かをいおうとしていた。行伸は気づかないふりをし、あわてて部屋を出た。

萌奈と顔を合わせるのが怖かった。もう子供ではない。いい加減な言葉では納得しないだろう。

支払いを済ませ、定食屋を出た。重い足取りで自宅に向かって歩いていると、汐見さん、と背後から声をかけられた。立ち止まって振り向き、思わず顔をしかめた。松宮が近づいてくるところだった。「お食事はお済みのようですね」

どうやら店の近くで見張っていたらしい。

「まだ何か私に用が？」

げんなりした表情を作って訊いたが、松宮は爽《さわ》やかとさえいえる笑顔のままだ。

「真相が判明するまで御協力をお願いします、と前回申し上げたはずです」

「私なんかにつきまとったって、捜査の足しになんてなりませんよ」

「そんなことはないと思うから、こうしてお会いしに来たわけです。三十分でいいので、お時間をいただけませんか」

行伸は、大げさにため息をついてみせた。「これっきりにしていただけるのなら、一時間でも二時間でも構いませんよ」

「いえ、たぶんそれは無理だと思いますので、三十分で結構です。では行きましょうか」

「行く？　どちらへ？」

「店を押さえてあります。二人だけでゆっくりと話せる場所です」そういって松宮は右手で行き先を示した。

仕方なく行伸は足を踏みだした。松宮が隣に並んでくる。

「あなたは刑事としては優秀なんだろうなあ」歩きながら行伸はいった。

「どうしてですか」

「自分でいうのも変ですが、私はお人好しのほうです。頼み事をされると、なかなか嫌だといえない。そんな私ですが、あなたに対してはかなり冷淡に振る舞ってきたつもりです。ふつうの人だったら不愉快になって、もう会いたくないと思うはずだ。だけどあなたはやってくる。平気な顔をして。それはおそらく刑事には必要な資質なんでしょうね」

「褒めてくださってるんですか」

「もちろんそうです」

「ありがとうございます。でもね、汐見さん、あなたはわかっておられませんよ」

「何がです」

「あなたから冷淡さなど少しも感じません。お願いすれば必ず協力してくださる――そう確信しているから、こうして足を運ぶんです」

行伸は小さく首を振り、参ったな、と呟いた。

松宮に連れていかれたところはカラオケボックスだった。予約を入れてあったらしく、すんなりと案内された。しかもカラオケ装置の電源は切られている。気が散るといけないので、と松宮は何でもないことのようにいった。

店員が飲み物を尋ねてきた。松宮はウーロン茶を注文したが、行伸はビールにした。少しでも緊張をほぐすためだった。

行伸は室内を眺めた。カラオケボックスに入ったのは何年ぶりだろうか。

「気持ちを盛り上げるために一曲歌いますか」松宮が尋ねてきた。冗談とも本気とも受け取れる口調だ。

行伸は、ふんと鼻を鳴らして苦笑した。

「死んだ妻が好きで、子供が生まれる前はよく二人で利用しました。だけど私はいつも聞き役兼飲み物の注文係でしたね。歌は苦手なもんだから。あなたはどうですか。よく利用されるんですか」

「そうですね。ただし今夜のように、機械の電源は切ってもらっていることが多いです」松宮は、さらりといった。

事情聴取に使うのはいつものことらしい。行伸は肩をすくめた。「なるほどね」

注文した飲み物が運ばれてきた。すぐにビールグラスに手を伸ばしかけたが、寸前で堪えた。緊張で喉が渇いていることを悟《さと》られたくなかった。

松宮はウーロン茶を飲んだ後、さて、といった。「じつは汐見さんに見ていただきたいものがあるんです」

「何でしょうか」

松宮は上着の内ポケットに手を入れた。出してきたのは数枚の写真だった。それらをテーブルに並べた。

どの写真にも十代前半と思しき女の子が写っていた。それを目にした瞬間、行伸は顔から血の気が引くのを感じた。同時に、全身に鳥肌が立った。行伸は表情を変えまいと懸命に自制したが、うまくごまかせたかどうかはまるでわからなかった。ちらりと松宮の顔を見ると、獲物を捕らえたような鋭い視線とぶつかった。

「いかがですか」若き敏腕刑事が尋ねてきた。

行伸は咳払いをし、写真を見ながら顎を擦った。

「ずいぶんと古い写真のようですね。誰ですか？」

「お気づきになりませんか。高校一年の時の花塚弥生さんです」

ああっ、と大きく反応してみせた。「そうですか。そういわれればたしかに面影《おもかげ》がある」

「花塚さんの実家で保管されていたものです。この写真を見て、かなり驚きました。

汐見さん、あなたはどうですか？」

「私ですか？　どう、といわれましても……。何を驚くことがあるんですか」

松宮は写真の一枚を手に取り、行伸のほうに向けた。「誰かに似ていると思いませんか。あなたがとてもよく知っている人物に」

行伸は首を傾げてみせた。「さあ……思いつきませんが」

「そうですか。おかしいな。自分には萌奈ちゃんそっくりに見えるんですけどね。いや、生まれた順番を考えれば、萌奈ちゃんがこの女性に似ているというべきなのかな」

行伸は顎を引き、上目遣いに刑事を見た。「一体何がいいたいんですか」

「いいたいのではなく、確かめたいのです。汐見さん、単刀直入にお尋ねします。萌奈ちゃんと花塚弥生さんとの間には、血の繋がりがあるのではないですか」

松宮の言葉はまさに単刀直入だった。刀を真っ直ぐに行伸の胸に突き立ててきた。

「おかしなことをおっしゃいますね」声が上擦るのを抑えられなかった。「萌奈と花塚さんの間に血縁関係があるって？　どこからそんな発想が生まれてくるのかなあ。二人は全くの赤の他人です。何の繋がりもない。嘘だと思うなら、戸籍でも何でも気が済むまで調べてください。警察なら簡単なことでしょう？」

「戸籍の問題ではなく、生物学上のことをいっています」松宮は写真を指差した。

「二人が赤の他人だとはどうしても思えないのですが」

「それはあなたの感覚だ。私には似ているようには思えない。仮に似ているとしても、他人の空似《そらに》です。珍しいことじゃない」

「たしかに他人の空似というのはよくあることです。世界には自分に似た人が三人いる、といいますからね」

でも、と松宮は続けた。

「同じ医療機関に関わりがあるとなれば、それだけでは済まないと思うのですが」

行伸はぎくりとした。「何のことですか」声が震えてしまった。

「あなたの亡くなった奥さん――怜子さんは不妊治療を受けておられましたよね。怜子さんのお母さんに確認したところ、萌奈ちゃんは体外受精によって授かったということでした。医療機関の名称は『愛光レディスクリニック』、あなた方が十数年前に住んでいたマンションの近くにあります」

「それが何か？」

「同じ時期に花塚弥生さんも不妊に悩んでおられ、いろいろな方法を試しておられました。通っていた医療機関は、やはり『愛光レディスクリニック』。汐見さん、これ

「偶然と片付けていいんでしょうか」

行伸は大きく呼吸し、松宮を見返した。「偶然でなければ何だというんですか」

松宮はウーロン茶を口にすると、ゆっくりとグラスを置き、両手を組んだ。そのしぐさは、憎らしいほどに落ち着き払っていた。網にかかった魚をどう料理してやろうかと楽しんでいるようにさえ見えた。

「不妊治療を扱っている専門家に相談してみました。同時期に同じ医療機関で体外受精に臨《のぞ》んだ二人の女性がいたとして、一方の女性が、もう一方の女性にそっくりな子供を産んだ場合、どんなことが起きたと考えられるか。その専門家は戸惑いつつ答えてくれました。非常に可能性は低いが、もしあり得るとすれば、体外受精時に別の女性の卵子を使用した、あるいは、正しく受精させたが受精卵を本来の女性ではなく別の女性の身体に戻した、それ以外には考えられない、ということでした」

「ちょっと待ってください」行伸は右手を出した。「松宮さん、あなた、自分が何をしゃべっているのかわかっているんですか」

「極めて重大な個人情報に抵触しているという自覚はあります。でも支離滅裂なことはしゃべっていないつもりです」

「いや、まさに支離滅裂だ。とんでもない虚言で、到底受け入れられません。松宮さん、あなたは、萌奈が私たちの子供ではないといっているんですよ。わかってるんですか」

「断定はしていません。あくまでも可能性の話です」

松宮の言葉に、どういう態度を示すべきか行伸は迷った。

くだらない話だと笑い飛ばすのがいいのだろうか。失礼な話だと憤慨すべき局面なのか。あるいはもしかすると、面白い発想だと興味を持ったほうがいいのか。

行伸は、ここで初めてグラスに手を伸ばした。ビールをひと口飲み、気持ちを落ち着けようとした。だが昂《たか》ぶった気持ちは鎮《しず》まりそうにない。

「では訊きますがね」グラスを置いてから行伸は松宮を見た。「なぜそんなことが起きたというんですか」

「理由は不明です」松宮は即座に答えた。「何らかの問題があって正常な卵子を作れない女性が、別の女性から卵子を提供してもらうというケースは、稀《まれ》にあるようです。しかし子供をほしがっていた花塚弥生さんが、大切な卵子を他人に提供したとは思えません。その専門家によれば、最も可能性が高いのは取り違え、つまり医療機関側のミスだとのことでした。受精時に間違えることは考えられないので、あり得るとすれば受精卵の段階。一定期間保管しているので、その間に何らかのアクシデントが起きるおそれはある、という話でした。もちろん、どこの医療機関でも厳重に管理しているはずで、起きてはならないミスだけれど、とその専門家はいいましたが」

そう、起きてはならないミスだ――行伸は同意しつつ、頷くのを堪えた。

「そんなことが起こり得るんですか。あまり想像したくない話ですね。でも松宮さん、あなたの話にはおかしなところがあります」

「何でしょうか」

「仮にそういうミスが発生したなら、判明した時点で何らかの対応がなされるのではないでしょうか。出産にまでは至らない」

「おっしゃる通りです。だから考えられることは二つです。一つはミスに気づいたのは出産後だった、もう一つはミスに気づきつつ出産した。いずれにせよ――」松宮は冷徹な目を行伸に向けてきた。「あなたはそういう事故が起きていたことを御存じだった。いつ知ったのかはわかりませんが」

「なぜそう思うんです？」頬の強張りを自覚しながら行伸は訊いた。

「それはね、汐見さん、あなたが『弥生茶屋』に行ったからです」松宮はいった。「もし知らないままだったなら、未だ花塚さんの存在も知らず、したがって会いに行こうとも思わなかったはずです」

「前にいませんでしたか？　私が『弥生茶屋』に行ったのは――」

「近くで仕事をした帰りに、たまたま立ち寄っただけ、ですか？　では、どの場所の、どんな仕事だったか、詳しく話していただけますか」

行伸は視線を斜め上に向けた。「……どこだったかな。何ヵ月も前の話だから、忘れちゃいましたよ」

「では調べておいていただけますか。会社には記録が残っているでしょ？」

行伸は答えに窮した。ごまかすために仏頂面を作り、ビールグラスを口元に運んだ。

汐見さん、と松宮はいった。

「花塚さんに萌奈ちゃんのことを話しましたね」

「何のことやら……」

「そう考えると、すべての辻褄《つじつま》が合うんです。花塚さんがテニス部の練習を見に行った理由にも説明がつく。自分と血の繋がった子供がこの世にいると知れば、会いに行きたくなるのは当然です」

行伸は目に力を込め、松宮を見つめた。

「想像するのは勝手ですが、どうかそれを余所で話さないでくださいよ。そんなことをしたら訴えますからね」

「もちろんあなたの許可なく、口外することはありません。でも御理解いただきたいのは、その点を明らかにしないかぎり、今回の事件は解決しないということです」

「なぜですか。犯人は捕まったんじゃないんですか」

「犯人は捕まりました。でも彼女は本当のことを話していない可能性が高い。今のまま裁判が行われたとしても、正しい裁きが下されるとはいえません。なぜ花塚さんを殺害したのか、真の動機を突き止める必要があります」

「申し訳ないが、私には関係のないことです」

「そうでしょうか。こんな言い方はしたくありませんが、あなたが花塚さんに萌奈ちゃんのことを話さなければ、彼女が殺されることはなかった、と自分は考えています」

「もう結構です。そんな話は聞きたくない。失礼させていただきます」行伸は勢いよく立ち上がった。

汐見さん、と松宮が呼びかけてきた。

「なぜあなたが花塚さんに萌奈ちゃんのことを話すことにしたのか、その理由はわかりません。しかし今のお気持ちは大変よくわかります。すべてを秘密にしておこうと考えておられるのでしょうね。何よりも萌奈ちゃんのために。同様の理由で、ほかにも真実を隠そうとしている人がいます。花塚さんの別れた御主人、つまり萌奈ちゃんの生物学上の父親です。そしてもしかすると犯人の女性もそうかもしれない」

行伸は目を見張り、振り返った。

「あなたが話さないかぎり、彼等も語らない。いや、語れない。真相は永久に謎のままだ。それでもいいんですか」松宮は続けた。「すべてはあなた次第です」

行伸は頭を振り、失礼します、といってドアを開けた。

19

汐見行伸を見送った後、松宮は椅子に座り直し、残ったウーロン茶を飲んだ。どこかの部屋のドアが開けられたのか、誰かの歌声がかすかに聞こえてきた。モニターが消えたままのカラオケボックスというのは、こんなにうらさびしい空間なのか、と思った。

汐見の反応は予想していたものだから、特に意外ではなかった。むしろ彼の態度を見て、自分の推理が的中しているという確信を持てた。

花塚弥生の若い頃の写真を見て、汐見萌奈との繋がりを思いつかないほうがおかしい。それほどよく似ていた。よくよく考えれば、老いてからの弥生だって、萌奈の母親だといわれれば万人が信じただろう。

ではどういう繋がりが考えられるか。何らかの血縁関係があるのならば、必ず見つけられるはずだ。しかしどこをどう調べてみても、二人の間に戸籍上の繋がりはない。

やはり単なる他人の空似か。萌奈は汐見の死んだ妻とよく似ていて、同じタイプの女性に汐見が惹《ひ》かれたというだけのことなのか。

松宮は再び長岡へ行き、竹村恒子に会った。そして怜子の若い頃の写真を見せてほしいと頼んだ。恒子は不審げだったが、古いアルバムを引っ張り出してきてくれた。

写真を見て、松宮は首を捻った。若い頃の怜子は、萌奈とはまるで似ていなかった。そのことを指摘すると竹村恒子も大きく頷いた。

「そうなんですよ。生まれた時から、ちっとも似てなかったんです。でも怜子の子だってことは間違いありません。今時、赤ちゃんの取り違えなんか、起きるわけないですからね。だからうちの人なんて、やっぱり人工的なことをしたから似なかったんじゃないか、なんてことをいってました。そんなわけないだろうって、みんなから笑われてましたけど」

人工的とはどういうことかと松宮が訊くと、体外受精だと教えてくれた。しかも恒子は怜子が通っていた医療機関名を覚えていた。

「アイコウ病院といったんじゃないですかね。愛情の愛に光って書くんです。怜子から聞いて、それは縁起の良さそうな病院だねといった覚えがあるんです」

愛光、という文字を思い浮かべた瞬間、松宮の頭に何かが引っ掛かった。どこかで見たような気がしたのだ。

その答えを見つけたのは、東京に戻る新幹線の中でだった。花塚弥生のスマートフォンのアドレス帳に電話番号が登録されていた。

花塚弥生が不妊に悩んでいたことは多くの人間が証言している。そしてその時期は汐見怜子と重なっている。

とても単なる偶然とは思えなかった。そこで松宮は不妊治療の専門家に相談し、驚くべき事実——受精卵の取り違え事故が発生した可能性があることを聞いたのだった。

何らかの事情があり、汐見行伸は花塚弥生が萌奈の生物学上の母親だと知ったのではないか。そこで彼は弥生に会いに行った。それだけでなく、彼女に萌奈のことを話した。

驚いた弥生は、萌奈の姿を見に行った。何度も足を運んだのは、きっとそれが楽しかったからだろう。何人かの常連客が、最近は何だか楽しそうだった、と証言している。

そう考えると、弥生が十年ぶりに綿貫哲彦に連絡を取った理由にも、薄々見当がつく。彼女は萌奈の生物学上の父親にも教えておく必要があると考えたのではないか。

今日の昼間、松宮は綿貫の職場を訪ねていった。そして、なぜ花塚弥生の中学時代の写真を勝手にアルバムから剝がしたのかと問うた。綿貫は、身に覚えがない、ととぼけた。

「正直に話したほうがいいですよ。写真を盗まれた、と花塚さんに被害届を出してもらうことだってできるんですからね」

松宮の言葉に綿貫は表情を引き攣《ひつ》らせ、ふて腐れたように横を向いた。

「あなたの目的は、この写真の少女に似ている女の子を捜し出すことでしょう?」そういって松宮は綿貫に写真を突きつけた。花塚弥生が高校一年の時の写真だ。「弥生さんから、自分たちの子供がこの世に存在することを聞いたんですね。でもそれ以外の詳しいことは教えてもらっていない。だから自分の力で見つけようとした。弥生さんの死後事務を買って出たのは、彼女の個人情報がほしかったから。そうですね？」

だが綿貫は認めなかった。何のことやらさっぱりわからないといい張った。さらに次のように続けた。

「もしそんな女の子がいるのなら、連れてきてくださいよ。是非、会ってみたい」

この言葉は嘘ではないだろう。綿貫は子供に会いたがっている。しかし自分が秘密を明かすわけにはいかないと思っている。それが許されるのはその子の親だけだと考えている。

そしてもしかすると――。

中屋多由子もそうなのではないか。綿貫哲彦と花塚弥生の血を継ぐ子供の存在が、犯行動機に関わっているが、それを自分が話すわけにいかないと思っているのではないか。

たしかにそうかもしれない、と松宮は思った。一人の少女の運命を変えてしまうような秘密を、その親以外の人間が暴いていいわけがない。

それと同様に――。

この俺にだって、警察にだって、そんな権利はないのではないか――。

松宮は、この推理を加賀にさえも話していなかった。

20

カラオケ店を出て、外の空気に触れ、その冷たさにぞくりとした。気づけば全身に冷や汗をかいていた。濡れたワイシャツが肌に貼り付く、嫌な感触があった。

心臓の鼓動は速まったままで、収まる気配がない。辛うじて逃げだしてきたが、松宮の疑念を払拭させたどころか、むしろ深めてしまったに違いない。

花塚弥生の若かりし頃の写真を見せられた時には、血の気が引いてしまったはずだが、今は逆に顔は火照《ほて》っていた。半ば混乱した頭でぼんやりと考えているのは、とうとうこの日が来てしまった、ということだった。心の片隅で覚悟していたことではあるが、こういう形になるとは夢にも思わなかった。

立ち止まり、夜空を見上げた。今夜は晴天だ。怜子の実家がある長岡なら、たくさんの星を確認できるのかもしれないが、見つけられたのはたった一つだけだった。その星を見つめ、怜子、どうしたらいいだろう、と行伸は呟いた。

十五年前のあの日のことを、行伸は片時も忘れたことがない。ようやく光を摑み取ったという歓びが木っ端微塵《こ　ぱ　み　じん》に壊された日、希望が絶望に変わった日だ。

一緒にクリニックに行ってほしいのだけれど、と怜子からいわれた。土曜日の朝のことだ。行伸はトーストと目玉焼きの朝食を食べ終え、コーヒーを飲んでいた。

「大事な話があるから、できれば今日、御夫婦で来てほしいって院長先生が」怜子は不安げな表情だ。

行伸は妻の下腹部に視線を向けた。「何か問題でもあるのか」

怜子は浮かない顔つきで首を傾げた。「前回の検査では、すごく順調に育ってますよっていわれたんだけど」

「じゃあ、何の話だ？」

「さあ……」

怜子は妊娠九週目に入っていた。悪阻《つわり》があるようだったが、それさえも幸せの手応えと捉えていた。何事もなく出産までこぎつけることが、夫婦の共通の願いだった。

胎児に異常でも見つかったのか。女性が高齢の場合、障害のある子が生まれる確率が高いことは、最初に説明を受けていた。

「ダウン症かな」頭に浮かんだことを口にした。

「その判定はまだできないはずなんだけど」

「じゃあ、ほかの障害か」

「かもしれない」怜子は短く呟いてから真剣な目を行伸に向けてきた。「クリニック、行ってくれるよね」

もちろん、と行伸は頷いた。「二人で話を聞こう」

「うん。あのさ、先にいっておくけど、私は諦めないから」

「何が？」

「この子のこと」そういって怜子は自分の腹を触った。「どんな障害があったとしても産むから。産んで、育てるから」

行伸は大きく息を吸い込んだ。それをゆっくりと吐き出しながら妻の目を真っ直ぐに見返した。「当たり前だ。そんなこと、いうまでもない」

よかった、といって怜子はようやく表情を少し和ませた。

午後、二人で『愛光レディスクリニック』を訪れた。行ってみると、すぐに院長室に案内された。そこでは二人の人物が待っていた。一人は院長の沢岡《さわおか》で、最初に不妊治療の説明を受けて以来、何度か会ったことがある。もう一人は五十歳ぐらいの小柄な男性だが、行伸は初対面だった。体外受精の担当医だそうで、神原《かんばら》と名乗った。

「先日の検査で、経過は順調だと奥様に申し上げました。しかしその後、神原のほうから報告がございまして……」そこまでいって沢岡は口籠《くちご》もり、隣の神原のほうに顔を向けた。

「何か問題が見つかったんですか。順調というのは間違いだったのですか」行伸が訊いた。

「いえあの、順調は順調なのですが……」神原は唇を舐めた。顔が白く、表情は強張っている。「一言でいえば順調すぎるんです。それがおかしいと思いまして」

「はあ？」

行伸は怜子と顔を見合わせた後、神原に目を戻した。

「どういうことですか。順調すぎて、何がおかしいんですか」

「いや、それが……」神原が唾を呑み込むのが喉の動きでわかった。「これまで、奥様の受精卵は、一番状態の良いものでも、なかなか成熟が進みませんでした。今回も同じような状況で、良い状態の受精卵とはいえませんでした。だからたぶん、やっぱりだめだろうなと思いつつ、移植したというのが実際のところでして……。そのことは奥様にもお話ししたと思うのですが」

「たしかに聞きました」怜子が答えた。「だから夫婦で話し合ったんです。今度だめだったら、もう諦めようって」

「でも無事に妊娠して、順調に育っている――そういうことではないんですか」行伸は訊いた。医師たちが何をいいたいのかわからず、つい声が尖った。

じつは、と神原が気まずそうに顔を歪めた。「間違えたおそれがあるんです」

「間違えた？　何を？」行伸はさらに声を荒らげた。

「ですから、受精卵を……です」

「えっ」行伸の胸の下で心臓が大きく跳《は》ねた。「何ですって？」

「ほかの……患者さんの卵と……受精卵と間違えて……それを……奥様に……い、移植してしまったのかもしれないんです」神原は声を震わせながらいった。

行伸の隣で怜子が、顔を両手で覆い、がっくりと首を折った。

神原が突然ソファから下り、床に両手をつけた。申し訳ございません、といって土下座を始めた。「心よりお詫びいたします。申し訳ございませんでした」額を床に擦《す》りつけた。

沢岡は苦悶《くもん》の表情で立ち上がり、無言のまま、深々と頭を下げた。

行伸は頭の中が真っ白になった。目の前で頭を下げ続けている二人の男を眺め、隣で項垂《うなだ》れている妻を見つめ、最後は腕時計に目を落としていた。この後、何か予定があっただろうか、と無関係と思えることが一瞬頭によぎったからだ。

だが無関係でないことにすぐに気づいた。抗議しなければならない、事情を説明してもらわなければならない、そのためには何時間かかっても構わないという気持ちが湧いていたのだ。

「どういうことですか」抑揚のない口調で行伸はいった。落ち着いているわけではなく、感情を出す余裕がないのだ。「説明してください。何があったのか、きちんと話してください」

神原君、と沢岡がいった。「汐見さんたちに説明を」

はい、といって神原が顔を上げた。

「受精卵は培養液を入れたシャーレの中で成長させます。シャーレには蓋がついていて、患者さんの名前を書いたシールが貼られています。その蓋を、別の方のシャーレに被せてしまった可能性があるんです。で、間違えたまま、そのシャーレに入っていた受精卵を奥様に……」語尾が弱々しく途切れた。

どうして、と行伸は呻くようにいった。

「どうしてそんなことになるんですか？　妻の受精卵に対して何か作業をしようとしていたんでしょう？　なんでそこに別の人の受精卵があるんですか？」

「その、もう一人の患者さんの受精卵は、元々二つあったんです。成長度を確認して、より状態のいいほうを一つ選んで保管庫に入れました。作業台にあったのは、残りの一つです。それは処分する予定でした」

「だったら、なぜさっさと処分しなかったんですか。そんなものを置いたままにしておくから間違えたんでしょう?」

おっしゃる通りです、といったのは院長の沢岡だ。「作業台に二つ以上の受精卵を置かないのはセオリーですし、当院でもルールとして決まっていることです」

「この人が規則違反をした、そういうことですか」行伸は神原を指差した。

「そうです。聞けば、その時はほかの職員が別の検査に手間取っていて、一人で複数の作業をこなす必要があったとかで」

「そんなことが言い訳になりますかっ」

「もちろん、なりません。神原の完全なる落ち度です」

申し訳ございません、と神原が詫びの言葉を繰り返した。

行伸は頭を掻きむしった。気持ちの混乱は収まらない。罵声《ばせい》を浴びせたいところだが、もっとほかにすべきことがあるような気がした。それを考えるには、まず落ち着く必要があった。深呼吸を何度か繰り返した。二人の医師たちは黙ったままだ。

「おそれがある、といいましたよね」行伸は神原を見下ろしていった。「間違えたおそれがある……そういう言い方でしたよね。間違えた、と断定しないのはなぜですか」

「それは、あの、断定は……」神原が下を向いたまま口籠もった。

「断定はできない。間違えた可能性がある。だけど間違えてない可能性もある。そういうことですか」

隣で怜子がぴくりと身体を動かす気配があった。

「それはそうなのですが、状況から考えますと、やはり私が取り違えた可能性が高いのではないかと……。いろいろと振り返ってみて、そうではないかと思うのです」

歯切れの悪い説明に、行伸は苛立った。

「状況って何ですかっ？　ちゃんと説明してください。そもそも、なぜ今頃になって間違えたと気づいたんですか。その時に気づかなかったら、今も気づいてないはずじゃないですか」

「いや、その、先程もいいましたように、奥様の……あの状態の受精卵から現在の順調な妊娠に至ることは、通常あまり考えられないと思ったんです。それで当日の記録や、自分の行動をいろいろと振り返ってみて、先程御説明したようなミスを犯したのではないかと思い至りました。それで院長に相談したというわけです」

「神原の話を聞き、驚きました。それでとにかく一刻も早く御夫妻にお話ししなければと思い、御連絡した次第です。本当にお詫びのしようもなく、こちら側としては、とにかくできるかぎり誠意ある対応をさせていただきますとしか申し上げられません」沢岡は苦しげに言葉を繋いだ。

行伸は隣の怜子を見た。顔を覆っていた手の片方を、今は自分の腹部に当てている。まるでお腹の子供に問いかけているようだった。

「可能性がゼロ……ではないんですよね」行伸は神原にいった。「今、妻のお腹にいる子が我々の子供である可能性です。あなたは自分がミスをした可能性が高いといった。でも百パーセント確実というわけではないんでしょう？　だったら、ミスをしていない可能性だってある。違いますか」

「それは……はい」

「だったら、確認したらどうなんですか。我々の子供なのか、そうじゃないのか。調べる方法はあるでしょう？　それを確認しないことには、何ともいえない」

それは、といったきり神原は黙り込み、唇を嚙んだ。

調べてください、と行伸はいった。「さっさと調べてください。もし我々の子供だと確認できたなら何も問題はない。違っていたら……その時は、それなりの責任を取っていただきます」

神原が顔を上げた。目が赤く充血している。

「親子関係を確認するためには羊水《ようすい》検査が必要です。でもそれをするには、妊娠十五週程度まで待たねばなりません。その場合、もし中絶となった場合、奥様の身体への負担が大きすぎます」

震えた声で説明された内容に、行伸の苛立ちはピークに達した。目の前のテーブルを思い切り叩いていた。「何だ、それはっ。ほかに手はないんですか？」怒鳴った。

神原の顎が、がくがくと動いた。「ほかにジュウモウ検査というのがありますが……」

「ジュウモウ検査？」

「絨毯《じゅうたん》の絨に、毛と書きます。絨毛は胎盤《たいばん》のもとになるもので、それを採取すれば親子関係を調べることは可能です」

「それなら今の段階でできるんですか」

「理論的には可能です。ただ、技術的に難しく、しかも危険なので日本では殆ど行われていません。流産のリスクが高いのです。流産覚悟で、ということなら検査の手配をいたします」

行伸は相手の襟首を摑みたい衝動を懸命に抑えた。何が流産覚悟で、だ。この妊娠に自分たちがどれほどの思いを込めてきたのか、わかっているのか。

怜子は押し黙ったままだ。床に涙が落ちていた。

「少し考えさせてください」行伸は沢岡と神原を交互に見ながらいった。

帰路についたが、行伸も怜子も無言だった。家に着くと怜子は寝室のベッドに倒れ込んだ。顔を覆って泣くのだろうと行伸は予想した。しかし嗚咽《おえつ》は聞こえてこない。背中が小刻みに震えることもなかった。

怜子、と声をかけた。「どうする?」

だが妻からの返事はない。彼女も答えを出せないでいるのだろうと行伸は解釈した。

一人でリビングに行き、ウイスキーをロックで飲み始めた。酒でも飲まないと冷静に物事を考えられそうになかった。

検査するしかないだろう、と結論は出ていた。流産のリスクがあるとしても、検査しないわけにはいかない。問題はどんな結果が出るかだ。

自分たちの子供なら万々歳だ。これまで通り、怜子の身体を気遣い、無事に育ってくれることを祈ればいい。

もし違っていたら、自分たちの子供ではないとしたら——。

その場合は産むわけにはいかない。諦める、即ち中絶することになるだろう。

行伸はロックグラスを握りしめた。

中絶して、それからどうするのか。また改めて不妊治療に取り組むのか。しかしもう今回かぎりにしようと決めたのではなかったか。

物音がして、顔を上げた。怜子が入ってくるところだった。目を伏せながらダイニングテーブルに近づいてきて、行伸の向かいに腰を下ろした。

大丈夫か、と行伸は訊いた。

うん、と短く答えてから、怜子は行伸の手元に目を向けてきた。ロックグラスを見ているらしい。

「少し飲むか？」

怜子は逡巡するように唇を舐めた後、首を横に振った。「アルコールは控えてるから」

「ああ、そうだな」行伸は頷いた。「検査の結果、どう出るかわからないもんな」

自分たちの子供である可能性はゼロではない。

すると怜子は、すうっと鼻で大きく呼吸した後、行伸の目を見つめてきた。「検査、しない」きっぱりとした口調だった。

えっ、と行伸は当惑の声を漏らした。

「今朝、私がいったこと、覚えてる？」

「何だっけ」

「どんな障害があったとしても産む。産んで育てる。そういったよね」

「それは覚えてるけど」

だから、といって怜子は自分の腹部に両手を当てた。「検査はしない」

行伸は瞬きした。妻のいっていることがようやくわかった。

「ちょっと待てよ。俺たちの子じゃないかもしれないんだぞ。それは障害とは違うだろ」

「同じだよ」怜子の目力が強くなった。「遺伝子では繋がってないという障害。それにしたって確定的じゃない。そうかもしれないというだけ。検査しなきゃ、わからない。だったら、わからないままにしておけばいい」淀みなく口にした後、「そう思わない？」と訊いてきた。

行伸は戸惑い、頭を掻いていた。想像していなかった展開だ。

「これ、最後だよ」怜子が腹部に目を落とした。「この子、最後だよ。私たちに授かった、最後の子。ここで手放したら、もう二度と手に入らない。私にはわかる。だから、産む」

淡々とした口調で訴えられた言葉に、行伸は反論できなかった。これが最後。それは彼自身も感じていることだった。

翌日の日曜日、二人で再びクリニックを訪れた。そして夫婦で決断したことを沢岡と神原に伝えた。医師たちは驚きを隠さなかった。

「本当にそれでいいのですか」沢岡が念を押すように尋ねてきた。

「二人で決めたことです」行伸は隣にいる怜子をちらりと見てからいった。彼女の目元に涙の跡はない。産むと宣言した後は、一切泣かなかったのだ。

「あなた方がそれでいいとおっしゃるのでしたら、こちらとしては従うしかありません」沢岡はいった。「ただ、そうしますといくつか問題が……」

「わかっています。出産後に、我々の子供でないと判明したらどうするのか、ということですね」

「その通りです」

「それについても夫婦で話し合いました。まず大前提として、生まれてきた子が我々の子供かどうかを判定する意思はこちらにはありません。幸い、私の血液型はAで妻はBです。子供の血液型が何であっても矛盾はない。ならば、信じるだけです。自分たちの子供に間違いないと」

だから、と行伸は続けた。

「あなた方にも約束していただく必要があります。この件については決して明るみに出さない、と。それだけでなく、一切忘れてください。受精卵の取り違え事故など起きなかったし、そのことを我々に説明した事実もない、汐見怜子が出産した子供は彼女の受精卵が育ったものに間違いない——今後何があっても、そういうことで押し通していただきたいのです」

話を聞いている沢岡は神妙な顔つきだった。おそらくその胸中は複雑だっただろう。公になれば、病院の信用は地に堕《お》ちるところだった。行伸たちに訴えられ、莫大な慰謝料を請求されてもおかしくない状況だ。しかし事態は何事もなく収束する。医師としての良心は痛みつつ、助かった、と内心では思っているはずだった。もちろん、沢岡以上に胸を撫で下ろしているのは、原因を作った神原だろうが。

約束してくれますね、と行伸はいった。お約束します、と二人の医師は頭を下げた。

その後、行伸たちが『愛光レディスクリニック』に行くことはなかった。怜子は別の病院に通い始めた。

行伸と怜子の間にも約束したことがあった。この件については二度と話題にしない、というものだった。生まれてくるのは自分たちの子、そのことを絶対に疑わないでいようと誓い合った。

この約束は、たしかに守られた。実際、どちらも決して口にしなかった。それまでと同じように行伸は妻の体調を気遣い、何も考えず、ひたすら出産の日を心待ちにした。そんなふうに過ごしているうちに、沢岡たちから聞かされた話を忘れそうになっていることもよくあった。忘れてしまっていいのだ、悪い夢だったと思えばいいのだ、と行伸は自分にいい聞かせた。ただ残念ながら、完全に頭から記憶が消える日はとうとう来なかった。

そんなふうにして時が過ぎ、怜子は無事に女児を出産した。

今度こそは。この子こそは。

安らかに眠っている赤ん坊を眺めながら、命を懸けてでも必ず幸せにしようと行伸は自らに誓った。

しかし——。

あの忌まわしい考え、もしかすると自分たちの子ではないかもしれないという考えは、いつも頭の隅にこびりついていた。こびりつき、ことあるごとに行伸の胸の奥にある敏感な部分を刺激した。

出産祝いに来てくれた人々は、申し合わせたように同じことをいった。どちらに似ているのだろうね。女の子だからお父さん似かな。でもちょっと違うか。お母さんのほうかな。

どちらにもあまり似ていないね、と平気でいう人もいた。もちろん悪気がないことはわかっている。

そんな時でも怜子は常に笑っていた。まるで平気そうだった。本当に平気なのかどうか、行伸は知りたかった。だが訊けない。訊いてはいけなかった。

こうして汐見家は新たな船出をした。どこから見ても幸せそうな三人家族だ。かつての悲しい過去を知っている人たちは、よく立ち直ったものだと感心したことだろう。

事実、幸せだった。一抹の不安や疑念は依然として胸の奥に留まっていたが、萌奈と一緒にいると忘れられた。彼女に対する思いが絵麻や尚人に向けていたものと違っているとは思わなかった。遺伝子なんか関係ない、この子は自分たちの子だ、誰が何といおうとも我が子だと思った。

しかしそう思おうとしたのではないか、と問われると答えに窮する。なぜなら本当の親子だと確信しているのなら、そんなことをいちいち考えたりはしないはずだからだ。

こんな葛藤を態度に示すのは厳禁だった。とりわけ、怜子には絶対に気づかれてはならなかった。

いい父親でいるつもりだった。絵麻や尚人たちの時と同じように萌奈にも接していたはずだった。

しかし怜子の目はごまかせなかった。彼女は気づいていた。

そのことを知らされたのは、病室でだった。白血病が進行し、怜子は別人のようにやせ衰えていたが、目には光が残っていた。行伸の手を握り、話しておきたいことがあるの、といった。「萌奈のこと」

行伸は唾を呑み込んだ。「何だ？」

「パパ、苦しんでるよね」

「……どうして？」

「だから萌奈のことで。どう接したらいいか困ってるでしょ」

その話はしない約束だったじゃないか、とはいえなかった。怜子は重大な決意をして切りだしたに違いないからだ。

「自分ではそんなことはないつもりだったけど……怜子にはそんなふうに見えるのか」

ふふん、と怜子は鼻を鳴らして笑った。

「初めの頃は、単に戸惑ってるんだろうと思ってた。無理ないと思った。ただでさえ男の人は、自分が父親だと実感するのに時間がかかるっていうものね。絵麻や尚人の時も、多少そういうことがあったし。でも萌奈に対するパパの態度は、やっぱりちょっと違った。そのうちにわかったの。パパの本音。あなたはきっと、後ろめたいのよね」

妻の言葉に、ぎくりとした。本心をいい当てられたからではない。あまりに意外な指摘だったからだ。しかし見当外れだとも思わなかった。だから何もいい返せず、黙って彼女の顔を見返していた。次の言葉を待った。

「本当にこのまま自分たちの子供として育てていいのか、迷っているでしょ？　昨日今日の話じゃない。萌奈が生まれた時から、ずっとそうだった。ううん、もしかしたら生まれる前から。自分たちのしていることは、人として許されるんだろうかって。よそ様の子供を横取りしているのかもしれないわけだからね。萌奈の本当の両親は、今頃どうしているんだろうか。じつは自分たちの知らないところで、自分たちの子供が生まれていると知ったら、どんなふうに思うだろうかって、悩んでいるんでしょ？　萌奈に対してもそう。罪悪感を持っている。本当の両親がどこかにいるってことを教えなきゃいけないんじゃないかって、迷っている。悩んでいる」怜子は唇に薄い笑みを浮かべ、行伸を見上げた。「どうかな。私のいってることって的外れ？」

「怜子は、萌奈は俺たちの子じゃないと思ってるのか」

「萌奈は私の子。そのことは動かない。だって、私が産んだんだもの」怜子は力強く断言した。「女は……母親は厚かましくて勝手なの。元々はどこの誰の受精卵だろうが、自分が産んだ以上は自分の子供だとしか思えない。遺伝子なんて関係ない。そんなもの、くそ食らえよ。申し訳ないけど、罪悪感なんて少しもない。このままでいいと思ってた。でもそれは、今まで通りの生活を続けられたらっていう話。状況が違えば、選ぶべき道も変わってくる」

「状況が違うって？」

「私がずっと萌奈の母親でいられたらそれでよかったけど、どうもそういうわけにはいかないようだから、こんな話をしてるの」

「怜子、そういうことをいうのは――」

怜子は笑顔のまま、枕の上で頭を左右に動かした。

「現実的な話をしようとしているんだから、パパも付き合って。私がいなくなったら、パパはきっともっと悩む。本当の娘ではないかもしれない萌奈と、この先うまくやっていけるだろうか。本人に本当のことを話さなくていいんだろうかって、ずっと悩み続けると思う。知ってる？　ＤＮＡ鑑定って、今じゃとても簡単にできるんですって。今後、パパと萌奈の親子鑑定をしなきゃならない日が絶対に来ないとは誰にもいいきれない。その時のことを考えたら、たぶん平気じゃいられないよね」

行伸は俯いた。残念ながら図星だった。たとえ遺伝子で繋がっていなくても、萌奈を産んだのは怜子だ。そして自分は怜子の夫だ。その思いが支えだった。それがなくなってしまった後、自分たちはどうなるのか、考えるだけで不安だった。

パパ、と怜子が呼びかけてきた。

「私が死んだ後なら、好きにしていいからね」

「どういうこと？」

「それが萌奈のためになると思うなら、本当のことを教えてやってもいいといってるの。本人のためになるかどうかはわからなくても、パパが隠し続けてるのが辛いなら、打ち明けてもいい。全部、パパに任せる。でも私が生きているうちはだめ。私は萌奈の母親のままで死にたいから」

「怜子……」

「ごめんね。私はずるい女なの」そういって怜子は目を細めた。

彼女の手を握りしめるだけで、行伸は何も言葉を発せられなかった。

おそらく怜子は、かなり早い段階で、もしかすると出産した直後から、萌奈は自分たちの子でないと気づいていたのだろう。だがそんな気配は行伸にすら微塵も感じさせることなく、見事に母親として生きてきた。厚かましくて勝手だとか、罪悪感なんてないとかいったが、本心はどうだったかはわからない。彼女は彼女なりに苦しんでいたのではないか。

それから間もなく、怜子は永遠に帰らぬ人となった。

いよいよ萌奈と二人きりで生きていくことになり、行伸の気持ちは一層複雑に揺れ動いた。怜子さえも失い、この娘だけが心の支えだという思いは強い。一方で、果してこのままでいいのか、とも思った。いずれ本当のことを告げるのならば、早いほうがいいのではないか。怜子の指摘は当たっていた。行伸には良心の呵責《かしゃく》があった。自分のしていることは、本当に萌奈のためにいいことなのか。結局は、自分の欲望を満たしているだけではないのか。この世のどこかにいるに違いない、萌奈の真の親に対する罪悪感も消えてはいなかった。

答えを出せぬまま、ただ時間だけが過ぎていった。だが父親の歪んだ悩みや葛藤が、感受性の強い思春期の娘に伝わらないはずがない。重苦しいだけの父親の思いに耐えかね、ついに溜まっていた鬱憤をぶちまけたのが、あのスマートフォン事件の日だったのだ。

あの日以来、行伸は悩み続けた。やがて、萌奈に本当のことを話すべき時が来たのではないかと考えるようになった。

沢岡たちに会おうと思い立ったのは、今年になってからだ。萌奈は間もなく中学二年生になろうとしていた。父娘で一緒に夕食を摂らなくなってから、数ヵ月が経っていた。話があるので会ってほしいという行伸の要求を、沢岡は拒否しなかった。

『愛光レディスクリニック』は、建物が新しくなっていた。沢岡も神原も、それなりに老いていた。神原は治療には直接タッチせず、テクニカル・アドバイザーを務めているという話だった。どんなことをアドバイスしているのかと尋ねたかったが我慢した。今さら恨みを蒸し返そうと思っているわけではなかった。

行伸は二人に自分たちの近況を手短に説明した。怜子が亡くなったことには、どちらも驚いた様子で、沈痛な表情を浮かべた。演技には見えなかった。

問題は娘――萌奈と名付けた子供のことだ、と行伸はいった。

「単刀直入にいいます。やはり受精卵の取り違えはあったようです。調べたわけではありませんが、一緒に生活していればわかります。娘は私だけでなく、妻にも似ていない。遺伝子の繋がりはないと思われます」

二人の表情が強張るのがわかった。神原は顔を歪め、両手で頭を抱えた。

誤解しないでほしい、と行伸はいった。

「だからといって、あの時の自分たちの判断が間違っていたとは思っていません。我々の選択は正しかったと信じています。萌奈のおかげで、私や怜子は救われたし、明るい家庭というものを取り戻せました。残念ながら怜子の人生は短かったけれど、平穏で幸せな時間を過ごせたと思います。ただ、妻が亡くなった今、これからのことを考えた場合、真実を明らかにしないままでいいとはとても思えないのです」

「お嬢さんに打ち明ける、とおっしゃるのですか」沢岡が慎重な口ぶりで訊いた。

「それが彼女のためになると確信できたら、ですけど」

沢岡が首を傾げた。「といいますと……」

「本当のことを知れば、娘は相当にショックを受けるでしょう。その時はしっかりと支え、フォローしてやらねばと思っています。でもたとえショックから立ち直ったとしても、では自分の本当の親は誰なのか。どこで何をしているのか、という疑問は残るはずです。真実を話す以上、ある程度のことは教えてやりたいと思います。だからまずは私が、それを把握しておかねばなりません。逆にいえば、両親がどんな人物なのかがわからないままでは、とても萌奈には話せないということです」

沢岡が緊張の色を帯びた目を向けてきた。「取り違えた受精卵の主を教えろ、ということでしょうか」

行伸は真っ直ぐに見返した。「知る権利はあるはずです」

「しかしあの時、あなた方はおっしゃったじゃないですか。この件についてはすべて忘れろ、何もなかったことにしろと」

「対外的にはそうです。今後も公にする気はありません。娘にも口止めします。約束します。どうか教えてください」

「お断りしたら?」

「断らないでください。私だって、騒ぎを大きくしたくないんです」

お願いします、と頭を下げた。

「騒ぎを大きくするとは、たとえば法的手段を取るという意味ですか」

「そこまでは、まだ考えていません。でも教えてもらえないなら、そういう方法も視野に入ってくると思います」床のカーペットを見つめたまま行伸はいった。

室内が重苦しい沈黙に包まれた。沢岡と神原のどちらが発しているのかは不明だが、かすかに呼吸音が聞こえる。

「お気持ちはよくわかります」沢岡がいった。「しかし、いかなる理由があろうとも、患者のプライバシーを侵害することは許されません。法的手段なり、マスコミへの公表を考えるとおっしゃったとしても、その姿勢は変えないつもりです。どうか、御理解ください」

行伸は顔を上げた。両手をテーブルについた沢岡の頭頂部が見えた。隣では神原も頭を下げたままだ。

そんなことをするわけがないとタカをくっているのかもしれない、と行伸は思った。実際、事実を公表する気などなかった。そんなことをしたところで、得られるものなど何もない。ただ萌奈を傷つけるだけだ。下手をすれば、世間から叩かれるのは自分たちのほうかもしれなかった。受精卵の取り違えがあったかもしれないと知らされていながら出産を選んだのだから、今さら騒ぐのは卑怯《ひきょう》だとばかりに。

行伸はため息をついた。「仕方ないですね」

「わかっていただけましたか」

「納得はしていません。あなた方に頼んでも無理だということはわかりました」

「申し訳ございません」沢岡はもう一度頭を下げた。

徒労感と無力感を引きずりながら帰路についた。萌奈のことを考えると気持ちが落ち込んだ。これから娘にどう接していけばいいのか、自分はどうすべきなのか、まるでわからなかった。

神原から連絡があったのは、クリニックを訪れた三日後だった。大事な話があるということなので、会社のそばのコーヒーショップで待ち合わせた。

「今日、こうしてお会いすることは、沢岡にはいっておりません」神原は硬い表情で話し始めた。「私だけの判断で連絡させていただいたのです。ですから、今後も沢岡には秘密ということでお願いしたいのですが」

行伸は息を整えてから口を開いた。

「教えていただける、ということでしょうか。その……受精卵の主を。連絡をいただいた時から、そうではないかと期待していたのですが」

神原はゆっくりと瞬きしながら顎を引き、上着の内側に手を入れた。出してきたのは茶色の封筒だ。それを行伸の前に置いた。「氏名と住所、連絡先を記しておきました」

「今、拝見しても？」

どうぞ、と神原は短く答えた。

行伸は封筒を手に取った。中には折り畳まれた紙が一枚入っていた。開いてみるとそこには、綿貫弥生という名前と住所、電話番号が記されていた。

行伸は、ふうーっと息を吐き、神原の顔を見つめた。「なぜ教える気になったんですか。先日は、あれほどまでに頑なな態度を取っておられたのに」

神原は口元を曲げ、眉根を寄せた。

「沢岡と私とでは立場が違います。院長が個人情報を漏らして、もしそのことが明るみに出れば、病院全体の信用に傷がつきます。でも私個人が勝手にやったことなら、私が制裁を受ければ病院の信用はある程度守られます」

「そこまでの覚悟がある、ということですか」

神原は小さく頷いた。

「この十数年、ずっと悩んできました。あの日のことを考えれば考えるほど、ミスをしたという確信は深まるばかりだったからです。別の夫婦の子供を、全く無関係の女性に産ませてしまった、一体どうすればいいだろうと、そればかりを考えてきました。このまま何事もなく済めばいいと願いましたが、そんなわけがないとも思いました。いつかきっと何らかの形で責任を取らねばならない日が来るだろうと予想しておりました。汐見さんから連絡があったと沢岡から聞かされた時、ついにその日が来たのだと思いました」

行伸は手にしている紙に目を落とした。「これを差し出すことで責任を果たしたと？」

「そうではありません」神原は大きくかぶりを振った。「こんなことで済んだとは思っていません。むしろ、これからだと思っています」

「これからとは？」

「その個人情報をどのように使うかは汐見さんの自由です。すべてお任せします。それによって起きるすべてのことに責任を取る覚悟が私にはございます」医師らしからぬ低姿勢で丁寧な物言いから、神原の真摯《しんし》な気持ちが伝わってきた。

「たしかに覚悟は伺いました。これを部外者に託すということが、どれほど重大かは私もわかっています。軽々には扱わないつもりです。何か行動を起こす際には、神原さんにも連絡します。事後報告になることもあるかもしれませんが」

「そうしていただけるとありがたいです。正直、気になります。ただ、口出しはしません。すべてお任せします」

「わかりました」そういった後、行伸は表情を和ませた。「ありがとうございます」

神原の顔が歪んだ。「お礼なんて……」その後の言葉は続かなかった。

こうして萌奈の生物学上の母親が判明したわけだが、これからどうすればいいのか、行伸はすぐには答えを出せなかった。相手がどういう人間かわからないのだから、安易に連絡を取ることなど論外だ。

考えた末、それを調べてみようと思った。どんなところに住み、どんな暮らしをしているのか、家族はいるのか、等々。

会社が休みの日、神原から教わった住所に出向くことにした。本人に会おうとは思っていない。まずは住まいを確認できればいい。そうすれば生活水準が、ある程度はわかる。たぶん低所得層ではないだろう、と推察していた。『愛光レディスクリニック』の治療費は安くない。それ以前に、経済的余裕がなければ不妊治療を受けないだろう。

その想像は当たっていた。住所の場所は閑静《かんせい》な高級住宅街だった。

ただし、そこに建っていた家の表札は綿貫ではなかった。付近を歩き回ったが、その名字が出ている家はない。

困惑しながら歩いていると、一軒の家から主婦らしき中年女性が出てきた。急いでいる様子ではなかったので声をかけ、綿貫という家を探しているのだがといってみた。

ああ綿貫さんねえ、と女性は頷いた。

「引っ越されましたよ。もう何年も前になります。十年以上経ってるんじゃないかしら」

「引っ越し先は……御存じないですよね？」

「聞いてないです。そんなに親しくはしてなかったから。それに、訳ありみたいでしたし」

「訳あり？」

「離婚して、先に旦那さんが出ていかれたんですよ。しばらくは奥さんが一人で住んでおられましたけど、結局家を処分されたみたいです」

「お子さんは？」

行伸の問いに主婦は首を振った。

「子供はいなかったですよ。だから離婚もスムーズだったんじゃないですか。よく知りませんけど。ごめんなさい。ちょっと用があるので」

「あ、どうもすみません」

綿貫夫妻の人柄などを訊きたかったが、引き留める口実がなかった。

子供はいなかった、という話が引っ掛かっていた。皮肉なものだと思った。

神原の説明によれば、二つある受精卵のうち、成長の良いほうを保管庫に入れ、残る一つは処分する予定だったらしい。その残り物が移植された怜子は妊娠し、萌奈を産んだ。ところが成長が良好だったはずの受精卵を移植された綿貫弥生は、とうとう妊娠しなかったのだ。

もし受精卵の取り違えがなければ、萌奈は生まれてこなかったわけだ。そのほうがよかったのかと問われれば、行伸は途方に暮れるしかない。答えなど見つかりそうになかった。

神原に電話し、状況を報告した。当然のことながら、綿貫弥生が離婚したことも引っ越したことも神原は知らなかった。

「携帯電話の番号は変わってないかもしれませんが、いきなり私がかけるわけにもいきませんし、どうしようかと思いましてね」行伸はいった。

「いやしかし、私がかけるのも変です。今頃になって、何の用かと怪しまれてしまいます。最後に話したのは十五年ぐらい前ですから」

それはそうだろうなと思い、行伸は黙り込んだ。すると、「あっ、そうだ」と神原が発した。「一つだけ方法があります。うん、もしかするとうまくいくかもしれない」

「どんな方法ですか」

「何年か前にクリニックを建て替えたのですが、その時に保管期限の切れた個人情報を処分したんです。しかしそのことは伏せて、関連した書類を送付したいので現住所を教えてほしいと綿貫さんにいってみるんです。クリニックの固定電話からかければ、怪しまれることはないと思うのですが」

話を聞き、いいアイデアだと行伸も思った。やっていただけますか、と訊いた。私にできることなら何でも、と神原は答えた。

この方法は見事に成功した。数日後、神原から送られてきたメールには、世田谷区の住所が記されていた。離婚して旧姓に戻し、今では花塚弥生と名乗っているらしい。

次の休日、早速住所の場所を訪ねてみることにした。上野毛という地名で、マンションの一室のようだ。行ってみると奇麗なマンションで、生活が困窮している人間には住めそうにないと感じた。

問題はこの後だった。マンションのそばでいくら張っていたところで仕方がない。行伸は花塚弥生という女性の顔すらも知らないのだ。

興信所に素行《そこう》調査を依頼することを思いついた。学生時代からの友人に、飲食店を何軒か経営している人間がいて、新しく人を雇う時、興信所を利用することがあると聞いていた。そこを紹介してもらうことにしたのだ。

「誰の素行調査？　お嬢さんに彼氏でもできたの？」電話の向こうでにやにやしている友人の顔が浮かんだ。

「まさか。うちはまだ中学生だ。そうじゃなくて、親戚から頼まれたんだ。詳しいことは俺もよく知らない」

調査をする相手は五十歳過ぎの女性だというと、友人は途端に興味を失った口調になった。少々高くつくが仕事は丁寧で信用できる興信所だ、といって連絡先を教えてくれた。

早速電話をかけ、友人の名前を出してから用件を切りだすと話が早かった。その日のうちに打ち合わせをすることになった。花塚弥生の住所と電話番号を出し、職業や趣味、人間関係など、とにかくこの人に関することなら何でもいいので調べてほしいと頼んだ。

一週間後、調査結果を受け取った。報告書には、花塚弥生の日常生活の模様が網羅されていた。それにより、彼女が『弥生茶屋』というカフェを経営していること、そして未だに独身であり、どうやら交際している特定の男性もいないらしいと知った。

行伸はあれこれと迷った末、『弥生茶屋』を訪れてみようと決心した。自由が丘という町に足を踏み入れるのは、その日が初めてだった。

花塚弥生を見た瞬間、行伸は衝撃を受けた。疑う余地など微塵もなかった。萌奈が大人になり、さらに年齢を重ねたならば、きっとこういう女性になるだろうと思った。何より身体全体から発せられるオーラのようなものが、萌奈と同じだったのだ。それは、萌奈と日頃一緒に生活しているからこそ、感じ取れるものなのかもしれなかった。

その日以来、暇さえあれば店に足を運ぶようになった。弥生と個人的に言葉を交わすようになる頃には、彼女と過ごす時間が楽しくて通っていることを自覚していた。やがて、もしこの女性に萌奈の母親になってもらえたら、と考えるようになった。何しろ遺伝子で繋がっている本当の母娘なのだ。むしろ一緒に暮らすべきではないのか。

では自分が彼女と結婚すればいいのだろうか。そう考えると、途端に壁が高くなったように思えた。弥生には特定の男性はいないようだが、だからといって行伸の求婚を受け入れてくれるとはかぎらない。独り暮らしを続けているのは、彼女なりの人生観があるからかもしれない。それに萌奈の気持ちも考える必要がある。

あれこれ思い悩んだ末、ひとつの決断をした。

『弥生茶屋』の閉店間際に入ると、行伸は大事な話がある、と弥生にいった。余程緊張した顔つきになっていたのだろう、彼女の目に怯えの色が浮かんだ。

行伸は、『愛光レディスクリニック』の名を出した。十五年前、不妊治療のために通っていたのではないか、と尋ねた。

弥生は驚いた様子で瞬きした。なぜ知っているのかと訊いてきた。

「病院の関係者から教えてもらったからです。ある事情があって、僕はあなたを捜していました。この店に来たのは、たまたまではありません。あなたに会うため、あなたがどんな人かを確かめるためにやってきたんです。今まで嘘をついていました」

「どうして私を？」

それは、といってから行伸は深呼吸をした。彼女の目を見つめ、言葉を続けた。

「僕の娘の母親は、あなたかもしれないからです」

弥生の目が少し大きくなった。半開きになった口から、小さな声が漏れた。いわれたことの内容が理解できなかったのだろう。無理もないことだ。

「十五年前、僕の妻もあの病院に通っていました。そして体外受精によって、妊娠しました。ただしその直後、院長と担当医師から驚くべき話を聞かされました。妻のお腹に宿った子は、別の女性の子かもしれないというのです」

医師が受精卵を取り違えたおそれがあったこと、それでも妻の意思を尊重して産む決断をしたことを行伸は話した。聞きながら弥生は、自分がこの話にどう関わっているのか気づいたようだ。最初は戸惑っている表情だったが、途中から目に真剣な光が宿り始めた。

「二年ほど前に妻が息を引き取る直前、僕にいったんです。もし萌奈のためになると思うなら、本当のことを教えてやってもいいと。その後ずっと悩んでいたんですけど、娘への接し方で迷っているうち、いよいよその時が来たのかもしれないと思いました。そこで、まずは受精卵の主を調べることにしたんです。真実を本人に話せば、きっと実の親はどういう人間か、知りたがると思ったからです」

そこまで話した後、行伸は弥生の反応を待った。彼女がどんな態度を示すか、全く予想がつかなかった。悲しむだろうか。怒るだろうか。それとも——。

弥生の口元に笑みが浮かんだ。そして、どうでしたか、と尋ねてきた。

「取り違えられた受精卵の主、お嬢さんの生物学上の母親は、どういう人間だと汐見さんは思いましたか」柔らかく穏やかな口調だった。

「素晴らしい女性でした」行伸は真っ直ぐに彼女の目を見つめて答えた。「亡くなった妻も立派な母親でしたが、もしこの女性から生まれていたとしても、娘は幸せだっただろうと思えました」

弥生は微笑んだままだったが、眼差しがふっと悲しげに揺れた。「私のほうには病院から何の説明もありませんでした」

「処分される予定の受精卵だったから、説明する必要はないと思ったんでしょうね。でもあなた方の子供が、どこかで生まれる可能性があったのだから、やはり説明する義務はあったと思います。担当医師は神原という人です。話を聞きたいということなら、引き合わせることはできます」

弥生は頷き、考えておきます、と沈んだ声で答えた。だが結局彼女は最後まで神原に会いたいとはいわなかった。今さら言い訳を聞いたところで仕方がないと思ったのだろう。

それよりも彼女が会いたがった人物がいる。いうまでもなく、それは萌奈だ。会わせていただけるのでしょうか、と尋ねてきた。

「あなたが会いたいとおっしゃるなら、拒否する権利は僕にはありません。ただ、娘の気持ちを考えると、慎重に事に当たらねばと思います」

「ええ、それは同感です。本当のことを知って、一番ショックを受けるのは本人に違いありませんから。おそらく、私なんかが比べものにならないほどに。だから、今すぐに会えるとは思っていません。タイミングは汐見さんにお任せしますけど、じっくりと時間をかけたほうがいいと思います」

「僕は、とりあえず娘には何もいわずにここへ連れてこようかと考えているんです。そうして娘があなたと親しくなり、あなたを慕うようになれば、と思っているんですが」

弥生は苦笑し、首を傾げた。「そううまくいくでしょうか」

「だめですか」

「十代の感受性を見くびってはいけません。それに、お嬢さんが御自分の思うようにならないから、汐見さんは悩んでおられるのでしょう？」

鋭い指摘に返す言葉がなく、行伸は黙り込んだ。

「私は小細工《こざいく》は禁物だと思います。いずれ話すつもりなら、私と会う前に話しておくべきです。話さないままで私に会わせるのなら、この先もずっと話さない。そうすべきだと思いますけど」

「娘に本当のことを話さないという選択肢もあるというんですか」

「それは汐見さんがお決めになることとです」

「でもそれでは永遠に娘はあなたのことを母親だとは認識しないままです。それでもいいんですか」

「仕方ありません。お嬢さんを育てたのは汐見さん御夫妻です。私に選ぶ権利はないです」

寂しげに眉尻を下げた弥生を見て、行伸の胸は痛んだ。

「娘には話すつもりです。ショックを受けるでしょうが、真実を知ることで得られることも少なくないはずです。自分にはもう一人母親がいて、それがこんな素晴らしい女性だとわかれば、きっと勇気づけられると思います」

わかりましたと弥生はいい、俯いた。その姿勢のまま、しばらく動かなかった。やがて顔を上げた彼女は、にっこりと笑い、両手で自分の頰を包んだ。「今の気持ちを正直にいってもいいですか？」

行伸は当惑し、どうぞ、といった。彼女の正直な気持ちを聞きたかった。

「夢のようです」そういって弥生は目を輝かせた。「子供のことは、とうの昔に諦めました。『愛光レディスクリニック』で三度目の体外受精をしたのが最後です。それでできなかったら別れようという話が、当時の夫との間で交わされていました。結局、できなかったので離婚しました。それ以後、そのことは一切考えずに生きてきました。子供のいない人生だって悪くないと思っていましたから。だから自分の子供が、比喩《ひゆ》とかじゃなくて本当に自分の遺伝子を受け継いだ子供がこの世に生を受けていて、今も元気に生きているなんて、とても信じられません。夢のようだ、としかいいようがありません。夢なら醒《さ》めないでほしいと思います」ただ、といって彼女は目を瞬かせ、言葉を繋いだ。「やっぱり自分が産みたかったです。産んで、おっぱいをあげて育てたかった。育児の苦労を味わって、成長を喜びたかった」

落ち着いた口調だったが、心の叫びだと思った。悔しさと無念さで胸が張り裂けそうになっているに違いなかった。行伸は返す言葉など思いつかず、ただ小さく頷いた。

写真はないのかと弥生に問われ、スマートフォンを取り出した。そこに萌奈を撮影した画像が何枚か入っていたが、最近のものはなかった。撮る機会がなかったからだ。中学校入学前、制服を買った時に撮影したものが一番新しかった。

弥生は目を閉じて深呼吸をしてから画像を見た。息を呑む気配があり、続いて彼女の顔が白くなり、すぐに目の縁から赤みを帯び始めた。涙が溢れるまでに時間はかからなかった。ペーパーナプキンで目元を押さえ、すみません、と彼女は謝った。「すごくかわいいですね。かわいいし、賢そう。私が褒めるのは変なのかもしれないけど、きちんと育ててもらったおかげだと思います」

ありがとうございます、という言葉が行伸の口から自然に出た。「一日でも早く本人に会っていただけるよう、何とかがんばってみます」

だが弥生は首を横に振った。無理はしなくていい、というのだった。

「その代わり、遠くからでもいいので、萌奈さんの姿を眺められればと思います。そういうチャンスはないでしょうか。学校の行き帰りとか」

「それなら通学路なんかより、もっといい場所があります」

萌奈は中学でテニスを始めていた。学校のテニスコートは外から眺められる。

その日の話し合いは、そこまでだった。行伸は大きな仕事を成し遂げたような達成感を抱くと同時に、虚脱感も味わっていた。後戻りのできない道に足を踏み入れてしまった、という思いがあった。この先には萌奈との別れが待っているのかもしれない。しかし間違った選択ではないはずだった。

これでよかったんだよな――家に帰る途中、何度も問いかけた。その相手は、いうまでもなく怜子だ。あの世で彼女は優しく頷いてくれているような気がした。

それにしても花塚弥生の態度には驚かされた。全く知らないうちに自分の子供がどこかで生まれ、この世で生きていると知らされることは、男性の場合は起こりうる。

しかし通常、女性には起きない事件だ。話を聞いた弥生がどれほど取り乱すか、行伸にはまるで予想がつかなかった。行伸たちが意図的にしたことではないとはいえ、子供を奪われた怒りをぶつけられることも覚悟していた。

だが弥生は最後まで冷静だった。それどころか行伸や萌奈の心情を気遣ってくれさえした。

萌奈に本当のことを話すのが正解だなと改めて思った。あれほどの人格者の血を受け継いでいると知ることは、必ず彼女のためになると確信した。

とはいえ、やはり弥生が受けたショックは小さくなかったようだ。翌日から三日間、『弥生茶屋』は臨時休業をした。体調を崩していたようだ、と後日に常連客から聞いた。

だが弥生によれば、具合が悪かったのは最初の二日間だけで、最後の一日は外出したらしい。テニスの練習を見るために中学校に出向いたというのだ。

感激しました――『弥生茶屋』の閉店後に二人きりになった時、彼女は自分の胸を押さえながらいった。

「あの時に諦めた子供が立派に成長していて、子鹿のように元気よく駆け回っているんです。何だか眩しくて、まともに見ていられませんでした。とはいえ、目を離すこともできなかったんですけど」

怪しまれるとまずいので写真は撮らなかった、と弥生はいった。

「でも、しっかりと目に焼き付けておきました。もしどこかですれ違うことがあれば、必ず気がつく自信があります」弥生は誇らしげにいった。遠目からでも、血の繋がりを感じられたせいかもしれない。

少し痩せなきゃ、と彼女はいった。

「汐見さんの亡くなられた奥さんって、どうせ奇麗な方だったんでしょう？　本当の母親は、小太りで肌のたるんだおばさんだったと知れば、きっとがっかりするでしょうから」

弥生は決して太っていなかったので、そんな心配はいらないと思うと行伸はいったが、彼女は納得しなかった。

「最低でも三ヵ月、私に時間をください。その間に十キロ落とします」そういって自分の顔をマッサージし始めた。その目は真剣だった。

「それからもう一つお願いがあります」

ＤＮＡ鑑定をしてみたい、と弥生はいった。疑う余地はないと思うけれど医学的にもお墨付きがほしい、というのだった。

「十五年前、医学的なミスが起きたわけでしょう？　だからもう間違いのないことを確認しておきたいんです」

彼女のいうことは尤もだった。いずれ、やらねばならないことではあった。だが承諾しつつ、行伸の胸中は複雑だった。

DNA鑑定をすべきかどうか——それは萌奈がもっと小さかった頃、怜子がまだ生きていた頃から、行伸の頭にあったことだ。だがずっと踏みきれないでいた。たぶんこの子は自分たちの遺伝子を受け継いでいないとわかりつつ、それを確定させてしまうことには抵抗があった。その事実を受け止めるだけの覚悟がなかったのだ。

鑑定の結果は予想通りだった。萌奈が弥生の子供である確率は九十八パーセント以上で、行伸のほうは零パーセントだった。

皮肉な話だった。鑑定のために行伸が提出したのは、萌奈のへその緒だった。それは萌奈と怜子を繋いでいたパイプだったはずだ。それなのに、二人に親子関係がない証拠になってしまったのだ。

最早考えるべきことは、いつどうやって萌奈に真実を告げるかだった。行伸は頭を悩ませた。親子関係はぎくしゃくしたままで、日頃からろくに会話がない。そんな状況で、じつは本当の子供ではないなどといいだしたら、だから愛情を注いでもらえないのかと邪推されるに決まっている。行伸としては、まずはお互いの心を通わせてからと考えていたが、そこに至る方法が見つからず、焦っていた。

そうこうするうちに、愕然とする事件が起きた。弥生が殺されたのだ。

頭の中が真っ白になった。思い描いていた理想の構図が、根本から崩れてしまった。

萌奈に真実を語るべきかどうか、わからなくなった。本当の母親は殺されたと聞かされ、彼女の人生にプラスになるだろうか。

弥生に何があったのか、誰が彼女を殺したのか、行伸に思い当たることはなかった。ただし、弥生がジムに通い始めたことやエステサロンに入会した理由についてなら、じつは心当たりがあった。弥生は萌奈と会う日のために、より若く、より美しくなろうと努力していたのだ。その思いに胸が熱くなった。

あなたが話さないかぎり、真相は永久に謎のまま、すべてはあなた次第――松宮の言葉が耳に残っている。

21

会社帰りに寄った喫茶店で簡単な夕食を済ませ、綿貫が豊洲のマンションに帰ってきたのは、午後九時過ぎだった。自宅に戻るのは久しぶりだ。多由子が逮捕された二日後に家宅捜索に入られ、それからはビジネスホテルで寝泊まりしていた。警察からはすぐに部屋を使っていいといわれていたが、何となくその気になれなかったのだ。

部屋に入ってみると、特に異変はなかった。捜索といっても、警察は多くの荷物を持ち出したわけではない。多由子の衣類を少々と靴ぐらいだ。何のために必要なのか、説明はなかった。

ソファに座り、どことなくうらぶれた空気の漂う室内を見回した。この部屋に多由子が戻ってくることは、もうないのだろうか。

昼間、職場にやってきた松宮とのやりとりを振り返った。犯人は逮捕されたというのに、あの刑事は一体何のために捜査を続けているのか。余計なことまで調べて、どうしようというのか。もういいではないか。

綿貫は書類鞄を引き寄せ、内側のポケットから六枚の写真を取り出した。弥生が中学生だった時の写真だ。いろいろな角度から撮られているし、表情もすべて違う。
松宮は見抜いている。綿貫がなぜ無断で写真を持ち出したのか、わかっている。
あなたの目的は、この写真の少女に似ている女の子を捜し出すことでしょう？
――。

見事にいい当てられ、息が止まりそうになった。何のことやらさっぱりわからないといい張ったが、ごまかせたとは思えない。

これからどうなってしまうのか。全く予想がつかなかった。まさかこんなことになってしまうとは、弥生と会った時には想像さえしていなかった。

弥生から大事な話があるので会えないかと電話をもらった時、金の話かな、と思った。離婚した際、十分に話し合い、不公平のないように財産を分配したはずだった。弥生も納得していた。だが別れてしばらくしてから、綿貫のほうに別の資産があったことが判明した。一千万円ちょっとだから小さい額とはいえない。何かのきっかけでそのことを知った弥生が、今さら抗議するつもりなのかなと思った。

銀座の喫茶店で待ち合わせた。久しぶりに会った弥生は、十年前と殆ど変わっていなかった。むしろ身体が引き締まり、肌も若々しくなっているように見えた。そのことをいうと、ありがとう、と彼女は嬉しそうに表情を和ませた。

まずは近況を語り合った。カフェを経営していると聞いて驚いた。行動力があることはわかっていたが、そこまでとは思わなかった。

綿貫も自分のことを話した。弥生が反応したのは、同居中の女性がいるといった時だ。

「結婚は？　しないの？」

綿貫は首を捻った。「子供、やっぱりできなくてさ」

「彼女、何歳？」

「三十八」

「そうか。そろそろ厳しいね」

「ぼちぼち結論を出す時かなと思っている」

「また別れるの？　私の時みたいに」

「そういうことも考えなきゃいけないかなと思うわけだ。向こうは若い。まだやり直しがきく。俺以外の男となら子供ができるかもしれない」

綿貫が弥生と別れたのは、子供ができなかったことが大きい。元々、子供がほしくて結婚したようなものなのだ。二人だけでも十分に幸せで楽しいという夫婦がいることは承知している。しかし自分はそういうタイプではないと自覚していた。そのことを弥生もわかっていたから、最後の体外受精が不調に終わった時、これで終わりにしようという綿貫からの提案に、異を唱えなかったのだろう。

多由子と結婚していないのも同じ理由からだった。子供ができれば入籍するつもりだった。だが今のところ子宝には恵まれていない。

哲彦さん、と弥生が改まった口調でいった。彼女から名前で呼ばれたのは久しぶりなので、どきりとした。さらに彼女は続けた。「私たちに子供ができなかったのも、自分のせいだと思ってる？」

綿貫は肩をすくめた。「わからないけど、たぶんそうじゃないかなあと思っている。どうしてそんなことを？」

だが弥生はこの問いには答えず、「彼女、不妊治療はしてるの？」と訊いてきた。

いいや、と綿貫は首を振った。

「どうしてしないの？」

「どうせ無駄だと思うからだ」

すると弥生は背筋をぐいと伸ばし、思い詰めたような目を向けてきた。どうした、と綿貫は訊いた。

「とても大事な話がある。きっと、すごく驚く。信じられないと思う。でも事実なの。私が冗談やでたらめをいっているとは思わないで」

「何だ一体? 急に何の話をしようとしているんだ」

「だから子供の話。私とあなたの子供の話。そんなものはいないとあなたは思ってるでしょう? 当たり前よね、私もそう思ってた。ところがいるの」

今十四歳よ、といった弥生の顔を、綿貫は当惑して見つめた。彼女がいっていることの意味がわからなかった。二人の子供というのは何かの比喩だろうが、何を指しているのか思い当たらない。

受精卵、と弥生はいった。「受精卵が取り違えられたの。私たちの受精卵が、全く別の女性のお腹に入れられたそうなの」

えっ、と綿貫は声を上げた。「それ、いつの話だ?」

「十五年前。私たちが最後に体外受精をやった時。担当医がミスをしたのよ」

「ミス? 一体どんなミスだ? そんな話、聞いてないぞ。どういうことだ」

「落ち着いて。だからそれを今から話そうとしているんだから」

弥生によれば、数ヵ月前から店によく来るようになった男性客から、最近になって衝撃的なことを告白されたらしい。その内容とは、客の妻は十数年前に体外受精によって女児を出産していたが、じつは子宮への移植後に受精卵を取り違えたおそれがあると病院からいわれていたこと、それでも妻は産む選択をしたこと、そして子供の成長と共に、やはり取り違えが明白になっていった、というものだった。

話を聞き終えた後、綿貫はしばらく言葉が出なかった。自分たちの全く知らないところで自分たちの子供が生まれ、育っていた。そんな話をすぐに信じられるわけがない。

「たしかなのか？　何かの間違いじゃないのか」

すると弥生は、ＤＮＡ鑑定で確認したから、と呟くようにいった。

綿貫は混乱した。想像もしていなかった話だ。子供が存在するという事実には実感がまるでわかなかったが、理不尽な出来事が起きていたことには怒りが湧いた。

おかしいじゃないか、と彼は声を荒らげた。「こっちには説明が何もなかった。どうしてそういうことになるんだ？　病院は何かいってきてるのか」

弥生は眉をひそめ、大きな声を出さないで、といった。「病院とは連絡を取ってない」

「なぜだ？　抗議しなきゃいかんだろ？」

「そんなことしたって意味ないでしょ」

「どうして？　俺たちの子供が、他人の子供にされたんだぞ」

「それはそうだけど、もし取り違えがなかったら、その子は生まれてなかった。いったでしょ、処分される予定の受精卵だったって。そういう意味で、その子が生まれたっていうのは奇跡だと思うの」

冷静な口調で語られた言葉に、綿貫は反論が浮かばない。しかし釈然とはしなかった。

「それで弥生は、どうするつもりなんだ。その子を引き取るとでもいうのか」

綿貫の言葉に弥生は呆れたように苦笑した。

「そんなこと、私に決められるわけないでしょ。まだ本人は何も知らないのよ。真実を知ったら本人がどんな反応を示すか、全然わからない。先方と話し合って決めたことがある。とにかく本人の気持ちを最優先させるってこと。絶対に何も無理強いはしない。本人が会いたくないというのなら、それはそれで仕方がない。会ってくれる日が来るまで、我慢強く待つしかない。でももし会いたいといってくれたら、私は会いたい。何としてでも会いたい。でも――」そこまで話したところで弥生は言葉を切り、呼吸を整えるように大きく胸を上下させた。「その前に相談しておくべき人がいることを思い出したの」

綿貫は顔をしかめ、口元を歪めた。「元夫の存在は、すっかり忘れ去られていたというわけか」

「忘れていたというより、考えないほうがいいような気がしていた。あなたは新たな人生を歩んでいるだろうし、もしかすると家庭を築いているかもしれない。私が教えなければ、真実は永遠に知らないままでいる可能性が高い。でもやっぱり、知らせないままでいるというのは心苦しかった。だってその子は、あなたの子でもあるんだから。私に会う権利があるのなら、あなたにもある。何より、私の独断で、その子から本当の父親に会うチャンスを奪うわけにはいかなかった」

彼女の言葉を聞き、綿貫ははっとした。それまでは、頭の中に霞《かすみ》がかかっていたような状態で、思考が今ひとつうまく働いていなかったが、突然何もかもがはっきりし、自分の立っている場所が見えたような気分だった。

自分は誰かの父親なのだ、という至極単純なことに気づいた。

「会えるのか、その子に？」綿貫は訊いた。

「だから、それはまだわからない」弥生は答えた。「すべては本人次第。私たちは待つしかないの」

「だったら身元だけでも教えてくれ。名前は？　住所は？」

「ごめんなさい。それは教えられない」

「どうして?」

「教えたら会いに行く気でしょ? そんなことはさせられない」

「行かない。知っておきたいだけだ」

「だったら知らないままでいいじゃない。下手に知れば、会いに行きたくなるでしょ。その気持ちを抑えるほうが大変。そうは思わない?」

悔しいが弥生の言葉に反論はできなかった。たぶん自分は会いに行きたくなるだろうと予想がついた。

「本当に君も会ってないんだな」

「会ってない。遠くから見ただけ」

「見たのか。どっちに似ている?」

「どうかな。たぶん私だと思う。中学生の頃の私にそっくり」

そういわれても想像がつかなかった。

「写真、あるんだろ? 見せてくれ」

弥生は首を横に振った。「ないの」

「嘘つけ」

彼女は自分のスマートフォンのロックを解除し、綿貫の前に置いた。「信用できないなら、気が済むまで調べてちょうだい」

綿貫はため息をつき、スマートフォンを押し返した。「もし会えるとなれば、その時には、知らせてくれるんだな」

「そのつもりだから、こうして連絡したんじゃない。大丈夫、抜け駆けなんてしない。私が会う時には、必ず声をかけるから」

わかった、と綿貫は呟いた。それから改めて、約十年前までは妻だった女性の顔を見つめた。「妙な気持ちだ。俺たちの間に子供がいるなんて」

「私は夢のような話だと思ってる」

「夢か。たしかにそうかもしれないな」

会ったことのない娘の姿をぼんやりと思い浮かべた。親子三人で手を繋いでいる様子も想像した。十四歳だと聞いたが、綿貫の頭の中ではまだ幼い少女だった。そして顔にはモザイクがかかっている。

弥生と会って以来、このことが頭から離れなくなった。何をしている時でも、この世のどこかにいるはずの娘のことが気になってならない。街で十代前半と思われる少女を見かけるたび、一体どんな子に育っているのだろうかとあれこれ想像を巡らせた。

当然、自宅にいる時でも心ここにあらずという状態だ。多由子から頼まれていたことを忘れたり、宅配便が届くのがわかっていながら出かけてしまったりと、立て続けに失敗をやらかした。

「どうしたの？　このところ、ちょっとおかしいよ」多由子が眉をひそめて訊いてきた。

仕事の件で気になることがあって、といってごまかした。

しかし娘に会いたいという気持ちは、日に日に深まる一方だった。弥生から連絡が来るのを今か今かと心待ちにした。こちらから電話してみようかと何度も思ったが、抜け駆けなんてしない、という弥生の言葉を信じることにした。彼女にしても、落ち着かない日々を送っているに違いなかった。

養子縁組についてスマートフォンで調べたりもした。自分の都合だけで進められる話ではないと思いつつ、夢想せずにはいられなかった。

だが事態は思いがけない方向に展開した。警視庁の松宮という刑事がやってきて、弥生が殺されたと告げたのだ。

信じられなかった。一週間ほど前に再会した時のことを思い出した。弥生から聞かされた話は衝撃的なものではあったが、彼女自身がトラブルに巻き込まれている様子はなかった。

松宮という刑事は、綿貫が最近弥生に連絡を取ったかどうかを尋ねてきた。下手に隠すのはまずいと思い、銀座で久しぶりに会ったことは話した。ただし、用件については本当のことをいうわけにはいかなかった。弥生から連絡がなかったということは、先方の家ではまだ本人に真実が伝えられていないのだ。いくら捜査のためとはいえ、警察に無神経な対応をされたくなかった。

単なる近況報告だった、と説明した。松宮刑事は納得できない様子だったが、それで押し通した。

事件についても気になるが、綿貫としてはやはり娘のことを知りたかった。現在はどういう状況なのか。本人に真実は伝えられたのか。弥生が死んでしまい、相手のことが何ひとつわからなくなってしまった。

悩んだ末に思いついたのが、弥生の両親に連絡を取ることだった。老いた両親が宇都宮にいることはわかっている。

浮気が原因などで離婚したわけではないので、冷たくあしらわれることはないのではないかと思い、電話をかけてみた。かつての姑《しゅうとめ》の反応は期待通りだった。いろいろと大変なのではないかと心配になって電話をしたのだ、という綿貫の言葉を信用し、感謝の言葉を口にした。

「部屋や店のことも含めて、死後事務はすべて僕がやりますよ」

綿貫の申し出に、元義母は救われたような口調で何度も礼をいった。

早速宇都宮に出向いて弥生の両親に会った。綿貫が最後に会った時より、さらに痩せて年老いていた二人は、弥生の死によってすっかり生気を失っていた。彼等と話し合い、財産の処分や廃業手続きに必要な委任手続きを取り付けた。

綿貫がほしかったのは、『弥生茶屋』の顧客情報だった。その中に、自分たちの娘を育てた人物がいるはずだったからだ。

しかし警察のガードは堅かった。スマートフォンの情報だけでもほしいと頼んだが、捜査中を理由に頑なに拒まれた。仕方なく綿貫は、自分の記憶を頼りに、弥生がよく出入りしていた店に行ったり、知り合いのところを訪ねたりした。だが如何《いかん》せん十年の月日が経っている。最近の弥生を知る人間には出会えなかった。

綿貫が知りたかったのは、弥生が近頃になって頻繁に通うようになった場所だ。そこに自分たちの娘がいる可能性が高い。それを突き止めれば、見つけられる自信があった。その時こそ、弥生の実家からこっそりと持ち出してきた写真が役に立つはずだった。

ところが悪夢のようなことが起きた。多由子が逮捕されたのだ。

何かの間違いだとしか思えなかった。たしかに『弥生茶屋』のことは話したが、それだけだ。それなのに、なぜ多由子が弥生を殺すのか。どうせすぐに間違いだと判明し、釈放されるだろうと思った。

しかし事態は予想外の方向に進んだ。警察で事情聴取を受け、多由子が自供したことを知らされた。

なぜそんなことになったのか。綿貫は懸命に思考を巡らせた。考えられるとすれば、例の子供の存在しかなかった。あの問題を巡り、多由子と弥生の間に何らかのトラブルが生じたのかもしれない。

だが刑事と話しているうちに、多由子は、綿貫を弥生に奪われると思って刺した、とだけ語っているのではと気づいた。刑事は受精卵の取り違えについては一切触れないからだ。

多由子は子供の存在を知らず、殺人の動機に子供は関わっていないのか、知っているが黙っているのか。どちらかわからず、綿貫は迷った。警察に話すべきだろうか。

それはだめだ、と即座に判断した。大ごとになって、仮に報道でもされようものなら、少女の人生が壊れてしまうかもしれない。顔も知らない娘の人生が――。

22

玄関のドアを開けた瞬間、行伸は違和感を抱いた。いつもと何かが違う。靴を脱ぎながら考えたがわからない。萌奈の通学用の靴はきちんと揃えて置いてある。その横に自分の靴を並べた。

いつものようにすぐそばのドアを開け、自分の部屋に入ろうとした。だがふと気になり、廊下を進んだ。リビングルームの明かりは点いている。

中を覗いたが、萌奈の姿はなかった。食事は終わったらしく、ダイニングテーブルの上は奇麗に片付けられている。キッチンから水の音もしないから、食器も洗い終えたらしい。

行伸は萌奈の部屋に近づき、耳を澄ました。物音が全く聞こえてこない。

萌奈、と呼びかけてみた。しかし返事はない。

ドアノブに手をかけた。躊躇いつつ回し、ドアを開いた。勝手に開けないでっ、という罵声は飛んでこない。

部屋の明かりは点いていたが、萌奈はいなかった。机の上には開いたままのノートが載っている。

行伸は踵を返し、玄関に向かった。途中、トイレと洗面所を確認したが、どちらも電気が消えたままだ。

玄関のクロゼットを開けた。萌奈の靴がいくつか並んでいる。最近どんな靴を履いていたか、はっきりとは思い出せない。しかし棚には一足分のスペースが空いていた。

行伸はポケットからスマートフォンを取り出し、萌奈の番号にかけた。間もなく呼出音が聞こえてきたが、電話は繋がらなかった。

時刻を見ると午後九時を過ぎている。こんな時間にどこへ出かけたのか。

再びリビングルームに戻った。萌奈の行き先を教えてくれるものがないか、確かめるためだった。しかし書き置きなどはなかった。

玄関に向かいながらもう一度電話をかけてみたが、結果は同じだった。

居ても立ってもいられず、靴を履いて部屋を飛び出した。だがマンションの外に出たところで足を止めた。どこを捜せばいいのかわからなかった。

こんな時間に萌奈が行きそうなところ――懸命に頭を捻った。勉強の途中で出かけたということは、何か必要なものがあり、それを買いに行ったのか。文具か、あるいは書籍か。電池の可能性もある。

行伸は足早に歩きだした。コンビニかもしれないと思ったからだ。この近くには、いくつかある。

一軒目を見つけると、中に入り、店内を歩き回った。萌奈の姿がないので、すぐに店を出た。男性店員が怪訝そうにしていたが、気にしていられない。

すぐに二軒目を目指した。だが歩きながら不安になってきた。こんな捜し方では、すれ違いになってしまうおそれがあると思った。闇雲に捜し回るより、部屋で待っていたほうがいいのではないか。もし何らかのトラブルや事故に巻き込まれていたとしたら、自宅の固定電話に連絡がくる可能性が高い。

迷った末、来た道を引き返すことにした。考えれば考えるほど、部屋を出たことが軽率に思えてきた。途中から、駆け足になっていた。

その足を止めたのは、マンションの前まで戻ってきた時だ。ピンク色のパーカーを羽織った萌奈が、反対側からとぼとぼと歩いてくるのが見えた。

萌奈っ、と呼びながら駆け寄った。萌奈はぎくりとしたように立ち止まった。持っていた何かを背中の後ろに隠した。

「こんな時間にどこへ行ってたんだ？」

行伸の問いかけに萌奈は答えない。ふて腐《くさ》れたように横を向いた。

「答えなさい。どこで何をしていたんだ？　どうして電話に出ない？」

萌奈が上目遣いに睨んできた。「お父さんには関係ないよ」

「何をいってる。心配をかけてるじゃないか」行伸は娘に一歩近づいた。「後ろに隠しているものは何だ」

萌奈は後ずさった。「何でもない」

「だったら見せなさい。何だ？」

「やだっ」

「見せなさいっ」

行伸は萌奈の肩を摑み、後ろを向かせようとした。彼女が持っているものは白いポリ袋だった。それを奪おうとした。

「嫌だっ、やめて」

「見せるんだっ」

無理矢理奪おうとした時、萌奈の手からポリ袋が離れた。地面に落ち、中に入っていたものが転がった。

それが何なのか、一瞬わからなかった。気づいたのは、あわてた様子で萌奈が拾い上げた時だった。はっと息を呑んだ。

生理用のナプキンだった。

言葉が出ず、行伸は立ち尽くした。その隙をつくように萌奈はマンションに向かって駆け出した。その背中が消えるのを、行伸は呆然と見送った。

萌奈に初潮が訪れていたことなど、全く知らなかった。考えておくべきなのに、まるで頭になかった。いつの間にか娘は、子供を産める身体になっていたのだ。

行伸は重い足取りで歩きだした。様々な思いが去来《きょらい》した。その多くは後悔であり、言い訳であり、逃避だった。こんな時、もし怜子がいてくれたら――その思いが最も強かった。

玄関のドアには鍵がかかっていなかった。靴脱ぎにスニーカーが転がっている。行伸は廊下を進み、リビングルームに入った。隣室のドアは、ぴたりと閉じられている。

部屋に近づき、ノックをした。「萌奈、ちょっといいか」

「開けないでっ」萌奈の、ややかすれた声が返ってきた。

行伸は呼吸を整えた後、悪かった、と声を張った。「そういうことだとは全然知らなくて……本当にすまなかった。謝るよ」

だが返答はない。怒りが鎮まらないのだろう。

諦めてドアの前から離れようとした時、「いいの」と聞こえた。「わかってるし」

「何を？」

尋ねたが返事がない。

「何をわかってるんだ？」

しばらくして、お父さんが、と聞こえた。「萌奈を嫌ってること」

「嫌ってる？」行伸は眉根を寄せた。「何、馬鹿なことをいってるんだ。そんなわけないだろ。どうしてお父さんが萌奈を嫌うんだ」

「だって、萌奈……お父さんの子供じゃないんでしょ」

行伸は目を剝いた。衝撃のあまり、声を出せなくなった。

なぜ知っているのか――。

「やっぱりそうなんだ。昔から変だと思ってた。だって、全然似てないってみんなにいわれるもん。目も鼻も口も、少しも似てないって。あたしもそう思ってたもん」萌奈は泣き喚くように続けた。

「いや……それは……」

何といえばいいのか。どう説明すればいいのか。こめかみから冷や汗が出た。

「悪いのはママでしょっ？」

萌奈の言葉に当惑した。意味を計りかねて沈黙していると、娘は思いがけないことをいいだした。

「萌奈は、ママがほかの人と浮気してできた子なんでしょ。だからお父さんは萌奈のことが嫌いなんだ。憎くて仕方ないんだ」

行伸は愕然とした。何という誤解。こんな状況でなければ笑い話にできるかもしれない。

「な……何をいってるんだ。おかしなことをいうんじゃない」行伸はドアノブを回した。しかし鍵がかけられていて、ドアは開かなかった。

萌奈っ、と叫んだ。「とにかく開けなさい」

「いやだっ、もういい。あっち行って」

行伸は頭に血が上った。思考が乱れる中、なるほどな、とやけに冷静に分析している部分もあった。

親と外見が似ていないことを、萌奈本人が気にしていないはずがなかったのだ。母親が違うとは、ふつうは考えない。あり得るとすれば父親のほうだ。だが怜子が生きているうちは、そんなおかしな想像など笑い飛ばしてくれていたかもしれない。ところが頼みの母親がいなくなり、父親の態度がよそよそしくなっている今、想像は確信に変わったのだろう。そういう危険性があったことに気づかなかった自分の迂闊さが呪わしかった。

行伸は、萌奈、と静かに呼びかけた。「お父さんの話を聞いてほしい」

「聞きたくない」

「いや、いつかは話しておかなきゃいけないことだ。今がその時なのかもしれない」

返事はない。しかし萌奈が耳を傾けている気配があった。

「生理、来てるんだな」

やはり無言。眉をひそめている顔が目に浮かぶ。

「女性の身体とか、妊娠についてとか、学校で習っただろ？　受精卵って言葉、聞かなかったか」

行伸は目を閉じ、深呼吸を何度か繰り返した。唇を舐め、口を開いた。

「その受精卵をな、お医者さんが間違えたんだ」

自分が発した言葉に動揺し、心臓の鼓動が速くなった。とうとう話してしまった。

もはや後戻りはできない。

しばらくしてドアの向こうから小さな物音が聞こえた。かちりと錠の外れる音がして、ドアがゆっくりと開いた。

萌奈が立っていた。赤く充血した目を真っ直ぐに向けてきた。行伸は唾を呑み込み、それを正面から受け止めた。

娘の目から逃げずにいるのはいつ以来だろう、と思った。

23

事件発生以来、もう何回目になるだろうと思われた捜査会議は、これまでで最短の時間で終了した。特捜本部は間もなく解散される見込みだ。残った仕事は後始末の色合いが強く、多くの捜査員たちは自らの報告書作りに追われている。犯人逮捕に直接結びつかなかった活動内容であっても、基本的には記録として残さなければならない。

そんな気持ちの乗らない作業に向き合うために席についた途端、肩をぽんと叩かれた。後ろに立っていたのは加賀だ。

「ちょっと付き合え」そういうと返事を聞かずに歩きだした。

松宮は急いで後を追った。加賀は足早だ。講堂を出たところでようやく追いついた。

「あっちのほうの話はどうなってる？　その後、先方から何かいってきたか」前を向いて歩きながら加賀が訊いてきた。

「先方って？」

「金沢のほうだ。連絡はなしか」

ああ、と松宮は頷いた。事件に関する話ではなかったのだ。

「先日、芳原さんから電話がかかってきた。大事な話があるので、なるべく早く会いたいってことだった」

「大事な話？」

「母さんが隠していることに関係しているかもしれないそうだ」

「ほう、それは気になるな。で、何といったんだ」

「事件が一段落したら、こちらから連絡するといっておいた」

「ふうん、なるほど」

警察署を出ると、環状七号線沿いにある喫茶店に入った。ランチメニューも充実していて、松宮も何度か利用したことがある。

窓越しに通りを眺められるテーブル席が空いていた。そこに腰を落ち着けてから、二人ともコーヒーを注文した。

「それで、いつ会うんだ？」

「会う？　誰と？」

「芳原さんだ。連絡したんじゃないのか？」

「いや、まだしていない」

加賀は探るような目を向けてきた。「なぜしない？」

「いや、だってそれは……まだいろいろとやることがあるから」言葉を濁した。

「いろいろとは何だ？　犯人は捕まった。一段落したも同然じゃないのか」

「まあ、それはそうだけど」

ちょうどその時、コーヒーが運ばれてきた。松宮は窓の外に目を向けた。

「長谷部君から聞いた。おまえ、形式的な裏取りを全部彼に任せて、このところ単独で動き回っているそうだな。何を追っている？」

松宮は加賀のほうに顔を向け、口元を緩めた。

「別に何も追ってない。報告書をまとめるにあたって、細かいところを追加で調べているだけだ。よくあることじゃないか」

「たとえばどんなことだ？　いってみろ」

松宮はゆっくりとコーヒーを飲んでから、ふっと息を吐いた。

「どうして恭さんがそれを気にするんだ？　事件が解決したと思っているのなら、俺がどこで何をしていようがどうでもいいはずだ」

するとか加賀は窪んだ眼窩の奥から、じっと睨んできた。「ふん、やっぱりな」

「何だよ」

「おまえ、何か隠してるな。このところ、様子がおかしいと思ってたんだ。宇都宮へ花塚弥生さんの実家を訪ねていったあたりからだ。俺のことを避けてただろ」

「そんなことはない」

「とぼけるな。俺の目をごまかせると思うか。おまえ、ずっと汐見行伸氏のことを気に掛けてたな。汐見氏は事件とは無関係のはずだが、何か見つけたのか」

松宮は再びコーヒーを飲み、手の甲で口元を拭った。「恭さんはどうなんだ？」

「何が？」

「今度の事件のこと。すべて解決したと思ってるのか？」

「質問してるのは俺のほうだ」

「恭さんが、これで全部片付いたと思っているとは、とても信じられないんだ」

すると加賀はげんなりしたように唇を曲げ、吐息を漏らした。

「おまえのいう通りだ。少しも納得していない。中屋多由子が犯人だというのは間違いないだろう。だけど彼女にはまだ隠していることがあるように思えてならない。あの局面で、あんなふうにあっさりと自供した理由が何かあるはずなんだ。そんなふうに考えていたら、刑事の一人がおかしな動きをしていることに気づいた」松宮の顔を指差してきた。「こいつは変だ、もしかすると何かあるなと思うのがふつうだろ」

「そんなものがあるなら、その刑事がすぐに報告するはず……とは考えないのか」

加賀は松宮を見据えたまま、コーヒーカップに手を伸ばした。一口啜ってから、たしかに、と呟いてカップを置いた。「その疑問はある。刑事の中には、手柄を横取りされないよう情報を独り占めにする者もいるが、おまえはそういうタイプじゃない」

「そんなセコいことはしないよ」

「そうだな。さて、では松宮刑事の腹の中には、どんな企みが秘められているのか」

加賀がテーブルに肘をつき、少し身を乗り出してきた。「そして、なぜ報告しないのか」

松宮は軽く目を閉じて深呼吸し、ふっと肩の力を抜いてから瞼を開いた。「話を戻してもいいかな」

「戻す？　どこに？」

「俺の話に。金沢にいるという、俺の父親のことだ」

加賀は怪訝そうに眉をひそめ、話題を変えた松宮の狙いを探ろうとするように顔を眺めてきた。「聞こうか」

「自分の本当の親は別にいると知ることは、本人にとって幸せなことだろうか。真相を知っている者は、本人に教えてやるべきだろうか」

加賀は少し黙ってから口を開いた。

「おまえはどうなんだ？　父親の話を聞いて、どう思った？」

「正直なところ、よくわからない。知らないままでいたほうが気が楽だったという思いがある一方で、知ってしまった以上は、とことん本当のことを確かめたいという気持ちも強い。複雑だよ。はっきりしているのは、決して小さな出来事ではない、ということだ。人によっては、そのことで人生が左右されるかもしれない」

「もちろんそうだろうな。それで？　何がいいたい？」

「だから思うんだ。他人の秘密を暴くことが常に正義なんだろうかって。親子関係に関わることなら尚更だ。警察に、そんな権利があるんだろうか。たとえ事件の真相を明かすためであろうとも」

加賀の顔から表情が消えた。しかし眼光は、より鋭くなったようだ。

「どうやら、単におまえ自身の話をしているわけではなさそうだな」

松宮は背筋を伸ばした。「こんなふうに迷う俺は、刑事失格かな」

だが加賀は即答せず、コーヒーカップを口元に運んだ。悠然とした様子でコーヒーを何口か続けて飲み、カップを置いた。

「そういうことなら話は別だ。さっきまでのことは忘れてくれ」

「さっきまでのことって？」

「おまえが何を隠していようと、今後、俺のほうから問い詰めたりはしない」そういうと加賀はテーブルの伝票を手にし、立ち上がった。

松宮も腰を上げた。「待ってくれ。どういう意味だ」

「すべての判断はおまえに任せるといってるんだ」

「俺に……」

松宮、と加賀が見つめてきた。「おまえ、いい刑事になったな」

予想外の言葉に当惑した。「皮肉かよ」

違う、と加賀は真顔で答えた。

「前にいわなかったか。刑事というのは、真相を解明すればいいというものではない。取調室で暴かれるのではなく、本人たちによって引き出されるべき真実というものもある。その見極めに頭を悩ませるのが、いい刑事だ」

そういう意味の台詞を、かつてたしかに加賀の口から聞いた覚えがあった。松宮は咄嗟に返す言葉が浮かばなかったが、自分の悩みを肯定してもらえたことは嬉しかった。

「大事なことは、自分の判断に責任を持つ覚悟があるかどうかだ。場合によっては、真実は闇のままってこともあり得るからな」

かくご、と松宮は口の中で呟いた。

「じゃあ、また後でな」加賀はくるりと背を向け、伝票を手にレジに向かった。

松宮は腰を下ろした。従兄であり先輩刑事でもある人物からの言葉を嚙みしめた。重たく、深いが、温かみのある激励とも受け取れた。

その通りだ、と思った。大事なのは覚悟だ。今の自分にそれがあるだろうか。

宙の一点を見つめ、頷いた。カップに残ったコーヒーを飲み干すと、近くに人がいないことを確かめてからスマートフォンを取り出した。最近登録したばかりの芳原亜矢子の番号に発信し、耳に当てた。

呼出音が三度聞こえた後、電話が繋がった。はい芳原です、という声に力が籠もっている。松宮からだとわかっているからだろう。

「松宮です。ちょっとよろしいでしょうか」

「はい、大丈夫です」

「先日の件です。大事な話というのを伺いたいのですが」

「わかりました。いつがよろしいですか」

「いつでも結構です。芳原さんに合わせます」

「だったら、明日はいかがですか。明日の夜十時に前回と同じ店というのは」

「了解しました。遅れないよう伺います」

「無事に終えられたんですね」

「はっ？」

「お仕事。捜査に目処が立てば連絡するとおっしゃってたので」

ああ、と松宮は頷いた。

「はい。もう終わりました。捜査することは何もありません」

「それはそれは、おめでとうございます」

「ありがとうございます」

では明日の夜に、といって電話を終えた。

スマートフォンをしまい、立ち上がった。店を出ると、両腕を上げ、思い切り身体を伸ばした。捜査することは何もありません――そう口にした瞬間から、何かから解放されたような清々しさが胸中を支配していた。芳原亜矢子の話がどういうものかは気がかりだが、今はこの感覚に浸っていたかった。

ところが――。

警察署に戻ろうと松宮が歩き始めた直後、スマートフォンに着信があった。見たことのある番号で、はっと息を呑んだ。

「はい、松宮です」

「あ……あの、私、汐見です」

「はい。先日は失礼しました」

「いえ、私のほうこそすみませんでした。勝手に帰ってしまって……」

汐見が詫びてきたことで、予感が働いた。どうかなさいましたか、と訊いた。

「じつは折り入ってお話ししたいことがあります。お時間、いただけないでしょうか」

「それは、お嬢さんのことでしょうか」

数秒間沈黙が続いた後、はい、と低い声がいった。「萌奈のことです。萌奈の出生に関わる話です」

松宮は、ふうーっと息を吐いた。「こちらは今すぐでも構いません」

「そうですか。それでは――」

汐見は一時間後に会うことを提案してきた。場所は先日のカラオケ店だ。

承知しました、といって電話を切った。

再び松宮は歩きだした。汐見の用件は、ほかには考えられなかった。おそらく真実を告白する決心をしたのだろう。もしかするとすでに萌奈本人には話したのかもしれない。彼女の反応がどんなものだったか、そしてその後親子の間にどのようなやりとりがあったのか、是非とも聞いてみたかった。

それにしても、と松宮は一人苦笑した。墓場まで秘密を持っていく覚悟をした途端にこれだ。ちっとも格好がつかない。もう少し孤独なヒーロー気分に浸っていたかった。加賀に話したら、きっと笑われるだろう。

だけど俺らしい結末かな、とも思った。

24

あなたに読んでいただきたいものがある、といって封筒を差し出してきたのは、多由子を担当している検事だ。四十歳ぐらいの男性で、顔が丸い。話し方も穏やかなので、この検事調べという手続きは、さほど苦痛ではなかった。

「今、ここで読むんですか」

多由子が尋ねると、はい、と検事は頷いた。

封筒を受け取り、中から便箋《びんせん》を出した。それを広げた瞬間、どきりとした。そこに書き込まれた字は、綿貫哲彦のものに相違なかった。

多由子へ、という書き出しから始まっていた。

『多由子へ

手紙を書いたのは、大事なことを伝えたいからだ。

松宮という刑事を覚えてるかな。彼から、ある男性を紹介された。とりあえずSさんということにしておく。

そのSさんは、弥生が経営していたカフェのお客さんだ。

そして弥生と深い関わりのある、一人の女の子を育ててきた人だ。戸籍上は、その子の父親ということになる。

Sさんと会い、いろいろと教えてもらえたから、おれはこれまで隠していたことを、全部松宮刑事に話したよ。

弥生がおれに会いにきた理由や、その時に話したことも全部打ち明けた。松宮刑事によれば、多由子も本当のことを語っていない可能性があるということだった。もしかしたらおれと同様に、隠さなければならないと思っていることがあるんじゃないかって。

このままでは裁判が始まっても、真相がはっきりしないことになる。それでもいいのかときかれて、それは困ると答えた。

すると松宮刑事は、だったら手紙を書いてほしいといった。もしSさんとその娘さんのためを思って隠していることがあるのなら、もうそんな必要はないってな。

多由子、そうなのか。あの人たちのために隠していることがあるのか。

だとしたら、もうその必要はないからな。正直に全部話してくれ。多由子のことだ、きっと、やむにやまれぬ事情があったんだろ。そういうことを何もかもぶちまけたほうが、裁判でもみんな少しはわかってくれると思う。

留置場って寒いんじゃないのか。身体は壊していないか。何か必要なものがあればいってくれ。差し入れするから。

哲彦』

手紙を何度か読み返した後、多由子は項垂れた。涙が止まらなくなっていて、ぽたぽたと床を濡らした。

いかがですか、と検事が訊いてきた。

「その手紙を読んで、もしこれまでの供述内容の中に変更しようと思う点があるのなら、いってください」

多由子は顔を上げた。嗚咽を堪え、はい、と答えた。「変更します」

「どの部分ですか」

「あ……あたしが……花塚さんを……刺した理由とか、それから、えっと……」息を整えて続けた。「その前に、昔のことを少し……。それを話さないと、わかってもらえないと思うから」

25

多由子は名古屋《なごや》で生まれた。両親と兄との四人暮らしだった。

幼い頃、我が家はお金持ちだと思っていた。マンションは奇麗で広かったし、父は高級車をしょっちゅう買い換えていた。母も洋服やバッグを買い集めるのが好きで、クロゼットはいつもそれらでいっぱいだった。多由子たちも欲しいものは何でも買ってもらえた。週に何度かは外で食事をした。夏休みにハワイへ連れていってもらったこともある。日本中がバブル景気に沸《わ》いていた時代だったが、それにしても中屋家の羽振りの良さは際立っていた。よく学校の友達から、「多由ちゃんちは大金持ちでいいね」といわれた。

状況ががらりと変わったのは、多由子が小学三年生の時だ。いろいろな人々が、しょっちゅう家を訪ねてくるようになった。見たことのある人もいれば、まるで知らない人もいた。誰もが仏頂面《ぶっちょうづら》で、全く笑おうとしなかった。両親も暗い顔で項垂れたままだ。時折、母は泣いていた。

やがて家族全員で引っ越すことになった。突然の話で驚いた。学校も移らねばならなかったが、お父さんの仕事の都合、としか説明されなかった。引っ越してみて、さらに愕然とした。古くて小さなアパートだったからだ。しかも台所以外には一部屋しかない。

ある夜、二つ年上の兄が、父が会社を辞めたことを教えてくれた。しかも正しくは辞めたのではなく、辞めさせられたというのだった。

父が働いていたのは地元の産業機器メーカーだった。その会社で父は、お金を扱う仕事をしていたらしい。ケイリやオウリョウといった言葉を兄は使ったが、どんな漢字を書くのか、どういう意味なのか、その時の多由子にはわからなかった。

兄によれば、父は会社のお金を自分のものとして使ったらしい。そのお金を元手に株やゴルフ会員権、不動産を売買し、儲けたお金でマンションや車を買ったり、家族に贅沢をさせていたというのだ。

金額を聞き、多由子は青くなった。二億円以上だというのだ。ゼロの数を思い浮かべるだけでくらくらした。

「だからもううちにはお金はない。貧乏になったんだ」

程なく、この兄の言葉が現実になった。食卓に並ぶ料理は貧相になり、新しい服を買ってもらえなくなった。

父と母は喧嘩《けんか》ばかりしていた。大抵はお金のことが原因だ。

多由子が中学に上がる直前、両親は離婚した。多由子と兄は、父方の祖母が独り暮らしをしている豊橋《とよはし》の家に預けられることになった。

「あんたたちを連れていきたいけど、今は養ってやれない。お母さんの生活が安定したら、迎えにくるからね」

ずだ。

別れ際に母が発した言葉に、たぶん嘘はなかっただろう。母は母なりに辛かったは

しかし結果的に、この約束が果たされることはなかった。母は知り合いの居酒屋で働いているうちにそこの店長と深い仲になり、やがては一緒に住み始めた。おかげで多由子たちと会う頻度はめっきり減った。たまに会うたび母の化粧は濃くなっていた。それについて兄は、気持ちが悪いといった。

多由子たちの新生活は、あまり楽しいものではなかった。祖母は意地悪な人ではなかったが、さほど優しくもなかった。元々母と折り合いが悪く、疎遠になっていた。突然孫たちの面倒を押しつけられ、明らかに迷惑そうだった。多由子たちが自分のことは自分でし、家事を手伝っても、褒められることなどなかった。逆に少しでも粗相《そそう》をすると、頭の悪いところが母親にそっくりだ、などといわれた。

父はふだん別のところに住んでいて、たまに現れた。どこで何をしているのか、全くわからなかった。祖母は父の顔を見るたび、お金が足りん、とこぼした。前に渡しただろうが、あんな端金《はしたがね》すぐにのうなった、贅沢しとるんじゃないのか、そんなわけあらすか——多由子が学校から帰ってくると、二人が三河《みかわ》弁で怒鳴り合う声が家の外にまで聞こえてくることがあった。

そんなふうにして数年が過ぎた。母とはめったに会わなくなっていたし、父と会っても口をきかなくなっていた。

兄は高校を卒業すると、寮のある会社に就職した。

「俺はもう帰ってこないと思う」家を出る直前、兄は多由子にいった。「自分の身は自分で守るしかない。誰も当てにできん。おまえも自分のことだけ考えたほうがいいぞ」

そんなことをいわれなくてもわかっている、と多由子は思った。

それでも楽しいこともあった。高校に入って間もなく、中学時代の先輩に告白され、交際し始めたのだ。背が高く、革ジャンの似合うかっこいい男子で、多由子も憧れていたから嬉しかった。毎日のように会った。家は歯医者で、彼には自室が与えられていた。その部屋で多由子は処女を失った。彼も初体験だったらしい。じきに二人はセックスに夢中になった。

避妊らしきことはしていたが、かなりいい加減だった。案の定、生理が来なくなった。妊娠検査薬は出回っていたが、薬局で買う勇気が出なかった。

そんなある朝、食事中に急に気分が悪くなった。トイレで吐こうとしたが、何も出ない。外に出ると祖母が立っていて、険しい目を向けてきた。

「多由子、病院に行こまい」

返す言葉が思いつかずに立ち尽くしていると、祖母は急に穏やかな顔になった。

「行こまい。お婆ちゃんがついてってやるから」

「お婆ちゃん……」

「歯医者のせがれだろ？　たわけだっちゅう話だ。好《す》いてしまったのは仕方ないけど、産むわけにはいかんだら？」

驚いたことに祖母は、孫娘の身体の異変に気づいていたのだ。ある意味本人以上に。

祖母に連れられ、病院に行った。やはり妊娠していた。その場で中絶することを決めた。病院の医師は驚かなかった。近頃の馬鹿な女子高生にはよくあること、という態度だった。

風邪を理由に学校を三日間休んだ。その間にすべてが終わった。救いだったのは祖母が優しかったことだ。手術費用も出してくれた。

このことは父には伏せられた。話したところで意味がない、と祖母はいった。

「そんなことより、歯医者の息子と会うのは、もうやめまい。女の身体を玩具《おもちゃ》にすることしか考えとらん、とんだたわけだで」

うん、と答えたが、多由子は決心がつかなかった。彼を好きだという気持ちには変わりがなかった。だから電話で誘われると、祖母に黙って会いに行ってしまった。

彼には妊娠のことも中絶したことも話していなかった。何も知らない彼は、相変わらず旺盛な性欲を多由子にぶつけようとした。だが彼女がセックスに応じないでいると、駄々っ子のように怒りだした。やむなく本当のことを話すと、途端に彼は青ざめた。さすがにもう求めようとはしなかった。

そしてそのまま連絡もなくなった。たまに町で見かけたが、彼は多由子に気づくとそそくさと逃げるのだった。

その後ほかの男子と交際することはなく、親友と呼べるほどの仲間との出会いもなく、無味乾燥な時間が流れていった。

時折、堕《お》ろした赤ん坊のことを思い出した。産んでいたらどうなっていただろうという想像は、いつも多由子を混乱させた。あの時にはああするしかなかったと頭ではわかっているのだが、正しい道を選んだような気持ちになれないのはなぜだろうか。赤ん坊を連れている女の人を見ると胸が痛んだ。生きている資格がないような気がして、一日中落ち込むこともあった。

やがて三年生になり、卒業後のことを考えねばならなくなった。大学進学など夢のまた夢と諦めていたので、就職するしかない。

いくつかの会社を受けてみて入社することになったのは、東京の調布市にある食品メーカーだった。古いが社員寮がある。多由子がよく知っているレトルト食品を作っているという点が決め手になった。

初めての給料を貰うと、冷え性で悩む祖母のために膝掛けを買い、豊橋に帰った時に渡した。祖母は皺だらけの顔をさらにくしゃくしゃにし、目を潤ませて喜んでくれた。祖母の涙を見たのは、それが初めてだった。中絶した時にも思ったことだが、本当は優しい人だったのだ。

ある日、多由子が電話をかけると祖母の様子がおかしい。聞けば風邪で高熱を発しているという。祖母は心臓に持病を抱えていた。

翌日、もう一度電話をかけたが、今度は出なかった。心配になった多由子は、会社を休んで様子を見に行った。祖母は狭い和室に敷かれた布団の上で冷たくなっていた。

久しぶりに現れた父が発した台詞は、「下手に寝たきりとかにならなくて助かった」だった。多由子は殺意を覚えた。もし身近に刃物があったならば、刺していたかもしれない。

兄にも電話で知らせたが、帰ってこなかった。

豊橋の家は父が処分した。いくらで売れたのか訊くと、二束三文《にそくさんもん》だ、という答えしか返ってこなかった。子供に分配する気はないようだった。

もう自分には帰る場所がないのだな、と多由子は思った。

それから数年間は、社員寮から狭いマンションに引っ越した以外、大きな変化はなかった。何人かの男性と付き合ったが、いずれも長続きはしなかった。多由子が将来について尋ねると、皆、言葉を濁した。多由子は結婚がしたかった。家庭というものに憧れていた。それを与えてくれるなら、好みのタイプでなくても構わないと思っていた。

ある時、本社から一人の男性研究員がやってきた。生産ラインに関するデータを取りたいそうなので手伝うように、と多由子は上司から命じられた。男性研究員はにっこりと笑い、よろしくといった。目尻の皺と白い歯が印象的で、多由子の好みのタイプだった。

データ収集は、なかなか大変な作業だった。就業時間内に終わらないこともしょっちゅうだ。ある時、申し訳ないから食事を奢《おご》るよ、といわれた。連れて行かれたのは日本料理の店で、彼は個室を予約していた。

彼は話題が豊富な上に、聞き上手でもあった。多由子の愚痴を丁寧に聞いてくれた。

楽しい時間だったが、一つだけショックなことがあった。彼は妻帯者だった。幼稚園に通う息子もいるらしい。もっとも独身だったとしても、本社のエリートが自分なんかを選ぶわけがないとも思った。

ところが食事を終えて帰ろうと立ち上がった直後、不意に彼が近寄ってきた。キスをするつもりだと気づいたが、多由子は抵抗しなかった。それどころか彼の背中に腕を回していた。

また今度ね、と彼はいった。はい、と多由子は頷いていた。

それから二人の関係が深まるのに時間はかからなかった。一週間後、多由子の部屋で結ばれた。

やがて工場でのデータ収集の作業は一段落した。彼は多由子の職場に来なくなったが、関係が終わることはなかった。それどころか、頻繁にメールをくれた。文面は短く、特に用件があるわけではなかったが、そのことがかえって嬉しかった。

「僕にとって一番大切なのは君だ」ベッドの中で彼はいった。「妻とは別れてもいいと思っている。子供がもう少し大きくなったら話すつもりだ。それまで待ってほしい」

後から振り返れば、リアリティのかけらもない台詞だった。しかし多由子は真《ま》に受けた。浅はかなことに、僕の子供を産んでほしい、などという言葉まで。だからコンドームを買い足すのを忘れた時、今日は危険日かもしれないと思いつつ、たぶん大丈夫といってしまった。

妊娠検査薬で陽性が出たことを打ち明けると、彼の顔から血の気が引いた。もしかしたら喜んでくれるのではないか、という淡い期待はもろくも崩れた。

いいの、と多由子はいった。

「今日は大丈夫っていったのはあたしだから、あたしが自分で何とかする。責任取ってとかいわない」

彼は幾分安堵した様子で、手術代は自分が出す、といった。だが多由子は首を振った。

「手術なんてしないよ。あたし、産むから」きっぱりといいきった。

生理が来ないと気づいた時から決めていたことだった。高校時代の苦い記憶が蘇る。産んでいたらどうなっていただろう、という思いから解放される日は、とうとう来なかった。命を粗末にしてしまったと自分を責め続けもした。あんなことはもう懲り懲りだった。

苦労は覚悟の上だ。女性一人で子供を育てている人はいっぱいいる。

だが、もちろん彼は同意してくれなかった。多由子の宣言にひとしきり驚いた後は、考え直すように説得してきた。一時の感情に流されてはだめだ、仕事はどうするのか、収入はあるのか、一人だけで育てるのは無理、君も子供も不幸になるだけ——次々と言葉が出てきた。さらに、次の一言が彼女の決心をぐらつかせた。

「もう少し待ってくれ。あと一年でいい。僕は離婚して、君と結婚する。そうしたら子供を作って一緒に育てよう」

結婚——その言葉が彼の口から発せられたのは、それが初めてだった。多由子を翻意させるためだけの台詞だと思いつつ、動揺した。

「そんなの、今いってるだけでしょ?」そう尋ねた声に力が入らなかった。

「嘘じゃない。僕も覚悟を決める。本当だ」彼の声は力強く響いた。

本心からいってくれていると信じたい気持ちが芽生えつつあった。彼女の迷いに気づいたらしく、彼は将来の計画を語り始めた。結婚式は二人だけで挙げよう。しばらくは賃貸マンションで我慢して、お金が貯まったら小さな家を買う。少々郊外でも庭のある家がいい。そこで子供たちを遊ばせる。

薔薇《ばら》色の夢には但し書きが付いている。今回の子供は諦めること、だ。

少し考えさせてほしいと多由子はいったが、彼は認めてくれなかった。

「何を考える必要があるんだ。生まれた時点で両親が揃っていたほうが子供のためにもいいに決まってるじゃないか。それに今君が子供を産んで、万一僕の子だとばれたら、話がこじれて却って離婚しにくくなる」

彼のいっていることは間違いではなかった。両親が揃っていたほうが子供のためにいいのはたしかだし、夫が愛人に子供を産ませたと知った奥さんが、意地を張って離婚を承諾しないことは大いに考えられた。

だが彼の話には一つだけ大きな落とし穴があった。一年後、本当に彼が離婚して多由子と結婚してくれる保証など何ひとつないのだ。

それはわかっていたが、多由子は従うことにした。彼の言葉を信じたい気持ちがあった。彼を疑いたくなかった。何より、彼を苦しめたくなかった。

彼は多由子の身体を抱きしめ、「ありがとう。きっと幸せにするよ」といった。

三日後、多由子は手術を受けた。会社は一日だけ休んだ。その日は何も食べず、ベッドの中で泣き続けた。

その後しばらく彼との関係は続いた。だが彼の態度は明らかに以前と違ってきた。

連絡してくる頻度が徐々に減っていき、ついには向こうからはしてこなくなった。そしてある日、電話が繋がらなくなった。

彼の自宅を知らなかったから、職場に電話をかけた。彼は外出中だった。名前を告げ、連絡がほしいと伝えてくれるよう電話の相手に頼んだ。

その夜、彼から電話がかかってきた。彼はまず多由子が職場に電話をかけたことについて、非常識だ、と責めた。

「だって携帯電話が繋がらないから……」

彼は彼女の言葉に沈黙した後、しばらく会わないほうがいいと思うから、といった。

「いろいろ考えて、目が覚めた。二人ともどうかしていた。あれはあれでいい経験だったと思うことにして、別々の道を進んだほうがいい」

もっともらしく語られた台詞を聞き、多由子は目眩がした。あれはあれでいい経験？　手術して子供を堕ろしたことをいい経験だと思えというのか。

「ちょっと待って。話が違うじゃない。奥さんと別れるって話はどうなったの？」

「だから目が覚めたといってるだろ。僕が間違っていた。もう終わりにしよう」

「終わりって……そんなのひどい。あたし、これからどうすればいいの？」泣き声になっていった。

わかった、と彼はいった。「会って話そう」

次の休日、多由子の部屋の近くにあるショッピングセンターで待ち合わせた。彼が無言で歩きだしたので、多由子も黙ってついていった。どこかの店に入るのかと思ったが、着いたところは駐車場だった。車を駐めてあるから、その中で話そうというのだった。人目を避けたいらしい。

彼の車を見るのは初めてだった。小型のSUVだった。

多由子が助手席に乗り込むと、彼は懐から封筒を出してきた。「ごめん、これが精一杯なんだ」

「なに、これ？」

受け取って中を見ると、一万円札が何十枚か入っていた。

「君は若いんだから、いくらでもやり直せるだろ。その足しになればと思って」

頭の中が白くなった。いわれていることの意味がわからなかった。やり直すとは、どういうことなのか。

彼の横顔を見つめた時、後部座席が視界に入った。運転席の真後ろにチャイルドシートが取り付けられていた。助手席に座った彼の妻が、腕を伸ばして子供の世話をしている姿が頭に浮かんだ。

ねえ、といって多由子は彼に視線を戻した。

「あたしを騙したの？　結婚したいっていったじゃない。あれは嘘だったの？」

「あの時は本気だった。そう思ってた。でも、やっぱり無理だったんだ。ごめん」

「ごめんって……謝って済むこと？　じゃあ、どうして子供を産ませてくれなかったの？　あたし、一人で育てるつもりだったのに」

「そんなわけにはいかないよ。あの時は仕方なかった」

「何が仕方ないの？」多由子は彼の肩を掴んだ。「返して。あたしの赤ちゃん、返して。お金なんかいらない。子供を返して」

彼は顔を歪めて多由子の手を払った。「やめてくれよ」

「そうだ。もう一度作って。子供を作って。これからホテル行こう。ねえ、そうしてよ。それぐらいしてくれてもいいでしょ」

たまりかねたように彼は運転席から外に出た。車の前を通って反対側に回り、助手席のドアを開けた。多由子の腕を摑み、ここまでだ、といった。

「何がここまでなの？　赤ちゃん、作ってよ。セックス、好きでしょ」

「いい加減にしろっ」

ぐいと腕を引っ張られた。すごい力だった。気づいた時には地面で四つん這いになっていた。多由子が顔を上げた時、彼はもう車に乗り込んでいた。エンジンが掛けられ、車が走り去っていくのを、呆然と見送った。

そこからの記憶は、かなり曖昧だ。気がつくと病院のベッドにいた。包帯で手足がぐるぐる巻きにされていた。頭にも何かが被せられている。

ショッピングセンターの屋上から飛び降りたらしいが、全く覚えていなかった。そのことを聞き、なぜそんなことをしたのだろう、とは思わなかった。むしろ、ああそうなのか、死のうとしたのか、そうかもしれない、と納得した。そして、死ねなかったことを残念に思った。何をやってもあたしはドジだ、と腹立たしくなった。

入院してよかったことが一つだけある。同部屋のお婆さんと親しくなったことだ。そのお婆さんはふだんは老人ホームにいるそうで、よく施設での暮らしぶりを話してくれた。話の殆どは介護士の悪口だ。遠慮のない物言いを聞いていると祖母を思い出した。

退院後、会社を辞め、介護の仕事を探した。見つけたのは足立区にある老人ホームだ。仕事は思った以上に重労働だった。ひ弱そうに見える老人一人を入浴させるだけで、ものすごい体力を要した。食事の補助も厄介だ。ちょっと目を離すと食べ物を喉に詰まらせたりする。排泄の手伝いとトイレ掃除だけで一日が終わってしまうこともあった。

それでも感謝の言葉を聞くと元気になれた。人の役に立っていると実感できた。そして気づいた。結局自分は許されたかったのだ。誰かの命が永《なが》らえる手助けをすることで、この世に生まれるはずだった二つの命の灯火《ともしび》を消した償いをしたいのだ。

生活は苦しかった。仕方なく、夜はアルバイトをすることにした。知り合いが上野のクラブを紹介してくれたのだ。

やってみるとホステスの仕事は介護業務よりはるかに楽だった。酔客の悪戯など、たかがしれている。施設にだって、胸を触ってくる老人はいるのだ。

それほど長く続けるつもりはなかったが、気づけば三年が過ぎていた。綿貫哲彦が店に現れるようになったのはその頃だ。最初は同じ会社の役員のお供だった。その後、接待客を連れて来ることが多くなった。気に入ってもらえたのか、いつも多由子が席に呼ばれた。

少々下品なところもあるが、豪放磊落《ごうほうらいらく》でバイタリティのあるところが魅力的だった。一緒にいると楽しかった。

やがてアフターに誘われた。二人だけで別のバーに行き、ずいぶんと遅くまで飲んだ。お互いのことを詳しく語り合ったのは、それが初めてだった。彼に離婚歴があることも、その夜に知った。

「俺は子供がほしかったんだ」綿貫は呂律《ろれつ》の怪しい口調でいった。「今でもほしい。だから今度結婚するとしたら、子供ができた時だ。できちゃった婚が俺の夢なんだよ」

彼が多由子の暗い過去など知っているわけがなく、単に正直な思いを吐露《とろ》したに過ぎなかっただろう。だがこの夜の言葉は、多由子の心の奥に深く染みこんだ。

「子供を産んでくれる人と出会えるといいね」

多由子がいうと、「おう、そうだ。全くだ。俺はまだ諦めてないからなあ」と赤い顔をして綿貫はいった。上機嫌だった。

そんなことが何度かあった。ある夜、綿貫がタクシーで彼女を部屋まで送ってくれた時、「お茶でも飲んでいく？」と訊いてみた。

彼は少し迷った様子を見せた後、じゃあそうしようかな、と小声で答えた。

多由子はもう子供ではない。この後、どのように展開していくかは予想がついた。むしろ、彼女のほうから誘ったといえる。覚悟はできていたし、綿貫がいい加減な人間でないこともわかっていた。

狭いベッドで身体を合わせた。綿貫は手慣れた様子ではなかったが、気遣いの感じられる扱いをしてくれた。

「前にいったことを覚えてるか?」行為の途中、表情を少し硬くして訊いてきた。

「俺、子供がほしいんだ」

うん、と多由子は頷いた。「あたしもほしいよ」

「俺の子でもいいのか」

「もちろん」

「よかった」綿貫の顔が綻《ほころ》んだ。

彼の背中に手を回しながら、どうか子供ができますように、と多由子は祈った。

それから間もなく綿貫が広い部屋に引っ越したので、二人で一緒に暮らすことにした。多由子はクラブの仕事は辞めた。これでいつ子供ができても大丈夫だ、とシャンパンで乾杯した。

ようやく多由子が手に入れた、安定した人並みの生活だった。父や兄とは、もう何年も音信不通だ。入籍したとしても知らせる気はなかった。

綿貫との生活は、穏やかで幸せなものだった。お金の心配をしなくてよく、一緒に過ごせる相手がいるというのが、これほどありがたいものだとは知らなかった。休日の昼間には二人で映画を観て、近所のファミリーレストランでランチをしながら感想を述べ合った。まさに至福の時だった。

ただ一つの気がかりは、子供ができないことだった。性生活に問題はない。綿貫の年齢を考えれば、十分といっていい頻度だ。しかし妊娠の気配すらなかった。生理が訪れるたびに落胆した。綿貫は何も尋ねてこないが、いつまで経っても良い報告が聞けないことに失望しているに違いなかった。

病院に行くことも考えたが決心がつかなかった。妊娠しない原因について、多由子には心当たりがある。二度の中絶だ。堕胎を繰り返すと子供ができにくくなる、という話を聞いたことがあった。それを改めて指摘されたくはなかった。綿貫に知られたくなかったし、最後通牒を突きつけられるようで怖かった。

そうこうするうちに多由子は三十八歳になった。十分に、かつていわれた「マル高」だ。

不安なのは、綿貫に諦めかけている気配があることだった。このまま子供ができなければ、彼はどうするつもりだろうか。

今度結婚するとしたら、子供ができた時だ。できちゃった婚が俺の夢なんだ――かつて彼の口から聞いた言葉が蘇る。素敵な台詞だと思ったはずなのに、今では重しのように多由子の心にのしかかる。

子供はできないみたいだから別れよう――いつかそういわれるのではないかと怯える毎日だった。

そして最近になり、気になることがあった。綿貫の前妻から連絡があり、会うことになったらしい。用件には心当たりがない、と彼はいった。

ここから先は、最初に警察で自供した内容と大きな違いはない。翌日、前妻と会ってきた綿貫が、単なる近況報告だったといったこと、前妻が自由が丘で『弥生茶屋』というカフェを経営しているらしいと聞いたこと、さらにはその後の綿貫の様子が明らかにおかしく不審に思ったことなども、これまでに話してきた通りだ。

ただし一点だけ違うことがある。綿貫は多由子に隠れて、スマートフォンで何やら懸命に調べていたのだ。だから綿貫が寝ている間にスマートフォンの中身を盗み見した際、検索履歴も調べた。それを見て多由子は、はっと息を呑んだ。

養子縁組の方法、という文字が目に入ったからだ。

綿貫は誰かを自分の養子にしようとしているのだろうか。多由子との間に子供のできる気配がないので、どこかの子を引き取って育てるということか。しかもその件に前妻が絡んでいる。それは一体どういうことなのか。

何も手につかなくなった。仕事中でも、頭の中ではそのことばかりを考えている。ミスが多くなり、周りから変な目で見られた。

このままでは埒が明かないと思った。前妻に会いに行こうと決心した。会って、話を聞くのが一番手っ取り早い。

自由が丘に出向いた。『弥生茶屋』で花塚弥生と初めて会った。とても五十歳前後には見えない美貌に怯んだ。彼女は多由子が名乗ると驚きつつ、歓迎してくれた。ダージリンを振る舞ってくれた。シフォンケーキを食べるかと訊かれたが断った。ケーキを切る長いナイフを目にした。すべて、すでに話した通りだ。

だが、ここから先が微妙に違う。

弥生は向かい側の椅子に腰を下ろすと、さて、といった。「御用件を伺いましょうか」

「先日、哲彦さんとお会いになりましたよね。どんな話をされたのか聞きたくて……」

「彼からは何も聞いてないんですね」

「話してくれません」

そう、といって目を伏せてから、弥生は多由子を見た。「だったら、私も話せません」

「お願いです。教えてください。知りたいんです。彼、ずっと様子がおかしくて……」

「おかしい？　どんなふうに？」

「何か思い詰めているようです。悩みがあるみたいな感じで」

なやみ、といってから弥生は首を捻った。

「悩みとは違うと思います。そうではなく、あれこれと考えているんでしょう。とても大きな問題を抱えることになってしまったから」

「大きな問題？　それは何ですか」

それは、といってから弥生は首を振った。「やっぱりお話しできません」

「そんな……どうしてですか。こういっては失礼ですけど、あなたはもう彼の奥さんではないですよね。二人は単なる元夫婦で、それ以上のものじゃないですよね。籍は入ってないけど、今の彼の妻はあたしだと思ってます。それなのに、あなたと彼だけの秘密があって、あたしには教えてもらえないなんて、そんなのおかしくないですか」

穏やかだった弥生の顔が、ふっと曇った。

単なる元夫婦、と呟いてから弥生の目が多由子のほうを向いた。「もし、そうじゃなかったら？」

えっ、と多由子は声を漏らした。「どういうことですか」

弥生はティーカップを口元に運び、はあーっと長い息を吐いた。

「そうよねえ。わざわざこんなところまで来て、何も聞かないままで帰れるわけないわよね。それに、いずれあなたにも打ち明けなきゃいけないだろうし」

「話してもらえるんですね」

「本当は哲彦さんから聞くべきだと思うんだけど」

「いいです。今、聞かせてください。単なる元夫婦じゃないって、どういう意味ですか」

すると弥生は、じっと多由子の目を見つめてきた。

「夫婦は離婚すれば赤の他人になる。あなたがいうように元夫婦。血は繋がっていないしね。でも、血の繋がった関係は離婚しても切れない」

「えっ……。ごめんなさい、意味がわかりません。あなたと哲彦さんの血が繋がってるって話じゃないですよね」

「そんなわけないでしょ。勿体ぶるのはやめて、単刀直入にいうわね。私と彼との間には子供がいるの。血の繋がった本当の子が」

多由子は身体の内側から衝撃を受けた。驚きのあまり、一瞬呼吸ができなくなった。

「……まさか、子供がいるなんて……。そんなこと、彼は一度も……。あたし、嘘をつかれてたんですか」

弥生は首を横に振った。

「彼は子供の存在なんて知らなかった。それどころか、私も知らなかったの。私たちの知らないところで、私たちの子供が生まれ、育っていたの」

「そんな……」

「馬鹿なことがあるわけないといいたいんでしょ。ところがあるの。そんな馬鹿なことが起きたのよ」

それから弥生が話しだした内容に、多由子は愕然とした。受精卵の取り違え――そんなことが起こりうるのか。だが人間のすることだ。絶対に間違えないという保証はない。

「私だって、話を聞いた時には信じられなかった。でもその子をこの目で見て、確信したの。たしかに自分の子だ、私と彼の子供だって。許されることなら、駆け寄って抱きしめたかった。抱きしめて、私があなたのママよっていいたかった」

「許されることならって？」

「本人には、まだ真実は明かされてないの。でもいずれは話すつもりだって、育ての親御さんが。そうしたら、会わせてもらうことになっている。で、ここからが大事なのだけれど、このことは哲彦さんにも知らせておく必要があると思ったの」

「彼、驚いたでしょうね」

「それはもちろん。なかなか信じられない様子だった。無理ないわよね。でも私がでたらめをいうわけがないから、最後には信じてくれた」

「それで、彼はどうすると？」

「そこまで話は進んでない。とりあえず私がその子に会う時には彼にも声をかけると約束しただけ。今後どうするかは、二人で話し合って決めることになると思う。だからいったのよ。彼は悩んでるんじゃなくて、いろいろと考えているんだろうって」

二人で話し合って決める――その言葉が多由子の心に引っ掛かった。何をどう決めるというのか。

「彼……哲彦さん、養子縁組について調べているみたいです」

「えっ、そうなの？」

「スマホで調べているのを見ました」

へえ、と声を漏らしてから、ふふん、と弥生は笑った。「彼らしいわね。相変わらず、せっかちなんだから」どことなく喜んでいるように聞こえた。

多由子の背筋を冷たいものが走った。

その子を二人で引き取るということか。引き取って、二人で育てようというのか。結婚するとしたら、子供ができた時だ――綿貫の声が聞こえたような気がした。

「あの……あたしはどうすればいいんですか」

多由子の問いに、弥生は虚を突かれたような顔になった。「どうすればって？」

「彼がその子の父親だってことなら、あたしは何なんですか」

弥生は笑いながら首を捻った。「おかしなことをいうのね。あなたは関係ないでしょ」

「関係ない……」

「これは私と哲彦さんの話なんだから」

「でもあたし……」

彼の妻です、といいたかった。だが違う。正式な妻ではない。子供を産んでない自分は、彼の妻にはなれない。

「あなたはあなたでがんばったらいいじゃない。きっと巡り会えるから」

「巡り会える？」

「まだ若いんだから、素敵な巡り会いがあると思う」明るい口調でそういうと、弥生は椅子から腰を上げ、くるりと背中を向けた。

その瞬間、多由子も立ち上がっていた。気がつくと弥生の真後ろにいた。手にナイフを握っていた。そのナイフが弥生の背中に刺さっていた。

弥生は悲鳴を上げることもなく、ばたんと前に倒れた。

素敵な巡り会いなんて、もう二度とあるわけないじゃない——そう思った。

26

「巡り会える、という言葉を誤解したようです」松宮はいった。「いつかあなたも新しい相手に出会える、だから哲彦さんのことは諦めなさい——そのようにいわれたと思い込んだそうです。それで頭に血が上り、思わずそばにあったナイフで刺してしまった。愛する人が離れていくかもしれないという恐怖、ようやく手に入れた家庭を奪われるという怒り、思いがけない形で我が子を手に入れようとしている花塚さんへの嫉妬、そのうちのどれが大きかったのか、自分でもわからないと本人はいっているそうです。おそらく様々な感情が膨れ上がり、一気に暴発したのでしょう」

勘違いに気づいたのは、加賀と話している時だったらしい。花塚弥生が人との巡り会いを大切にしていたこと、赤ちゃんにとってお母さんとの対面は人生における最初の巡り会いだといっていたことを聞き、弥生が多由子にかけた、「きっと巡り会える」という言葉は、綿貫との間に子供ができるという意味だったと悟った。その瞬間、弥生への申し訳なさ、自分の愚かさに耐えきれなくなり、犯行の自供を決心したというわけだ。

項垂れて松宮の話を聞いていた綿貫は、ゆらゆらと頭を振った。「そんなこと、あるわけないのに……」

「そんなこと、とは？」

綿貫が顔を上げた。

「私が弥生とよりを戻すなんてことです。たしかに子供には会いたかったし、養子縁組なんてことも考えましたけど、多由子と別れることなんて、これっぽっちも考えませんでした。頭の片隅にだってなかった。おそらく弥生にしたってそうです。私のことはあくまでも子供の父親にすぎず、それ以上の存在だとは思っていなかったはずです。むしろ、多由子が私の子を妊娠してくれたらいいのにと願ってたんじゃないですか。そうなれば、萌奈ちゃんのことを独占しやすくなりますからね」

「そこまで冷静には考えられなかった、ということでしょう」

「結局のところ、私に対する信用が低かったってことなんですね」

「あなたに対する信用ではなく、自分に対する信用が低かったんです。彼女はもっと自信を持つべきでした」

はあーっと綿貫は太い息を吐き、両手で頭を抱えた。

「だったらやっぱり私が悪いんだ。自信を持たせてやれなかったのは私の責任です」

松宮は何とも答えようがなく、黙り込んだ。

二人は警察署内の休憩室にいた。綿貫を呼んだのは、多由子に会わせるためだった。まだ起訴されていないので、彼女の身柄は留置場にある。

綿貫と会うことは多由子が希望したのだ。事件に関してはほぼ全面的に自供していたが、まだ一つだけ秘密にしていることがあり、もし綿貫に会わせてもらえるなら、それを彼の前で話したいというのだった。

それにしても、と綿貫は首を捻った。

「多由子は何を話すつもりなのかな。今の話を聞いただけでも、驚くことばかりなの

なたに伝えたいとか」

「とても大事なことなんだそうです。だから弁護士や我々を通じてではなく、直接あなたに伝えたいとか」

見当がつかないらしく、綿貫は苦悶の表情を浮かべている。

松宮さん、と入り口から声がした。長谷部が入ってきた。「準備ができたそうです」

「じゃあ、行きましょうか」綿貫に声をかけ、松宮はパイプ椅子から立ち上がった。

接見室に行くと二人分の椅子が用意されていた。綿貫は座ったが、松宮は彼の斜め後ろに立ち、多由子が現れるのを待った。アクリル板で隔てられた向こう側には、まだ誰もいない。

間もなくドアが開き、多由子が入ってきた。後ろから留置係の警官がついてくる。松宮と目が合うと、警官は黙礼してきた。接見に捜査一課の刑事が同席している事情は、留置係にも伝わっているはずだ。

多由子は腰を下ろすと、被疑者とは思えない柔らかい笑みを綿貫に向けてきた。

「お久しぶり。元気だった？」

綿貫は一呼吸置いてから、そんなわけないだろ、と返した。「そっちこそどうなんだ。手紙にも書いたけど、体調は崩してないか」

「うん、大丈夫」多由子は頷いてから松宮のほうをちらりと見た後、再び綿貫に視線を戻した。「詳しい話、聞かせてもらった？」

「大体のことはね。すごく驚いた」

「ごめんね」

「俺が裏切ると思ったのか」

「裏切るっていうか……子供を選ぶと思った。テツさん、子供をほしがってたから」

「そうだけど、それでどうして俺が多由子と別れるってことになるんだ？　おかしいだろ」

多由子は視線を落とした。睫《まつげ》がぴくぴくと動いた。「おかしいのかな」

「おかしいよ。どうしてそんなふうに思ったんだ」

「わかんない。あの時は夢中だった。気がついたら、あんなことをしちゃってた」多由子は綿貫を見つめ、ごめんね、ともう一度いった。

謝られてもどうしようもない、とばかりに綿貫はがっくりと首を前に折った。

「もう、会ったの？」多由子が訊いた。

「えっ？　誰と？」

「だから……子供。お子さんには会わせてもらったの？」

そのことか、と綿貫は呟いた。

「いや、まだだ。本人には全部打ち明けたってことだけど、実の父親……っていうか、生物学上の父親に会うべきなのかどうかは、迷っているらしい。無理もない話だよな。まだ十四歳だというし。俺も、あわてる気はない。すべて先方次第だ。口出しする権利はないと思ってる」

彼の説明を聞き、そうかあ、と多由子は力のない声でいった。目の焦点が、あまり合っていない。

「それで、松宮さんから聞いたんだけど、俺に打ち明けたいことがあるそうだな」

うん、と多由子は頷いてから綿貫を見つめた。その目を見て、松宮ははっとした。これまでとは打って変わって、まるで決死の覚悟を秘めたような光が宿っていた。

「じつはね……できたの」

「えっ」

「子供……赤ちゃんができたの」

綿貫は腰を浮かせた。「まさかっ」

松宮も驚いていた。全く予想もしなかったことだ。留置係の警官も顔を上げ、目を見張っている。

綿貫は立ち上がり、アクリル板に両手をついた。「本当なのか」

「何かの本で読んだことがあるんだけど、逮捕されても子供を産んでいいんだって。昔は手錠を嵌められた状態で出産したそうだけど、今は分娩室にいる間は外してもらえるそうよ」多由子は淡々とした口調でいった。

「多由子……」綿貫の口から呻き声が漏れた。

「でもね、赤ちゃんを刑務所で育てることはできないらしいの。あたし、どうしたらいいかな」

「そんなこと……大丈夫だ。俺に任せろ」

「産んでもいいの？　テツさん、育ててくれるの？」

「当たり前だ。産んでくれ。俺がしっかり育ててやる。面会の時には連れていくよ。多由子が出てくるのを二人で待つ。その日が来たら、三人で暮らそう」

多由子は満足そうに笑って右手をアクリル板に伸ばし、綿貫の手のひらに重ねた。

「嬉しい。ありがとう」

何という皮肉な話だ、と松宮は二人を見ていて辛くなった。もしこの妊娠がもう少し早くわかっていれば、おそらく事件は起きなかっただろう。

だが次に多由子が発した言葉に、松宮は耳を疑った。嘘よ、と彼女はいったのだった。

「えっ……何だって？」綿貫が当惑した声を出した。

「赤ちゃんができたというのは嘘。妊娠なんてしてない。ごめんなさい」そういって多由子は松宮のほうに顔を向けた。「すみません、松宮さん。わざわざテツさんを連れてきてもらったけど、嘘だったんです。あたし、ほかに隠していることなんてありません」

「この嘘をつくために彼を？」

はい、と答えてから多由子は、綿貫に向かって微笑みかけた。

「でもよかった。嬉しかった。生まれて初めて、あたしの妊娠を喜んでもらえた。子供を産んでいいっていってもらえた。それだけで十分。あたし、それを支えに生きていける」

「多由子……」

「ありがとう、テツさん」そういうと多由子はアクリル板から手を離した。笑みの浮かんでいた顔が歪み、目がみるみる赤くなった。頬を涙が伝い始めた直後、彼女は口元を押さえ、くるりと背中を向けた。

27

ハンドルを右手で保持し、左手で缶コーヒーを口元に運んだ。先程から欠伸《あくび》をする頻度が増えている。自動運転システムとは、こういう道を走る時に役立つんだろうな、と松宮は思った。

林に囲まれた道を通り抜け、ただひたすら一本道を走行している。道路脇には、ちらほらと大型店舗が並んでいた。どういう店なのかと看板を確認したら、ふつうのホームセンターに混じって、園芸ハウス設計施工、種苗いろいろ、造園材料展示販売、といった文字も目に付く。なるほど農業の町なのだな、と認識させられた。

東京を出てから、約二時間が経つ。距離にして百キロちょっとというところか。電車を利用しようと思ったが、うまい乗り継ぎを見つけられなかった。考えた末、レンタカーを借りた。これほど長時間運転したのは久しぶりだ。

カーナビが、目的地周辺に近づいたことを告げた。松宮は車を路肩に止め、周囲に視線を巡らせた。

あれか――。

交差点の先にコンビニの看板があった。

車を発進させ、コンビニまで移動した。広い駐車場には軽のワンボックスバンが一台止まっているだけだ。松宮は少し離れたところに車を止めた。時計を見ると午後三時を少し過ぎている。

降りてからスマートフォンを出した。電話をかけ、呼出音を聞きながら周りを眺めていると、コンビニから一人の女性客が出てきた。ジーンズに革ジャンという出で立ちで、カーキ色のつば広帽子を目深に被っている。しかも首にはタオルが巻かれていた。

女性が帽子のつばを少し上げた。それを見て、松宮は電話を切った。克子だった。

「案外、早く着いたじゃない。もっと遅れるんじゃないかと思った」

「都内を抜けるのに時間がかかるだろうと思って、かなり早く出たんだけどな。ずいぶん待ったのか？」

ふん、と克子は鼻を鳴らした。「農家じゃ、こんなのは待ったうちに入らない。春を待って、雨を待って、苗が育つのを待つ。百姓は待つのが仕事だからね。とはいえ、時は金なり。行こうか。ついてきて」ワンボックスバンに向かって歩きだした。

彼女が乗ってきた車らしい。

克子が運転するバンを松宮は車で追った。走りだして十分足らずのところで止まった場所は、広々とした畑を横切る道路の途中だった。克子が車から出たのを見て、松宮も降りた。

「このあたりが私らの農園。毎日通ってる。ビニールハウスが三つ並んでるでしょ？あのへんぐらいまで」

「何を作ってるんだ？」

「茄子《なす》に馬鈴薯《ばれいしょ》、トマトにキュウリ、その他諸々。何でも作ってるよ」そういってまた車に戻った。

連れていかれたのは、克子が仲間たちと住んでいる家だ。木造の古い日本家屋だが、和室には安物のソファが持ち込まれたりしている。

紹介された三人の同居人は、年齢も雰囲気も違う女性たちだった。前の職業もばらばらで、全員農業を始めたのはここに移り住んでからだという。松宮が警察官だと聞き、一番善人そうに見える女性が、「昔お世話になりました」と頭を下げたのには驚いた。

今日は暖かいから外で話をしよう、と庭に案内された。木製のテーブルと椅子が並んでいる。御丁寧にパラソルまで設置されていた。

ちょっと待ってて、といって屋内に消えた克子が、トレイにビールやグラスなどを載せて戻ってきた。キュウリや茄子の漬物が並んだ皿まである。

はい、といって松宮の前にグラスを置き、克子はビールを注ごうとした。

「だめだよ。俺、運転して帰らなきゃいけない」

「少しぐらいいいじゃない」

「だめだって。ほんと、マジで」松宮は手のひらでグラスに蓋をした。

克子は、つまらなそうにため息をついた。「相変わらず、面白くない子ねえ」

「そういう問題じゃないだろ」

「じゃあ、私は失礼して」克子は自分のグラスにビールを注ぎ、いただきます、といって一気に半分ほど飲んだ。「あー、おいし」そしてグラスをテーブルに置くと、「で、どうするの？」と松宮に訊いてきた。

「認知を受け入れるかどうかってこと？」

「もちろん、そうよ。その話をするために来たんじゃないの？」

松宮は持参してきたショルダーバッグを膝に置いた。

「この前、芳原亜矢子さんと会った。大事な話があるってことだったから。実際、聞いてみて驚いた。思いがけない内容だった。芳原真次氏——俺の父親だと思われる人物は、かなり複雑な夫婦生活を強いられていたようだ。母さんも、もちろん知っていたんだろうな」

克子は目をそらすと、さっと立ち上がり、家のほうに身体を向けた。

「どこへ行くんだ？　話の途中だぞ」

「その話が長くなりそうだから、お茶の用意でもしようと思ったのよ。あんた、ビールは飲めないんでしょ」そういって歩きだした。

松宮はショルダーバッグを開け、中から一冊のノートを取り出した。表紙には、『ともしび』とマジックで記してある。五十年以上前に書かれた、二人の女子高校生による交換日記だ。一人は芳原正美、亜矢子の母親だ。そしてもう一人の名前は森本《もりもと》弓江《ゆみえ》といった。正美の親友だといわれていた女性だ。

このノートを亜矢子から渡された時のことを思い返した。

亜矢子によると、このノートを持っていたのは森本弓江の妹らしい。つい最近になって連絡があり、見せられたのだという。

中身を読み、亜矢子は驚愕した。お互いへの愛を吐露する言葉に満ち溢れていたからだ。

「母と弓江さんは中学時代から愛し合っていて、その思いは大人になってからも変わらなかったそうです。でも今とは時代が違いますから、公にするわけにはいきません。唯一、二人の関係を知っていたのが、弓江さんの妹さんだったのです」

跡継ぎを作らねばならないという事情から、芳原正美は親の勧めで結婚した。その相手が真次だった。一方の森本弓江も同じく見合い結婚をした。

「どちらも夫がいたわけですけど、二人の気持ちに変わりはなかったそうです。結婚後も逢瀬を重ねていたとか。学生時代からの親友同士が頻繁に会っていたとしても、誰も変だとは思いませんしね」

だがそんな関係に気づいた者がいた。森本弓江の夫だった。

「うちの母との愛を誓い合った手紙を旦那さんが見てしまったんです。旦那さんは気も狂わんばかりに逆上したとか。そのことを妹さんは弓江さんから打ち明けられたそうです。そして——」

その数日後に、森本夫妻と正美を乗せた車が事故を起こし、夫妻は死に正美は深刻な後遺症が残るほどの重傷を負ったのだという。

「妹さんは、単なる偶然とは思えず、ずっと気に掛かっていたそうです。真相を知っているとすればうちの父しかおらず、とはいえ確かめる決心がつかずにいたところ、父が危険な状態だと聞いて、ついに私に連絡してこられたというわけです」

だが亜矢子にしても対応に苦慮した。今さら真次が本当のことを話してくれるとは思えない。何より、そんなことのできる病状ではない。

「だからあなたに連絡したのです」芳原亜矢子は松宮にいった。「あなたのお母様なら、何か御存じなのではないかと思って」

松宮にとって思いも寄らない話だった。だが亜矢子のいっていることはわかる。芳原真次以外に真実を知っている者がいるとすれば、それは克子以外には考えられなかった。

交換日記を見せられ、女子学生同士の恋のことを聞いても、克子の表情に大きな変化はなかった。それがどうした、とでもいわんばかりにキュウリの漬物をかじり、ビールを飲んでいる。グラスが空になると自分で注ぎながら、「亜矢子さんの様子はどうだった？」と訊いてきた。

「どうって？」

「ショックを受けてるようなことはなかった？」

「母親が同性愛者だったたってことにか？　いや、そんなふうには見えなかったけどな」

「ふうん。でも、何も感じてないわけないと思う。母親が同性愛者だったことにじゃなくて、自分の出生についてね。正美さんは跡継ぎを作るためだけに結婚して、その結果生まれたのが亜矢子さんだった。私はね、そのことを話すのが嫌だったのよ。でも、先方の妹さんから聞いちゃったんじゃ仕方ないわね」

「一体どういうことなんだ。話してくれよ。どうして母さんは芳原真次って人と別れたんだ。そもそもどうやって知り合ったんだ」

「急かさないでよ、順番に話すから。ええと、まずは私が結婚したのは二十二歳の春で、相手は松宮さんという会社員で」

「そこからかよ」松宮は口を尖らせた。

「そこから話さないと、なんで私の名字が松宮で、あんたを産んだ時に高崎にいたのか、説明できないでしょ」

黙って聞きなさい、といって克子は身の上話を始めた。

高崎に移り住んだのは、夫が転勤になったからだった。その少し前、身内に嬉しいことがあった。兄の隆正《たかまさ》に子供ができたのだ。男の子で恭一郎と名付けられていた。

次は自分たちの番だと思っていたが、子供どころではなくなった。夫の身体に悪性の癌が見つかったのだ。一年あまりの闘病生活の後、亡くなった。結婚生活はたったの五年間だった。

克子は、そのまま高崎で生活を続けた。幸い、近くの日本料理店で働けるようにな
った。給料はあまり高くなかったが、一人で生きていく目途《めど》は立った。

三年後、その店に小倉《おぐら》真次という料理人がやってきた。石川県の出身で、金沢の老
舗料亭で働いていたらしい。しかしそれ以外には自分のことをあまり話さない、謎め
いた男だった。

店で毎日のように顔を合わせるうち、克子は真次に惹かれるようになっていった。
真次のほうにもその気があるように感じられた。ある日二人きりになった時、真次か
ら交際を申し込んできた。だが同時に重大なことを打ち明けられた。

金沢には真次が残してきた妻子がいる、というのだった。妻は働いていた老舗料亭
の一人娘で、彼は婿養子らしい。

家を出た理由は、「妻には自分以外にもっと大切な人間がいるとわかったから」だ
った。夫婦で話し合い、娘が義務教育を終えたら離婚することに決めたという。表向
き、真次は東京で料理の修業をしていることになっていた。

以上の話をした上で、自分と付き合ってくれないか、と真次は克子にいった。克子
は申し出を受けた。元々、再婚したいという気持ちが強かったわけではない。

程なく、克子の部屋で一緒に暮らすようになった。表面上は夫婦に見えていたかもしれない。実際克子は、小倉という名字を使うことも多かった。

真次との新生活について、克子は親戚には知らせていなかったが、隆正にだけは打ち明けた。夫の死後、隆正は未亡人となった妹のことを心配し、時折連絡をくれた。

真次に妻子がいることについて、隆正は何もいわなかった。おまえが納得しているのならそれでいい、何か困ったことがあればいつでも相談に乗る、との兄の言葉は克子の心で頼もしく響いた。そのうちに真次を隆正に会わせられたらいいなと思った。

だが残念ながら、そんな日が来ることはなかった。

一緒に住んで一年ほどが経った頃だ。突然真次が、金沢に行ってくる、といいだした。妻が交通事故に遭ったとの知らせがあったらしい。

金沢に向かう真次を見送った時、克子の胸はざわついた。このまま帰ってこないのではないか、という予感があった。彼の行き先は、本来彼が帰るべき場所なのだ。
二、三日で片付けると真次はいっていたが、話が長引いているとかで、なかなか戻ってこなかった。嫌な予感が的中したのだろうかと不安が限界まで膨らんだ頃、これから戻るという連絡があった。だがその声は暗く沈んでいた。
そしてようやく克子の前に姿を見せた真次は、「金沢に帰らなければならなくなった」と苦しげに切りだした。

彼の説明は以上のようなものだった。

病院に行ったところ、妻の容態は想像以上に悪かった。真次を見ても何の反応も示さない。言葉は発するが、会話は殆ど成立しなかった。食事も排泄も、介護がなければできない状態だった。

俺のせいだ、と真次はいった。そして思いがけないことを話し始めた。

最初に彼がいった「妻にとって大切な人間」とは、男性ではなく女性だというのだ。表向きは親友だが、じつは学生時代からずっと恋人だった。子供を出産後、本人からそう打ち明けられたらしい。

ショックではあったが、仕方がないと諦め、いずれ離婚することにしたのは、以前に話した通りだった。

ところが最近になり、真次のところへ妻から連絡があった。先方の夫妻と話し合うことになったというのだ。どうやら恋人の夫が、自分の妻が同性愛者だと気づき、激怒しているらしい。話し合いの場に一緒に来てくれないか、と真次は妻にいわれたそうだ。

真次は断った。自分はもう関係ない、といって電話を切った。

事故の知らせが届いたのは、その翌日だ。

たぶん事故ではない、と真次は思った。恋人の夫が、二人を道連れに心中を図ったのだ。それしか考えられない。

真次は悔いた。もし自分が一緒に行っていればどうだっただろう。そんな悲惨なことにはならなかったのではないか。少なくとも、無関係な真次が車に乗っている間は、無謀なことはしなかったのではないか。

もう一つ、真次の心を揺さぶるものがあった。六歳になったばかりの娘だ。久しぶりに会った父親を見て、泣きながら抱きついてきた。もう遠くに行ったらだめ、といった。彼女の細い身体を抱きしめ、真次も涙を流した。

その後、これからのことについて妻の両親と話し合った。彼等は真次たちが別居している理由を知らなかった。だが自分の娘のほうに原因があったのではないか、と薄々気づいていたようだ。だから真次を責めたりはしなかった。

その代わり、戻ってきて店と家を継いでくれないか、と懇願してきた。

自分だけが逃げだすわけにはいかない——真次はそう思った。悩んだ末、金沢に帰ることを決心したのだった。

話を聞き、この人らしいな、と克子は思った。困っている人を見たら、放っておけないたちだ。ましてや相手は他人じゃない。家族なのだ。

真次は克子に、金沢に来てほしい、といった。

「一緒に暮らすわけにはいかないが、近くにいてくれればいつでも会える。援助もできる。うちのやつがあんな状態なんだから、関係がばれたとしても、誰も責めたりしないと思う」

この申し出は嬉しく、ありがたかった。だが克子は頷かなかった。少し考えさせて、といった。そして一晩考えた末に出した答えは、「お別れしましょう」だった。

「家に戻ると決めたのなら、中途半端なことはしないほうがいいです。私もそんな宙ぶらりんな扱いをされたくありません。いずれ娘さんも大きくなるし、いくら妻に障害があるからといって、父親がほかの女性と関係を続けていたと知ったらきっと傷つきます。大変悲しいけれど、お別れするのが一番いいと思います」

真次は沈痛な表情を浮かべた。だが予想外という様子でもなかった。克子を説得しようとはせず、わかった、とだけいった。これまでの付き合いで、彼女の性格を知っていて、もしかするとこういう結論になるかもしれないと覚悟していたのだろう。

大きなバッグを提げて出ていく真次を、克子は室内で見送った。元気でな、あなたもね——最後の抱擁《ほうよう》も接吻《せっぷん》もない、あっさりとした別離だった。

真次と別れて間もなく、克子は自らの身体の異変に気づいた。まさかと思って病院に行ったが、予感は当たっていた。三ヵ月だといわれた。

克子は悩んだ。今の状態で子供などを産んだら、親子共々苦労することは明白だった。だが正直な気持ちは、産みたい、だった。結婚していた頃、どんなに望んでも授からなかった命が、ついに手に入ろうとしているのだ。

真次に相談することは考えなかった。今さら自分の子供を産みたいといわれても迷惑がられるだけだと思ったからだ。彼に責任をとってもらう気は毛頭なかった。

結局、克子は産むことに決めた。苦労するだろうが、覚悟はできていた。無事にこの子が生まれてくれれば、きっと辛いことにも耐えられるはずだとお腹を撫でながら思った。

生活費を切り詰めつつ、健康に留意する毎日が始まった。身体は日々、変化していく。わからないことが多く、果たして無事に産めるのだろうか、産めたとして、きちんと育てていけるのだろうかと不安は募る一方だった。

そんな時、久しぶりに隆正から連絡があった。特に用があるふうではなく、単に克子の近況を尋ねてきた。

迷ったが、妊娠していること、真次とは別れたことを話した。怒鳴られるかもしれなかったが、いずれわかることだ。永遠に隠し通すことは不可能だ。

さすがに隆正は驚いた様子だった。だが怒ったりはしなかった。そのかわり、「大丈夫なんだな、本当に？」と重々しい口調で尋ねてきた。「子供を育てるのは大変だぞ。ましてや誰も手伝ってくれないんだろ？　産んだら、もう逃げだせない。それでもいいんだな」

「わかってる。その上で決心したの」

「そうか。それならいい。しっかりやれよ。困ったことがあれば連絡しろ」そういって隆正は電話を切った。

翌年の初夏、無事に男児を出産した。「脩平」と名付けた。手足を力強く動かす、元気な赤ちゃんだった。


「それからのことは、あんたもよく知ってるでしょ。高崎のクラブで働きながら、あんたを育てた。あんたが中学に上がるタイミングで上京して、兄さんの世話になったりして、何とか生活していった」

「で、高校受験の直前、俺は自分の戸籍の父親欄が空白になっていることを知った。どういうことだと訊いたら、父親には別に家庭があったから、正式には結婚していなかったといわれた」

「実際、その通りだったでしょ。何にも嘘はついてない」

「死んだといったぜ。父親は死んだと」

「仕方ないでしょ。生きてるなんていったら、あんたが会いたいとかいうかもしれないじゃない」

松宮は舌打ちした。「何だか嘘臭いと思ってたんだ。働いていた料亭が火事になって、それで焼け死んだなんて話」

「料理人だったというのは嘘じゃなかったでしょ」

「それはそうだけど」松宮は首を傾げた。「でも、おかしいな」

「何が?」

「今の話がすべてなら、芳原真次さんは俺のことを知らないはずだ。だけど実際には知っていて、遺言書に認知する旨を書いている。どういうことだ?」

「ああ、そのことね」克子はビールを飲み、大きく息をついた。「一度だけ会わせた」

「えっ」

「あんたが中学二年の時にね」

克子は遠くに視線を向け、再び話し始めた。

上京して新しい住まいにも慣れ、これで安定した生活を送れると安堵した頃のことだった。思いがけない人物から連絡があった。ほかでもない、芳原真次だった。引っ越し先など教えていなかったので驚いた。

真次は、大事な話があるので会いたい、といってきた。

新宿の喫茶店で十数年ぶりに会った。真次は髪に白いものが目立つようになっていたが、逞しい体つきは昔のままだった。

真次によれば、妻は回復せず、肺炎を起こしたのをきっかけに急逝したということだった。そうなるとやはり克子のことが気になったが、今さら復縁を求めるのは虫のいい話だと思い、連絡を取るのは断念していた。ところが最近になり、高崎に行く用ができた。町を歩いていると懐かしさが蘇り、我慢しきれなくなって、克子と住んでいたアパートに向かった。だがそこには別の人間が住んでいた。たまたま隣の人間が部屋から出てきたので尋ねてみた。すると、「松宮さんなら去年引っ越しましたよ」とのことだった。しかも、小学校六年の息子がいたらしい。

計算し、はっとした。自分の子ではないか、と気づいた。

金沢に戻ってからも居ても立ってもいられなくなり、興信所に電話をかけた。高崎に住んでいた松宮克子という女性の近況を調べてほしいと依頼した。そしてついに東京での居場所を知ったのだった。

真次は、克子の息子が脩平という名前だということや生年月日を把握しており、俺の子なのだろう、と確認してきた。ごまかしても無駄だと思ったので、はい、と克子は答えた。

「なぜ教えてくれなかった？」という問いに、「教えられるわけないでしょ。あなたとはお別れしたんだから」と克子は笑った。

会ってみたい、と真次はいった。一度だけ息子に会わせてもらえないだろうか、と頼んできた。克子は悩んだが、自分が父親だと明かさないことを条件に承諾した。

脩平は中学で野球部に入っていた。それを聞いた真次は喜んだ。彼も高校まで野球をしていたからだ。キャッチャーだったらしい。

野球部の試合がある日、克子は真次を連れてグラウンドへ行った。脩平はピッチャーだった。

克子は試合を終えて帰宅する脩平を途中で待ち伏せし、声をかけた。知り合いに高校野球の関係者がいて、その人が息子さんのボールを是非受けてみたいといっている、といって真次を紹介した。

近くの公園で、キャッチャーミットを持参してきた真次は、脩平のボールを受けた。二人がキャッチボールをする姿を見て克子は胸が熱くなった。

投球を終えた後、克子は用意しておいたレンズ付きフィルムで二人を撮影し、それを真次に渡した。真次も感極まった顔をしていた。脩平だけはわけがわからないという表情だった。

「私があの人に会ったのは、それが最後」克子は松宮のほうを向いた。「彼から連絡してくることもなかった。でも彼は別れ際《ぎわ》にいったわ。認知することを遺言書に書いてもいいかって。好きにすればって答えたんだけど、まさか本気だったとはね。何度か引っ越したから、住所を調べるのだって大変だったでしょうに」

松宮は遠い記憶を辿った。見知らぬ男性とのキャッチボール——そんなことがあったような気もするが、はっきりしない。

そういえば、と克子が続けた。「この糸は離さないっていってたな」

「糸？」

「たとえ会えなくても、自分にとって大切な人間と見えない糸で繋がっていると思えたら、それだけで幸せだって。その糸がどんなに長くても希望を持てるって。だから死ぬまで、その糸は離さない」

「希望ねえ……」

松宮は、間もなくこの世を去るという人物に思いを馳せた。その人物は病床で、今も遠く離れた地に住む息子のことを思い、希望を抱いているのだろうか。

空のグラスを手に取り、克子のほうに差し出した。「ビール、もらおうか」

「いいの？」

「明日の朝、帰る。泊めてくれ」

「いいわよ。久しぶりに飲みましょ。お酒なら、いくらでもある」

克子がビールを勢いよく注いだ。白い泡が溢れ、松宮の手を濡らした。

28

目が覚めた時、いつもと何かが違うと行伸は感じた。上体を起こし、ベッドに腰掛けた。周りを見回したが、特に変わっていることはない。遮光カーテンのせいで部屋が薄暗いのも、脱いだ部屋着が椅子の上に雑に置かれているのもいつも通りだ。

パジャマ姿のまま、部屋を出た。玄関を見ると、萌奈の通学用の靴があった。彼女が家を出るのは、行伸より後だ。

トイレで用を足し、部屋に戻ろうとした。着替えを済ませ、洗面所で歯磨きと洗顔を済ませたら、そのまま家を出るというのがいつものパターンだ。リビングルームに入る用はない。朝食は大抵、立ち食い蕎麦《そば》で済ませる。

だが部屋に足を向けたところで立ち止まった。いつもとの違いに気づいたからだ。

この匂いは――。

ほんのかすかにだが、カツオ出汁の香りが漂っているようだ。怜子が亡くなって以来、こんなことは初めてだった。

そろそろとリビングルームに向かって足を運んだ。躊躇いつつ、ドアを開けた。

萌奈が制服姿で朝食を摂っているところだった。ダイニングテーブルの上には、卵焼きを載せた皿や御飯茶碗と一緒に、味噌汁のお椀も並んでいる。

彼女は箸を動かしながら、ちらりと行伸のほうに目を向けた。「おはよ」

「ああ……おはよう」

行伸はキッチンを覗いた。ガスレンジに鍋が載っている。近づいて蓋を開けた。豆腐の味噌汁だった。出汁の香りの正体は、これらしい。

キッチンを出て、萌奈を見た。「味噌汁、自分で作ったのか」

「当たり前じゃん」娘は父のほうを向かずに答えた。「ほかに誰が作ってくれんの」

「すごいな」

「別に。すごくないよ」

萌奈は最後の卵焼きを口に入れると、空になった茶碗を重ね始めた。

「ああ、お父さんが洗っておくよ」

「大丈夫。まだ時間があるから」

萌奈はトレイに食器を載せ、キッチンに入っていく。行仲は所在なく、ぼんやりと突っ立ったままだ。

キッチンから出てきた萌奈が、ソファに置いてあった鞄を手にした。「お味噌汁、よかったら食べて」ぶっきらぼうにいった。

「いいのか」

「大して美味しくないかもしれないけど」

「いや、そんなことないよ」

「まだ食べてないくせに」

「そうだけど……」

萌奈がドアに向かった。何か声をかけなければ、と行仲は焦った。

「今夜、何が食べたい？」背中に問いかけた。

萌奈が足を止めた。「今夜？」

「味噌汁のお礼だ」

「お父さん、料理できんの？」前を向いたままで訊いてきた。

「大したことはできないけど、少しはできる」

「じゃあ、ギョーザ」

「わかった」

作ったことはないが、ネットで調べれば何とかなるだろう。

あのさ、といって萌奈が振り向いた。「あたし、高校に入ったらゲーダイを目指すから」

「ゲーダイ？」

「芸術大学。映画の勉強したい」

「映画、好きなのか」

萌奈が黙って頷くのを見て行伸は驚いた。初耳だった。

「お父さんも映画は好きだ。お薦めは……そうだな、『ビューティフル・マインド』とか『ショーシャンクの空に』とか」

「知ってる。どっちも観た」

「そうか。どこで？」

「ＤＶＤ……お父さんのを借りた」

あっ、と声を漏らした。行伸の部屋の書棚には、映画のＤＶＤを並べてある。

「勝手に持ち出したのか」

「ごめん」

「いや、まあいいけど」

どうやら行伸が外出している際、こっそりと部屋を物色していたらしい。想像していなかったことだ。

「それと……」萌奈は唇を舐めた。「写真、飾って」

「写真？」

「お姉ちゃんとお兄ちゃんの写真。あとそれから、ママの」

「ああ……」

行伸の部屋には、絵麻や尚人の写真が保管されている。それも見たのだろう。

わかった、と行伸は答えた。

「じゃあ、行ってきます」

「うん、気をつけてな」

萌奈はにっこりと笑い、玄関に向かった。

行伸はキッチンに入り、鍋が載ったガスレンジの火をつけた。熱が伝わると共に味噌汁がゆっくりとゆらめくのを眺めながら、萌奈にすべてを告白した夜のことを振り返った。

まず萌奈に伝えねばならなかったのは、いかに行伸と怜子が新たな命を求めたか、ということだった。不妊治療には時間と体力と財力、そして何より精神力が要求される。特に女性の負担は大きい。それらの壁に挑んでも、自分たちは子供がほしかったのだ、といった。

そのうえで怜子の体内に宿ったのは全く別の夫妻の受精卵かもしれないと知らされた時の衝撃、迷い、苦悩を、さらには怜子と二人でどんなふうに話し合い、生まれてくる子は自分たちの子だと信じようと決意した経緯を、覚えているかぎり克明に話して聞かせた。

死期が迫った怜子とのやりとりも打ち明けた。その際に、怜子から行伸の迷いを看破されていたことも。

「ママが死んだ後、どうするのが萌奈のためになるのか、ずっと考えてきた。悩んだ末、やっぱり本当のことを教えるべきだと思った。それで準備を進めていたら、思いがけない事件が起きてしまったんだ」

萌奈の生物学上の母親が殺されたことで、真実を話すべきかどうか迷いが生じてしまったのだ、と行伸は告白した。

だから、と続けた。

「いろいろと嫌な思いをさせてしまったけれど、萌奈のためにどうするのが一番いいのか、お父さんなりに考えた末のことなんだ。絶対に傷つけたくなかった。何としてでも萌奈には幸せになってほしいんだ。どうしてかっていうと——」少し考えてから続けた。「萌奈のことが大好きだからだ」

行伸が話している間、萌奈は無言だった。驚きすぎて感情を出せないのかもしれなかった。話し終えた後も、宙の一点を見つめて黙り込んでいた。

萌奈、とおそるおそる呼びかけてみた。「お父さんが話したこと、わかったか?」するとと彼女は瞬きを何度か繰り返した後、行伸のほうを向いた。ピンクの唇がゆっくりと開き、よくわかんない、と呟いた。

「えっ」

「お父さんの話、長すぎ」

「あ……難しすぎたか」

「難しいっていうか、くどい。受精卵とか、はっきりいってどうでもいい。それって、そんなに大事なこと？」

意表をつく言葉に、行伸は当惑した。まるで予期しない反応だった。

それより、と彼女は続けた。「最後にいってくれた言葉だけでいい。とりあえず、今は」

「最後に？」

「萌奈、それが聞きたかったから」

行伸は自分が発した言葉を振り返り、はっとした。娘が何を求めていたのか、ようやくわかった瞬間だった。

やっぱり俺は馬鹿な父親だな、と思った。そして、「とりあえず、今は」と萌奈が付け足したことも忘れてはならないと肝に銘じた。

29

寺の門は、急な坂道を登り切ったところにあった。五台ほどが止められる駐車用のスペースは、すべて空いている。亜矢子は愛用のＳＵＶを一番端に止めた。

車から降りると、買ってきた花を抱え、門をくぐった。昨夜少し雨が降ったせいで、地面が少し濡れている。

境内はひっそりとしていて人気がなく、お堂の戸も閉じられていた。その脇を通り抜けた先に、墓地への入り口がある。小さな木戸を開け、亜矢子は足を踏み入れた。桶置き場で水を汲み、杓《ひしやく》や雑巾《ぞうきん》などを借りた。

芳原家の墓は、墓地のほぼ中央にあった。濃い灰色の御影石《みかげいし》で、重ねた台石の上に棹石《さおいし》が載っている。購入したのは亜矢子の曾祖父らしいが、経緯については聞かされていない。祖父母たちも知らなかったのかもしれない。

墓参りはお盆以来だ。亜矢子は周囲のゴミを拾い、目立った草を抜き、雑巾で墓石を奇麗にした。持参した花を花立に飾った後、線香に火をつけて香炉に置いた。

数珠《じゆず》をポケットから取り出し、改めて墓を見上げた。

まさか自分たちより先に娘が入ることになるとは思わなかった――二十数年前、正美の葬儀が終わり、納骨する時に祖父が漏らした言葉だ。隣では祖母が、ハンカチを目に押し当てたまま頷いていた。

でもしかしたら、お母さんはもっと早く入りたかったかもしれないよ、と亜矢子はあの世の祖父母に語りかけた。

事故に遭った後、正美は人格が変わってしまった。記憶が曖昧になっていたし、自分が誰かさえわからなくなっている時もあった。

だが一つだけ、変わらなかったことがあったのではないか、と今の亜矢子は思う。

それは愛する人への気持ちだ。

たとえ思考力や記憶力が低下していたとしても、森本弓江を思う気持ちだけは残っていたのではないか。もしかすると、その名前や顔は忘れていたかもしれない。しかし誰かと深く愛し合い、その瞬間は幸福だったという記憶だけは、残り香のように正美の心に留まっていたのではないか。

そう思うのには理由がある。

すっかり人が変わってしまった正美だったが、時折、ふと遠くを見つめるような目をすることがあったのだ。その時の目は少女のように純粋な光を放っていて、しっかりと何かに焦点を合わせていた。決して意思のない人間の目ではなかった。

母は何を見つめていたのだろうか。それがずっと気になっていた。

森本弓江の妹と会い、正美たちが書いていた交換日記を見て、ようやく答えを得られたと思った。同時に、父の真次が家を出ていた理由にも見当がついた。

森本弓江の妹は、弓江の夫が無理心中を図ったのではないか、と推測していた。話を聞くかぎり、その可能性は高い。だが仮にそうであったとしても、弓江の夫だけを責めるのは筋違いだろうと亜矢子は思った。

森本夫妻と正美、三人の間でどんなやりとりが交わされたかはわからない。はっきりしているのは、命がけだった、ということだ。心中を図ったぐらいなのだから、弓江の夫は、二人の仲を引き裂くことは不可能だと思ったのだろう。正美と弓江の結びつきは、それほど強かったのだ。そう考えると、むしろ弓江の夫が気の毒に思えてくる。

亜矢子は手を合わせ、瞼を閉じた。

よかったね、お母さん——あの世の正美に話しかけた。

交換日記、読ませてもらったよ。すごい恋をしてたんだね。情熱的で、純粋で、甘《かん》美《び》で、でも少しほろ苦い恋を。

今は愛する人と幸せになっているんだろうね。よかったね。

家を継ぐため、跡継ぎを作るためにお父さんと結婚した。そうして生まれたのが、この私。それを知って、全くショックじゃなかった、とはいわない。

でも、それはそれでいいと思う。私は怒ってない。傷ついてもいない。お母さんのおかげで、この世に生まれてこられた。生まれてきて、よかったと思ってる。きちんと後悔のない人生を送れている。

お母さんの生き方を私は否定しない。

だからお母さん、お父さんの生き方も認めてあげて。ほかの土地で、ほかの女の人を愛してしまったこと、許してあげて。

今日、弟がこっちに来ます。お母さんとは血が繋がっていないけど、私は彼を弟として受け入れます。

お母さん、どうか彼のことも空から優しく見守ってあげてください。

30

午後一時になる少し前、『かがやき５０９号』は金沢駅に到着した。東京から約二時間半、途中少し眠ったので、あっという間だった。松宮は立ち上がり、棚から荷物を下ろした。

この数週間、ずいぶんと遠出を繰り返している。上越新幹線、東北新幹線、そして今日は北陸新幹線だ。しかし今回に限っては仕事ではない。

改札を通り抜け、駅の建物を出た。巨大なガラス張りの天井に目を見張った。その先には鳥居《とりい》のような形をした門がある。車中、スマートフォンで読んだ記事によれば、『鼓門《つづみもん》』というらしい。金沢の伝統芸能をイメージして作られたものだという。多くの観光客が記念写真を撮っているのを眺めながら、タクシー乗り場に向かった。

タクシーに乗ると病院名を告げた。有名な病院らしく、運転手は了解した様子で車を発進させた。

内ポケットからスマートフォンを出し、芳原亜矢子に電話をかけた。呼出音が二回聞こえたところで、はい、と繋がった。

「松宮です。今、金沢駅からタクシーに乗りました」

「わかりました。では病院のロビーでお待ちしています」

「よろしくお願いします。それで、あの、まだ……なんですよね」

一拍《いっぱく》置いてから、はい、と亜矢子は答えた。「呼吸はしています」

「よかった」

「では後ほど」

はい、といって電話を切った。

克子から詳しい話を聞けたことを亜矢子に電話で知らせたのは昨夜だ。その際、「もし父にお会いになるのなら、一刻でも早く」といわれた。「昨日から眠ったままです。もう意識は戻らないかもしれない、といわれています」

明日行きます、と松宮は答えた。間に合わなければ、それはそれで仕方がないと思った。

タクシーから町を眺めた。奇麗に整備された道路に沿って、伝統を感じさせる古い家屋と近代的な建物がバランスよく並んでいる。どこかで何かの歯車が少し違っていたら、自分はこの町の住人になっていたのだろうか、などと考えた。

タクシーが病院に到着した。松宮が白い建物の玄関から中に入ると、すぐ前に芳原亜矢子が立っていた。

「ようこそいらっしゃいました」松宮に笑いかけてきた。

「今はどんな状況ですか」

「昨日から変わっていません。すぐにお会いになりますか」

はい、と答えた。そのためにやってきたのだ。

ではこちらへどうぞ、といって亜矢子が歩きだした。その後をついていった。

案内された先は、緩和ケア病棟のエレベータホールだった。芳原真次の病室は三階にあるらしい。

「伯父……母の兄も癌で亡くなりました」松宮はいった。

「そうなんですか」

「胆嚢癌《たんのう》でした。見つかった時には、あちらこちらに転移してて、もう手の施しようがありませんでした。僕たち親子を支えてくれた恩人だったので、捜査の合間を縫って、見舞ったものです」

「それはきっと、伯父様も嬉しかったでしょうね」

「だといいんですけどね。何しろ、たった一人の家族である息子が、最後まで見舞いに来なかったものですから」

「へえ、それはどうして？」

「まあ、話すと長くなります」

エレベータの扉が開いたので、二人で乗り込んだ。

三階に着くと、亜矢子と並んで廊下を進んだ。

「どなたか、来ていらっしゃるんですか」歩きながら松宮は訊いた。

「今日は誰も来ていません。私だけです。親しい人たちは、皆さん、すでにお別れをいいに来られました。といっても、父が目を覚ましている時に会えた人はごくわずかですけど」

隆正の時と同じだな、と松宮は思った。

ここです、といって亜矢子が立ち止まった。スライドドアの横にプレートが出ていて、芳原真次と記されている。彼女がノックをしたが、反応はない。しかしそれが当然のように、彼女は躊躇いなくドアを開いた。

先に亜矢子が中に入り、どうぞ、と松宮を招き入れる仕草をした。

失礼します、と松宮は室内に足を踏み入れた。

部屋の中央にベッドが置かれ、酸素マスクを付けた老人が横たわっていた。ひどく顔が小さく見えたが、痩せているせいだろう。皺だらけの瞼は閉じられ、マスクで口元が覆われているので、容貌はよくわからなかった。

松宮の思いを察したかのように、亜矢子が酸素マスクを外した。

「いいんですか？」

「少しぐらいなら。そばで、顔を見てあげてください」

松宮はベッドに近づいた。真次は眠ったままで、ぴくりとも動かない。

じっくりと顔を見つめた。自分と似ているのかどうか、よくわからなかった。

お父さん、と亜矢子が真次の耳元に呼びかけた。「お父さん、目を覚まして。松宮さん、脩平さんが来てくれたよ。お父さん」

だが老人は無反応だった。亜矢子は小さくかぶりを振り、マスクを付け直した。

「せっかく来てくださったのに……」無念そうに呟いた。

った。

いえ、といって松宮は視線をそらした。その時、窓際に飾ってあるものが目に留まった。

野球のボールだった。ミニチュアのバットを模したスタンドに載っている。その横には写真立てが並べてあった。

「あのボールに見覚えはありませんか」亜矢子が訊いてきた。「父が宝物のように大切にしていたものです。きっとあなたに関わるものだと思うんですけど」

「どうしてですか」

すると彼女は窓に近づき、写真立てを手に取った。

「ボールを飾ってあった敷物の下から出てきた写真です」そういって松宮のほうに差し出してきた。「これ、あなたでしょう？」

写真を見て、どきりとした。そこには二人の人物が写っていた。一人は子供の頃――おそらく中学生だった松宮だ。そして隣には、体格のいい男性が立っている。

亜矢子が松宮の顔を覗き込んできた。「お心当たり、あるみたいですね」

ええ、と頷いた。「母から聞いています」

「じゃあ、その話も後でゆっくりと聞かせてもらわないと」

はい、と松宮は答えた。今夜はこちらで泊まることになっている。『たつ芳』で部屋を用意してくれているらしい。

ちょっと失礼します、といって亜矢子は病室を出ていった。

彼女がいなくなると、松宮は途端に居心地が悪くなった。否応《いやおう》なく、ベッドの上が気に掛かる。

真次は眠ったままだ。呼吸をしているのかどうかさえわからないほど動きがない。ベッド脇に置かれたモニターが、様々な数値を表示させている。隆正が逝った時のことを思い出した。あの時と同様、別室にはこの数値に目を向けている医師がいるのかもしれない。

ふと見ると、布団の脇から右手が覗いていた。ひどく痩せた手だ。だが大きくて指が長い。この手で包丁をふるい、数えきれないほどの料理を作りだしてきたのだろう。

松宮は躊躇いつつ腕を伸ばし、その手に触れた。見た目とは違い、柔らかく、暖かい手だった。気づくと両手で包んでいた。

伝わってくるものがあった。何かが心に語りかけてくるようだった。

間違いない、と確信した。この人は俺の父親だ。

改めて顔を見た。そして、はっとした。真次の目が薄く開かれていたからだ。

思わず、お父さん、と呼びかけていた。

ほんの少し顔に変化があった――ように見えた。笑ったのではないか。だが次の瞬間、瞼は閉じられていた。

松宮は手を離し、上から布団をかけた。

その直後、スライドドアが開いて、亜矢子が入ってきた。彼女は真次と松宮を交互に眺めた後、「どうかなさいました？」と訊いてきた。

「いえ、何でもありません。ただ感謝していただけです」松宮は父を見下ろして続けた。「長い糸が切れていなかったことに」

本書は二〇一九年七月に小社より刊行されました。

|著者| 東野圭吾　1958年、大阪府生まれ。大阪府立大学電気工学科卒業後、生産技術エンジニアとして会社勤めの傍ら、ミステリーを執筆。1985年『放課後』（講談社文庫）で第31回江戸川乱歩賞を受賞、専業作家に。1999年『秘密』（文春文庫）で第52回日本推理作家協会賞、2006年『容疑者Xの献身』（文春文庫）で第134回直木賞、第6回本格ミステリ大賞、2012年『ナミヤ雑貨店の奇蹟』（角川文庫）で第7回中央公論文芸賞、2013年『夢幻花』（PHP文芸文庫）で第26回柴田錬三郎賞、2014年『祈りの幕が下りる時』（講談社文庫）で第48回吉川英治文学賞、2019年、出版文化への貢献度の高さで第1回野間出版文化賞を受賞。他の著書に『新参者』『麒麟の翼』（ともに講談社文庫）など多数。最新刊は『クスノキの女神』（実業之日本社）。

希望《きぼう》の糸《いと》
東野圭吾《ひがしのけいご》

2022年7月15日第1刷発行
2024年10月21日第19刷発行

発行者——篠木和久
発行所——株式会社　講談社
東京都文京区音羽2-12-21　〒112-8001
電話　出版（03）5395-3510
販売（03）5395-5817
業務（03）5395-3615
Printed in Japan

講談社文庫
定価はカバーに
表示してあります

KODANSHA

デザイン—菊地信義
本文データ制作—講談社デジタル製作
印刷———株式会社KPSプロダクツ
製本———株式会社国宝社

ISBN978-4-06-528618-0

講談社文庫刊行の辞

二十一世紀の到来を目睫に望みながら、われわれはいま、人類史上かつて例を見ない巨大な転換期をむかえようとしている。

世界も、日本も、激動の予兆に対する期待とおののきを内に蔵して、未知の時代に歩み入ろうとしている。このときにあたり、創業の人野間清治の「ナショナル・エデュケイター」への志を現代に甦らせようと意図して、われわれはここに古今の文芸作品はいうまでもなく、ひろく人文・社会・自然の諸科学から東西の名著を網羅する、新しい綜合文庫の発刊を決意した。

激動の転換期はまた断絶の時代である。われわれは戦後二十五年間の出版文化のありかたへの深い反省をこめて、この断絶の時代にあえて人間的な持続を求めようとする。いたずらに浮薄な商業主義のあだ花を追い求めることなく、長期にわたって良書に生命をあたえようとつとめるところにしか、今後の出版文化の真の繁栄はあり得ないと信じるからである。

同時にわれわれはこの綜合文庫の刊行を通じて、人文・社会・自然の諸科学が、結局人間の学にほかならないことを立証しようと願っている。かつて知識とは、「汝自身を知る」ことにつきていた。現代社会の瑣末な情報の氾濫のなかから、力強い知識の源泉を掘り起し、技術文明のただなかに、生きた人間の姿を復活させること。それこそわれわれの切なる希求である。

われわれは権威に盲従せず、俗流に媚びることなく、渾然一体となって日本の「草の根」をかたちづくる若く新しい世代の人々に、心をこめてこの新しい綜合文庫をおくり届けたい。それは知識の泉であるとともに感受性のふるさとであり、もっとも有機的に組織され、社会に開かれた万人のための大学をめざしている。大方の支援と協力を衷心より切望してやまない。

一九七一年七月

野間省一

講談社文庫　目録

藤沢周平　新装版春秋の檻〈獄医立花登手控え(一)〉
藤沢周平　新装版風雪の檻〈獄医立花登手控え(二)〉
藤沢周平　新装版愛憎の檻〈獄医立花登手控え(三)〉
藤沢周平　新装版人間の檻〈獄医立花登手控え(四)〉
藤沢周平　新装版闇の歯車
藤沢周平　新装版市塵(上)(下)
藤沢周平　新装版決闘の辻
藤沢周平　新装版雪明かり
藤沢周平　義民が駆ける〈レジェンド歴史時代小説〉
藤沢周平　喜多川歌麿女絵草紙
藤沢周平　闇の梯子
藤沢周平　長門守の陰謀
古井由吉　この道
藤田宜永　樹下の想い
藤田宜永　女系の総督
藤田宜永　女系の教科書
藤田宜永　血の弔旗
藤田宜永　大雪物語
藤水名子　紅嵐記(上)(中)(下)

藤原伊織　テロリストのパラソル
藤本ひとみ　新・三銃士　少年編・青年編〈ダルタニャンとミラディ〉
藤本ひとみ　皇妃エリザベート
藤本ひとみ　失楽園のイヴ
藤本ひとみ　密室を開ける手
藤本ひとみ　数学者の夏
藤本ひとみ　死にふさわしい罪
福井晴敏　亡国のイージス(上)(下)
福井晴敏　終戦のローレライ I～IV
藤原緋沙子　遠花火〈見届け人秋月伊織事件帖〉
藤原緋沙子　春《はる》疾風《はやて》〈見届け人秋月伊織事件帖〉
藤原緋沙子　暖《ぬくめ》鳥《どり》〈見届け人秋月伊織事件帖〉
藤原緋沙子　霧の路《みち》〈見届け人秋月伊織事件帖〉
藤原緋沙子　鳴《なる》子《こ》守《もり》〈見届け人秋月伊織事件帖〉
藤原緋沙子　夏ほたる〈見届け人秋月伊織事件帖〉
藤原緋沙子　笛吹川〈見届け人秋月伊織事件帖〉
藤原緋沙子　青《せい》嵐《らん》〈見届け人秋月伊織事件帖〉
椹野道流　亡羊の嘆〈鬼籍通覧〉
椹野道流　新装版暁天の星〈鬼籍通覧〉

椹野道流　新装版無《む》明《みょう》の闇〈鬼籍通覧〉
椹野道流　新装版壺《こ》中《ちゅう》の天〈鬼籍通覧〉
椹野道流　新装版隻《せき》手《しゅ》の声〈鬼籍通覧〉
椹野道流　新装版禅《ぜん》定《じょう》の弓〈鬼籍通覧〉
椹野道流　池《ち》魚《ぎょ》の殃《わざわい》〈鬼籍通覧〉
椹野道流　南《なん》柯《か》の夢〈鬼籍通覧〉
深水黎一郎　ミステリー・アリーナ
深水黎一郎　マルチエンディング・ミステリー
藤谷　治　花や今宵の
古市憲寿　働き方は「自分」で決める
船瀬俊介　かんたん「1日1食」!!〈万病が治る！ 20歳若返る！〉
藤野可織　ピエタとトランジ
古野まほろ　身元不明《ジェーン・ドゥ》〈特殊殺人対策官　箱崎ひかり〉
古野まほろ　陰陽少女
古野まほろ　陰陽少女〈妖《よう》刀村正《むらまさ》殺人事件〉
古野まほろ　禁じられたジュリエット
藤崎　翔　時間を止めてみたんだが
藤井邦夫　大江戸閻《えん》魔《ま》帳《ちょう》
藤井邦夫　三つの顔〈大江戸閻魔帳(二)〉

講談社文庫　目録

舞城王太郎　好き好き大好き超愛してる。
舞城王太郎　私はあなたの瞳の林檎
舞城王太郎　されど私の可愛い檸檬
舞城王太郎　畏《おそ》れ入谷《いりや》の彼女の柘榴《ざくろ》
舞城王太郎　短篇七芒星
真山　仁　虚像の砦
真山　仁　新装版 ハゲタカ(上)(下)
真山　仁　新装版 ハゲタカII(上)(下)
真山　仁　レッドゾーン(上)(下)
真山　仁　グリード〈ハゲタカIV〉(上)(下)
真山　仁　ハーディ〈ハゲタカ2・5〉(上)(下)
真山　仁　スパイラル〈ハゲタカ4・5〉
真山　仁　シンドローム〈ハゲタカ5〉(上)(下)
真山　仁　そして、星の輝く夜がくる
真梨幸子　孤《こ》虫《ちゅう》症《しょう》
真梨幸子　深く深く、砂に埋めて
真梨幸子　女ともだち
真梨幸子　えんじ色心中
真梨幸子　カンタベリー・テイルズ

真梨幸子　イヤミス短篇集
真梨幸子　人生相談。
真梨幸子　私が失敗した理由は
真梨幸子　三匹の子豚
真梨幸子　まりも日記
松本裕士　兄〈追憶のhide〉弟
円居　挽 原作 福本伸行　カイジ ファイナルゲーム 小説版
松岡圭祐　探偵の探偵
松岡圭祐　探偵の探偵II
松岡圭祐　探偵の探偵III
松岡圭祐　探偵の探偵IV
松岡圭祐　水鏡推理
松岡圭祐　水鏡推理II〈インパクトファクター〉
松岡圭祐　水鏡推理III〈パレイドリア・フェイス〉
松岡圭祐　水鏡推理IV〈アノマリー〉
松岡圭祐　水鏡推理V〈ニュークリアフュージョン〉
松岡圭祐　水鏡推理VI〈クロノスタシス〉
松岡圭祐　探偵の鑑定I
松岡圭祐　探偵の鑑定II

松岡圭祐　万能鑑定士Qの最終巻〈ムンクの〈叫び〉〉
松岡圭祐　黄砂の籠城(上)(下)
松岡圭祐　シャーロック・ホームズ対伊藤博文
松岡圭祐　八月十五日に吹く風
松岡圭祐　生きている理由
松岡圭祐　黄砂の進撃
松岡圭祐　瑕《か》疵《し》借り
松原　始　カラスの教科書
益田ミリ　五年前の忘れ物
益田ミリ　お茶の時間
マキタスポーツ　一億総ツッコミ時代〈決定版〉
丸山ゴンザレス　ダークツーリスト〈世界の混沌《カオス》を歩く〉
松田賢弥　したたか 総理大臣・菅義偉の野望と人生
真下みこと　#柚莉愛《ゆりあ》とかくれんぼ
真下みこと　あさひは失敗しない
松野大介　インフォデミック〈コロナ情報氾濫〉
松居大悟　またね家族
前川　裕　逸脱刑事
前川　裕　感情麻痺学院

柾木政宗　NO推理、NO探偵？〈謎、解いてます！〉
三島由紀夫／TBSヴィンテージクラシックス 編　告白　三島由紀夫未公開インタビュー
三浦綾子　ひつじが丘
三浦綾子　岩に立つ
三浦綾子　あのポプラの上が空〈新装版〉
三浦明博　滅びのモノクローム
三浦明博　五郎丸の生涯
宮尾登美子　新装版 天璋院篤姫 (上)(下)
宮尾登美子　新装版 一絃の琴
宮尾登美子　東福門院和子《まさこ》の涙 (上)(下)〈レジェンド歴史時代小説〉
皆川博子　クロコダイル路地
宮本　輝　骸骨ビルの庭 (上)(下)
宮本　輝　新装版 二十歳《はたち》の火影《ほかげ》
宮本　輝　新装版 命の器
宮本　輝　新装版 避暑地の猫
宮本　輝　新装版 ここに地終わり 海始まる (上)(下)
宮本　輝　新装版 花の降る午後 (上)(下)
宮本　輝　新装版 オレンジの壺 (上)(下)
宮本　輝　にぎやかな天地 (上)(下)

宮本　輝　新装版 朝の歓び (上)(下)
宮城谷昌光　夏姫春秋 (上)(下)
宮城谷昌光　花の歳月
宮城谷昌光　重耳《ちょうじ》 (全三冊)
宮城谷昌光　介子推《かいしすい》
宮城谷昌光　孟嘗君　全五冊
宮城谷昌光　子産 (上)(下)
宮城谷昌光　湖底の城〈呉越春秋〉一
宮城谷昌光　湖底の城〈呉越春秋〉二
宮城谷昌光　湖底の城〈呉越春秋〉三
宮城谷昌光　湖底の城〈呉越春秋〉四
宮城谷昌光　湖底の城〈呉越春秋〉五
宮城谷昌光　湖底の城〈呉越春秋〉六
宮城谷昌光　湖底の城〈呉越春秋〉七
宮城谷昌光　湖底の城〈呉越春秋〉八
宮城谷昌光　湖底の城〈呉越春秋〉九
宮城谷昌光　俠骨記〈新装版〉
水木しげる　コミック昭和史1〈関東大震災～満州事変〉
水木しげる　コミック昭和史2〈満州事変～日中全面戦争〉

水木しげる　コミック昭和史3〈日中全面戦争～太平洋戦争開始〉
水木しげる　コミック昭和史4〈太平洋戦争前半〉
水木しげる　コミック昭和史5〈太平洋戦争後半〉
水木しげる　コミック昭和史6〈終戦から朝鮮戦争〉
水木しげる　コミック昭和史7〈講和から復興〉
水木しげる　コミック昭和史8〈高度成長以降〉
水木しげる　敗走記
水木しげる　白い旗
水木しげる　姑娘《クーニャン》
水木しげる　決定版 日本妖怪大全〈妖怪・あの世・神様〉
水木しげる　ほんまにオレはアホやろか
水木しげる　総員玉砕せよ！〈新装完全版〉
宮部みゆき　新装版 震える岩〈霊験お初捕物控〉
宮部みゆき　新装版 天狗風〈霊験お初捕物控〉
宮部みゆき　ICO《イコ》―霧の城― (上)(下)
宮部みゆき　ぼんくら (上)(下)
宮部みゆき　新装版 日暮らし (上)(下)
宮部みゆき　おまえさん (上)(下)
宮部みゆき　小暮写眞館 (上)(下)

講談社文庫 目録

宮部みゆき ステップファザー・ステップ〈新装版〉
宮子あずさ 看護婦が見つめた人間が死ぬということ
宮本昌孝 家康、死す (上)(下)
三津田信三 忌《い》館《かん》〈ホラー作家の棲む家〉
三津田信三 作者不詳 (上)(下)〈ミステリ作家の読む本〉
三津田信三 蛇《じゃ》棺《かん》葬《そう》
三津田信三 百《ひゃく》蛇《じゃ》堂《どう》〈怪談作家の語る話〉
三津田信三 厭魅《まじもの》の如き憑くもの
三津田信三 凶鳥《まがとり》の如き忌むもの
三津田信三 首無《くびなし》の如き祟るもの
三津田信三 山魔《やまんま》の如き嗤《わら》うもの
三津田信三 水魑《みづち》の如き沈むもの
三津田信三 密室《ひめむろ》の如き籠《こも》るもの
三津田信三 生霊《いきだま》の如き重《だぶ》るもの
三津田信三 幽女《ゆうじょ》の如き怨むもの
三津田信三 碆霊《はえだま》の如き祀るもの
三津田信三 魔偶《まぐう》の如き齎《もたら》すもの
三津田信三 忌名《いな》の如き贄《にえ》るもの
三津田信三 シェルター 終末の殺人
三津田信三 ついてくるもの
三津田信三 誰かの家
三津田信三 忌《い》物《ぶつ》堂《どう》鬼《き》談《だん》
道尾秀介 カラスの親指〈by rule of CROW's thumb〉
道尾秀介 カエルの小指〈a murder of crows〉
道尾秀介 水の柩
深《み》木《き》章《あき》子《こ》 鬼畜の家
湊かなえ リバース
宮内悠介 彼女がエスパーだったころ
宮内悠介 偶然の聖地
宮乃《みやの》崎《さき》桜《さくら》子《こ》 綺《き》羅《ら》の皇《ひめ》女《みこ》(1)
宮乃崎桜子 綺羅の皇女(2)
三國青葉 損料屋見《けん》鬼《き》控え 1
三國青葉 損料屋見鬼控え 2
三國青葉 損料屋見鬼控え 3
三國青葉 福 猫 屋〈お佐和のねこだすけ〉
三國青葉 福 猫 屋〈お佐和のねこかし〉
三國青葉 福 猫 屋〈お佐和のねこわずらい〉
三國青葉 母上は別《べっ》式《しき》女《め》
宮西真冬 誰かが見ている
宮西真冬 首 の 鎖
宮西真冬 友 達 未 遂
宮西真冬 毎日世界が生きづらい
南 杏子 希望のステージ
嶺里俊介 だいたい本当の奇妙な話
嶺里俊介 ちょっと奇妙な怖い話
溝口 敦 喰うか喰われるか〈私の山口組体験〉
三谷幸喜 松野大介 三谷幸喜 創作を語る
村上 龍 愛と幻想のファシズム (上)(下)
村上 龍 村上龍料理小説集
村上 龍 新装版限りなく透明に近いブルー
村上 龍 新装版コインロッカー・ベイビーズ
村上 龍 歌うクジラ (上)(下)
向田邦子 新装版 眠 る 盃
向田邦子 新装版 夜中の薔薇
村上春樹 風の歌を聴け
村上春樹 1973年のピンボール
村上春樹 羊をめぐる冒険 (上)(下)

村上春樹 カンガルー日和
村上春樹 回転木馬のデッド・ヒート
村上春樹 ノルウェイの森(上)(下)
村上春樹 ダンス・ダンス・ダンス(上)(下)
村上春樹 遠い太鼓
村上春樹 国境の南、太陽の西
村上春樹 やがて哀しき外国語
村上春樹 アンダーグラウンド
村上春樹 スプートニクの恋人
村上春樹 アフターダーク
村上春樹 佐々木マキ絵 羊男のクリスマス
村上春樹 佐々木マキ絵 ふしぎな図書館
村上春樹 糸井重里 夢で会いましょう
村上春樹・文 安西水丸・絵 ふわふわ
U・K・ル=グウィン 村上春樹訳 空飛び猫
U・K・ル=グウィン 村上春樹訳 帰ってきた空飛び猫
U・K・ル=グウィン 村上春樹訳 素晴らしいアレキサンダーと、空飛び猫たち
U・K・ル=グウィン 村上春樹訳 空を駆けるジェーン
T・ファリッシュ著 B・ルート絵 村上春樹訳 ポテト・スープが大好きな猫

村山由佳 天翔る
睦月影郎 密通妻
睦月影郎 快楽アクアリウム
向井万起男 渡る世間は「数字」だらけ
村田沙耶香 授乳
村田沙耶香 マウス
村田沙耶香 星が吸う水
村田沙耶香 殺人出産
村瀬秀信 気がつけばチェーン店ばかりでメシを食べている
村瀬秀信 それでも気がつけばチェーン店ばかりでメシを食べている
村瀬秀信 地方に行っても気がつけばチェーン店ばかりでメシを食べている
虫眼鏡 東海オンエアの動画が6.4倍楽しくなる本〈虫眼鏡の概要欄 クロニクル〉
森村誠一 悪道
森村誠一 悪道 西国謀反
森村誠一 悪道 御三家の刺客
森村誠一 悪道 五右衛門の復讐
森村誠一 悪道 最後の密命
森村誠一 ねこの証明
毛利恒之 月光の夏

森博嗣 すべてがFになる〈THE PERFECT INSIDER〉
森博嗣 冷たい密室と博士たち〈DOCTORS IN ISOLATED ROOM〉
森博嗣 笑わない数学者〈MATHEMATICAL GOODBYE〉
森博嗣 詩的私的ジャック〈JACK THE POETICAL PRIVATE〉
森博嗣 封印再度〈WHO INSIDE〉
森博嗣 幻惑の死と使途〈ILLUSION ACTS LIKE MAGIC〉
森博嗣 夏のレプリカ〈REPLACEABLE SUMMER〉
森博嗣 今はもうない〈SWITCH BACK〉
森博嗣 数奇にして模型〈NUMERICAL MODELS〉
森博嗣 有限と微小のパン〈THE PERFECT OUTSIDER〉
森博嗣 黒猫の三角〈Delta in the Darkness〉
森博嗣 人形式モナリザ〈Shape of Things Human〉
森博嗣 月は幽咽のデバイス〈The Sound Walks When the Moon Talks〉
森博嗣 夢・出逢い・魔性〈You May Die in My Show〉
森博嗣 魔剣天翔〈Cockpit on knife Edge〉
森博嗣 恋恋蓮歩の演習〈A Sea of Deceits〉
森博嗣 六人の超音波科学者〈Six Supersonic Scientists〉
森博嗣 捩れ屋敷の利鈍〈The Riddle in Torsional Nest〉
森博嗣 朽ちる散る落ちる〈Rot off and Drop away〉

講談社文庫　目録

森　博嗣　赤　緑　黒　白〈Red Green Black and White〉
森　博嗣　四季　春～冬
森　博嗣　φ《ファイ》は壊れたね〈PATH CONNECTED φ BROKE〉
森　博嗣　θ《シータ》は遊んでくれたよ〈ANOTHER PLAYMATE θ〉
森　博嗣　τ《タウ》になるまで待って〈PLEASE STAY UNTIL τ〉
森　博嗣　ε《イプシロン》に誓って〈SWEARING ON SOLEMN ε〉
森　博嗣　λ《ラムダ》に歯がない〈λ HAS NO TEETH〉
森　博嗣　η《イータ》なのに夢のよう〈DREAMILY IN SPITE OF η〉
森　博嗣　目薬α《アルファ》で殺菌します〈DISINFECTANT α FOR THE EYES〉
森　博嗣　ジグβ《ベータ》は神ですか〈JIG β KNOWS HEAVEN〉
森　博嗣　キウイγ《ガンマ》は時計仕掛け〈KIWI γ IN CLOCKWORK〉
森　博嗣　χ《カイ》の悲劇〈THE TRAGEDY OF χ〉
森　博嗣　ψ《プサイ》の悲劇〈THE TRAGEDY OF ψ〉
森　博嗣　イナイ×イナイ〈PEEKABOO〉
森　博嗣　キラレ×キラレ〈CUTTHROAT〉
森　博嗣　タカイ×タカイ〈CRUCIFIXION〉
森　博嗣　ムカシ×ムカシ〈REMINISCENCE〉
森　博嗣　サイタ×サイタ〈EXPLOSIVE〉
森　博嗣　ダマシ×ダマシ〈SWINDLER〉

森　博嗣　女王の百年密室〈GOD SAVE THE QUEEN〉
森　博嗣　迷宮百年の睡魔〈LABYRINTH IN ARM OF MORPHEUS〉
森　博嗣　赤目姫の潮解〈LADY SCARLET EYES AND HER DELIQUESCENCE〉
森　博嗣　馬鹿と嘘の弓〈Fool Lie Bow〉
森　博嗣　歌の終わりは海〈Song End Sea〉
森　博嗣　まどろみ消去〈MISSING UNDER THE MISTLETOE〉
森　博嗣　地球儀のスライス〈A SLICE OF TERRESTRIAL GLOBE〉
森　博嗣　レタス・フライ〈Lettuce Fry〉
森　博嗣　僕は秋子に借りがある I'm in Debt to Akiko〈森博嗣自選短編集〉
森　博嗣　どちらかが魔女 Which is the Witch?〈森博嗣シリーズ短編集〉
森　博嗣　喜嶋先生の静かな世界〈The Silent World of Dr.Kishima〉
森　博嗣　そして二人だけになった〈Until Death Do Us Part〉
森　博嗣　つぶやきのクリーム〈The cream of the notes〉
森　博嗣　ツンドラモンスーン〈The cream of the notes 4〉
森　博嗣　つぼみ茸《きのこ》ムース〈The cream of the notes 5〉
森　博嗣　つぶさにミルフィーユ〈The cream of the notes 6〉
森　博嗣　月夜のサラサーテ〈The cream of the notes 7〉
森　博嗣　つんつんブラザーズ〈The cream of the notes 8〉
森　博嗣　ツベルクリンムーチョ〈The cream of the notes 9〉

森　博嗣　追懐のコヨーテ〈The cream of the notes 10〉
森　博嗣　積み木シンドローム〈The cream of the notes 11〉
森　博嗣　妻のオンパレード〈The cream of the notes 12〉
森　博嗣　カクレカラクリ〈An Automaton in Long Sleep〉
森　博嗣　DOG&DOLL
森　博嗣　森には森の風が吹く〈My wind blows in my forest〉
森　博嗣　アンチ整理術〈Anti-Organizing Life〉
萩尾望都　原作　森　博嗣　トーマの心臓〈Lost heart for Thoma〉
諸田玲子　森家の討ち入り
森　達也　すべての戦争は自衛から始まる
本谷有希子　腑抜けども、悲しみの愛を見せろ
本谷有希子　江利子と絶対〈本谷有希子文学大全集〉
本谷有希子　あの子の考えることは変
本谷有希子　嵐のピクニック
本谷有希子　自分を好きになる方法
本谷有希子　異類婚姻譚
本谷有希子　静かに、ねぇ、静かに
茂木健一郎　「赤毛のアン」に学ぶ幸福《しあわせ》になる方法
森林原人　セックス幸福論〈偏差値78のAV男優が考える〉

桃戸ハル編・著　5分後に意外な結末〈ベスト・セレクション〉
桃戸ハル編・著　5分後に意外な結末〈ベスト・セレクション　黒の巻・白の巻〉
桃戸ハル編・著　5分後に意外な結末〈ベスト・セレクション　心震える赤の巻〉
桃戸ハル編・著　5分後に意外な結末〈ベスト・セレクション　心弾ける橙の巻〉
桃戸ハル編・著　5分後に意外な結末〈ベスト・セレクション　金の巻〉
桃戸ハル編・著　5分後に意外な結末〈ベスト・セレクション　銀の巻〉
森　功　高　倉　健〈隠し続けた七つの顔と「謎の養女」〉
森　功　地　面　師〈他人の土地を売り飛ばす闇の詐欺集団〉
望月麻衣　京都船岡山アストロロジー
望月麻衣　京都船岡山アストロロジー2〈星と創作のアンサンブル〉
望月麻衣　京都船岡山アストロロジー3〈恋のハウスと檸檬色の憂鬱〉
桃《もも》野《の》雑派《ざっぱ》　老　虎　残　夢
森沢明夫　本が紡いだ五つの奇跡
山田風太郎　甲　賀　忍　法　帖〈山田風太郎忍法帖①〉
山田風太郎　伊　賀　忍　法　帖〈山田風太郎忍法帖③〉
山田風太郎　忍　法　八　犬　伝〈山田風太郎忍法帖④〉
山田風太郎　風　来　忍　法　帖〈山田風太郎忍法帖⑪〉
山田風太郎　新装版　戦中派不戦日記
山田正紀　大江戸ミッション・インポッシブル〈顔役を消せ〉

山田正紀　大江戸ミッション・インポッシブル〈幽霊船を奪え〉
山田詠美　晩　年　の　子　供
山田詠美　A《エイ》　2《トゥ》　Z《ズィ》
山田詠美　珠　玉　の　短　編
柳家小三治　ま　・　く　・　ら
柳家小三治　もひとつ　ま・く・ら
柳家小三治　バ　・　イ　・　ク
山口雅也　落　語　魅《ミ》捨《ステ》理《リ》全集〈坊主の愉しみ〉
山本一力　深川黄表紙掛取り帖
山本一力　牡　丹　酒〈深川黄表紙掛取り帖（二）〉
山本一力　ジョン・マン1　波濤編
山本一力　ジョン・マン2　大洋編
山本一力　ジョン・マン3　望郷編
山本一力　ジョン・マン4　青雲編
山本一力　ジョン・マン5　立志編
椰月美智子　十　二　歳
椰月美智子　しずかな日々
椰月美智子　ガミガミ女とスーダラ男
椰月美智子　恋　愛　小　説

柳　広司　キング&クイーン
柳　広司　怪　談
柳　広司　ナイト&シャドウ
柳　広司　幻　影　城　市
柳　広司　風神雷神　(上)(下)
薬丸　岳　闇　の　底
薬丸　岳　虚　夢
薬丸　岳　刑事のまなざし
薬丸　岳　逃　走
薬丸　岳　ハードラック
薬丸　岳　その鏡は嘘をつく
薬丸　岳　刑事の約束
薬丸　岳　Aではない君と
薬丸　岳　ガーディアン
薬丸　岳　刑事の怒り
薬丸　岳　天使のナイフ〈新装版〉
薬丸　岳　告　解
山崎ナオコーラ　可愛い世の中
矢月秀作　A《ア》C《ク》T《ト》〈警視庁特別潜入捜査班〉

講談社文庫　目録

2024年9月13日現在